클래식의 사생활

CD Track Info

1. 슈만 | 〈아베크 변주곡〉 | 클라라 하스킬
2. 브람스 | 피아노 소나타 제1번 C장조 op.1. 알레그로 | 줄리어스 캐천
3. 그리그 | 서정 소품집 제3권 op.43 제6번 〈봄에 부침〉 | 졸탄 코치슈
4. 무소륵스키 | 〈전람회의 그림〉 16번 '키예프의 성문' | 라자르 베르만
5. 쇼팽 | 마주르카 제51번 F단조 op.68 제4번 안단티노 | 아르투로 베네데티 미켈란젤리
6. 드보르자크 | 첼로 협주곡 B단조 op.104 제1번 알레그로 | 베를린 필하모닉·조지 셀 지휘·피에르 푸르니에 첼로
7. 본 윌리엄스 | 〈종달새의 비상〉 | 세인트 마틴 인 더 필즈·네빌 마리너 지휘·아이오나 브라운 바이올린
8. 몬테베르디 | 〈성모마리아의 저녁기도〉 제1번 '주님 저희를 도우러 오소서' | 나이젤 롭슨, 잉글리시 바로크 솔로이스츠·존 엘리엇 가디너 지휘, 몬테베르디 합창단

클래식의 사생활

The Private Life of Classical Music

아나운서 유정아의 클래식 에세이

문학동네

책머리에

2008년 4월 말, 2년간 진행자로 일했던 〈FM 가정음악〉을 떠나게 되었다. 매일 아침 들르던 성소聖所 같은 곳이었는데, 이제 갈 수 없다 생각하니 길 잃은 양처럼 마음이 스산했다. 세상 안에서 자기들끼리 싸워 이기고 지는 상대적 강자와 상대적 약자는 있을지언정 세상을 상대로 싸워 이길 수 있는 절대 강자는 존재하지 않는다. 그래서 세상과 맞서야 한다면 우리 모두 약자일 수밖에 없다는 것을 알면서도, 속수무책으로 받아내야 하는 시련이나 고통 앞에서는 매번 무기력감을 느끼게 된다. 나 또한 조직과 인사로부터 소외된 채 세상의 흐름에 몸을 내맡기고 내 의사와는 상관없이 그들의 결정에 따라야 하는 프리랜서의 처지가 처량하고 허망하기만 했다.

그 무렵 출간된 책 『유정아의 클래식 에세이—마주침』에 대한 독자들의 호응은 내게 샘물 같은 힘을 주었다. 어렵거나 진부하지 않은 방식으로 음악을 소개하고 그것을 통해 사람의 이야기를 하고 싶다는 나의 의도를 참으로 잘 읽어주고 격려를 아끼지 않은 독자들이 많았는데, 매일 아침을 함께했던 청취자들의 빈자리를 메워주었다. 자신이 하는 일에 충실하면 결국 어느 누군가는 알아주고 감동하게 된다는 생의 단순한 진실을 새삼 확인하는 계기가 되었다.

2001년 여름 나는 LG아트센터에서 러시아 말리 극장의 대표적인 연극 〈가우데아무스〉를 보았다. 러시아 연극예술의 아이콘 격인 말리 극장에서 1990년에 초연한 이후 전 세계를 투어하며 공연중인 〈가우데아무스〉는 연출자 도진Lev Dodin(그는 지난 5월 체호프Chekhov의 연극 〈바냐 아저씨〉를 가지고 다시 한국 무대를 찾았다)과 그의 제자들의 공동작업으로 완성된 것이라 했다. 온통 눈으로 하얗게 뒤덮인 경사진 무대에서 해체를 목전에 둔 소비에트 연방 적군the Red Army의 일상이 펼쳐졌다. 2시간 반에 가까운 긴 공연 시간이 순간처럼 흘렀다. 그들만의 특수 상황이었지만 인간이라면 충분히 공감할 만한 상황이기도 했기에, 적군이 해체된 지 오래인 21세기에, 그런 군대가 아예 존재하지도 않았던 서울에 사는 나에게도 연극은 강렬한 인상을 남겼다. 러시아어로 '작다'는 뜻을 가진 말리Malyi라는 이름이 역설처럼 느껴졌다. 그러나 연극 자체보다 더 직접적인 울림을 준 건 팸플릿에 실린 연출자 도진의 인터뷰 내용이었다. '당신은 극장의 발전을 위해 어떠한 노력을 해왔는가'라는 질문에 그는 이렇게 답하고 있었다.

"우리는 우리 자신을 마케팅 대상으로 삼지 않았고 지금도 그러하다. 우리는 결코 먼저 투어를 제의하지 않으며 어디에서 공연을 하고 싶다고 먼저 얘기를 꺼내지도 않는다. 단지 우리는 초청을 해오면 그에 응할 뿐이다."

그의 말이 너무 좋아서 무슨 시구절이나 되는 듯이 자려고 누웠다가도 일어나 다시 한번 그 구절을 읽었다. 이것도 오히려 고도의 마케팅이 아니냐고 받아치는 사람들이 많은 시대, 비약을 좀 하자면 마케팅이 전부인 시대, 책이든 영화든 음반이든 상품성이 작가의 영혼보다 우위를 점하는 시대

이기에 그런 생각을 하며 사는 그가 너무나 귀하고 소중하게 여겨졌다. 건방지다고 생각하는 사람들도 있겠지만 나는 그의 말 속에서 연극에 임하는 진지한 자세를 읽을 수 있었다.

"자신이 중요하다고 생각하는 일을 하고 그것에 진지하게 임한다면, 그 일에 관심을 보여주는 사람을 적어도 한 사람은 발견하게 될 것이다. 그러나 자신은 무관심하면서 다른 사람들에게 중요하다고 생각되는 일을 하려고 한다면, 결국 혼자가 될 것을 각오해야 한다."

하이든도 변성기를 맞아 고운 소년의 소리를 내지 못하게 되자 장크트 슈테판 성가대로부터 내쫓겨 프리랜서 처지가 되지 않았던가. 그 시대에도 고정적인 일감이 없는 프리랜서는 백수와 다를 게 없었다. 거리의 악사도 마다하지 않고 성실히 음악에 임한 하이든은 끝까지 훌륭한 음악인으로 남을 수 있었다. 수백 곡의 음악을 작곡하여 생전에는 주목을 받았지만 20세기 후반부터는 거론되는 일이 전혀 없다가 다시 조명받기 시작한 라프Joachim Raff는 또 어떤가. 그를 보면 사람의 절정기는 삶이 끝나고 난 후에 찾아오기도 한다는 것을 알게 된다. 불치병 선고를 받은 직후 발표한 러셀 왓슨의 음반 〈댓츠 라이프That's Life〉를 소개하며 나 스스로 '그래, 이런

게 바로 삶인 것이다. 고통이 왔다가 가고 나면 다시 또 밀려오는 것, 탁구공처럼 그것을 다시 네트 너머로 넘기는 것. 그 사이사이 슬픔이나 아픔, 그리고 잔잔한 즐거움들과 재미나게 노는 것'이라고 쓰지 않았던가.

생의 만만찮음 앞에서 작지 않은 낭패감을 맛보고 있을 때, 내가 세상을 위무하기 위해 내놓은 책에 대한 독자들의 성원과 음악인들의 인생을 소재 삼아 풀어놓은 나의 이야기들이, 또 글을 쓰면서 깊이 들여다보게 된 그들의 인생이, 거꾸로 나를 위로하고 있었다.

이번에는 나와 남을 구분하지 않고, 필자인 나와 독자인 여러분 모두를 위해 절실하게 썼다. 쓰는 작업이, 음악이 그랬듯 또다시 내게 위로가 되었다. 위로 덕분에 지치지 않고 힘을 다져 이런저런 작업들을 해낼 수 있었고, 지난해 또다른 결실을 맺었다. 삶은 마치 파도타기와 같다.

'당신의 처음', '저마다의 봄', '나와 세상의 조화', '우리의 정착과 방랑', '내 안의 세속과 신성'. 떠오르는 대로 장 제목을 뽑고 글을 쓰면서 보니 우리의 인생 여정을 그대로 담고 있다. 리허설도 없이 누구나 처음으로 무대에 오르고 저마다 다른 모습의 봄을 보낸 후 여름에 이르러서는 세상과 조화를 이루며 살려고 노력하다가 세상 한 귀퉁이에 정착하기도 하고 어느 지점에 이르러서는 멀리 떠나기도, 다시 돌아오기도 한다. 이러한 인생 여정을 두루 돌아 결국 우리는 자기 안의 세속과 신성을 들여다보며 고요히 생의 의미를 헤아려보게 되는 것이리라.

이는 인생 여정의 큰 얼개이기도 하지만 매일의 일상에서 만날 수 있는 것들이기도 하다. 끝없이 반복되는 엇비슷한 하루하루 같지만 매일 처음 맞는 아침이 찾아오고, 다른 이들과 어울려 잘 살기 위해 누구나 눈물겨운 노력을 기울이고, 정착하기 위해 갖은 애를 쓰면서도 마음 한편으론 언제나 떠나기를 꿈꾼다. 그리고 매 순간은 아닐지라도 이 모든 것이 무슨 의미인지 물끄러미 생각하게 되는 것이다.

이렇게 이어지는 하루하루의 삶에서 생각과 기분 전환이 필요할 때 음악은 참으로 귀한 활력소가 되어준다. 이 책이 그러한 음악의 세계로 여러분을 안내하는 따뜻한 이정표가 된다면 더 바랄 것이 없겠다.

2010년 6월

유정아

"그래, 이런 게 바로 삶인 것이다. 고통이 왔다가
가고 나면 다시 또 밀려오는 것, 탁구공처럼
그것을 다시 네트 너머로 넘기는 것. 그 사이사이
슬픔이나 아픔, 그리고 잔잔한 즐거움들과
재미나게 노는 것"

차례 contents

3장 | 나와 세상의 조화

4장 | 우리의 정착과 방랑

5장 | 내 안의 세속과 신성

1장

당신의 처음

아인슈타인Alfred Einstein은 20세기 최고의 음악학자 중 한 사람으로, 독일에서 태어나 미국으로 망명했다. 모차르트의 쾨헬 목록 3판을 편집했고 르네상스 음악을 집대성한 『이탈리아의 마드리갈』이나 『낭만주의 시대의 음악』 등 음악학사 저술의 고전으로 꼽히는 역저를 냈다. 그가 죽은 후 제자들과 동학들이 그의 주요 논문을 모아 1956년 간행한 『음악에 관한 에세이』는 일반 독자들에게도 매력 있는 저술로 평가되어왔다. 전 시대를 아우르는 풍부한 사료를 바탕으로 상상력과 통찰력을 문학적인 문체로 풀어낸 그의 글은 읽는 재미가 쏠쏠하고, 전인적 인간의 면모를 엿보게 한다. 그 글들 가운데 각 작곡가들이 이 세상에 첫 작품으로 내놓은 op.1 작품들에 대해 쓴 것들을 바탕으로 주요 작곡가들의 작품세계를 알아보려 한다.

"당신의 첫, 나의 첫, 영원히 만날 수 없는 첫."

_김혜순, 「첫」 중에서

4중주주의자의 처음과 끝

하이든
Franz Joseph Haydn

음악가들이 자신의 단일 작품을 모아 시리즈로 엮어 낸 것은 16세기 이탈리아에서부터였던 것으로 보인다. 마드리갈집 1권, 미사곡 2권, 모테트* 몇 권 하는 식으로 한 권에 개별 작품 수십 곡을 담아 출판했다. 17세기 초에는 모든 작품에 작품번호opus number를 달게 되었고, 이러한 관례는 20세기까지 계속되었다.

흔히 〈백조의 노래〉라는 제목이 붙는 작곡가들의 마지막 작품은 특히 위대한 작곡가일수록 그의 전 생애와 작품의 요

• • •
현악 4중주의 시작과 발전에 가장 크게 공헌한 작곡가 하이든.

체를 넘어서는 결정판인 경우가 많다. 하지만 최후 작품의 위용에 비해 최초의 작품은 완성도가 떨어지게 마련이다. 습작이거나 전통을 답습한 것, 모방한 것을 넘어서지 못하는 경우가 많기 때문이다. 독일의 작곡가 베버는 언젠가 슈베르트에게 '개들의 첫 보금자리와 최초의 오페라는 언제나 익사하기 마련'이라고 자조하며 첫 작품의 슬픈 운명을 말한 바 있다고 한다.

그래서 대개 마지막 작품번호가 붙는 작곡가 최후의 창작품과 달리, 작품번호 1번은 작곡가 최초의 작품이 아니다. 즉, op.1은 문자 그대로 처음 작곡한 작품이 아니라 음악가가 대중에게 자신을 알리기 위해, 자신의 정체성과 정당한 권리를 입증하는 한편 맘먹고 내놓은 작품인 것이다.

지금과 달리 18세기만 해도 저작권에 대한 인식이 뚜렷하지 않았기 때문에 작곡가들이 아무리 용의주도하게 신작을 보호하려 해도 특히 유명 작곡가의 작품들은 제멋대로 작품번호가 붙여진 채 이곳저곳에서 출판되곤 했다. 프란츠 요제프 하이든Franz Joseph Haydn(1732~1809)도 평생을 출판업자들에게 시달렸다고 전해진다.

파리, 런던 등 전 유럽에 난무하는 하이든의 작품들 중 실제 작품번호 1번은 여섯 곡의 현악 4중주로 이루어져 있다. 현악 4중주라는 장르를 완성시키고 그 장르만으로도 거대한 작품 목록을 가지고 있는 진정한 콰르테티스트quartetist, 즉 4중주주의자답게 하이든은 이 곡들을 자신의 첫 작품으로 스스로 결정했을까.

노년의 하이든은 그의 평생의 역작이자 성공적인 실험작인 현악 4중주 형식이 삼마르티니*의 영향을 받아 만들어진 것이라는 말이 넌지시 나올 때마다 그답지 않게 불같이 화를 냈다고 한다(사실 하이든이 작곡을 시작하던 시기 그가 기댈 만한 선배 작곡가는 거의 없었다고 할 수 있다). 그만큼 현악 4중

• • •
타트라이 콰르텟 하이든 현악 4중주 op.1, 2, 42, 103 앨범.

주의 시작과 발전은 하이든의 대표 업적일 뿐 아니라, 하이든 자신에게도 현악 4중주라는 장르는 그의 자랑스런 브랜드였던 것이다. 하이든이 가장 좋아했던 장르인 현악 4중주는 하이든의 인간적인 면모가 가장 잘 드러난 장르이기도 하다. 그러나 작곡가 자신의 기억에 의하면 그 시작은 어떤 대단한 계기가 있었다기보다는 거의 우연에 의한 것이었다.

때는 1750년대 초반, 하이든이 음악을 사랑하는 카를 요제프 폰 퓌른베르크 공작 밑에서 봉직하던 시절이다. 장크트 슈테판 성가대에서 노래하던 하이든은 변성기로 거리로 내몰려 어렵게 프리랜서 생활을 이어가다가 오페라를 무대에 올려 성공을 거뒀고 귀족들에게 음악을 지도하면서 차차 형편이 나아지고 있었다. 공작은 자신의 영지에서 음악을 즐기곤 했는데, 하이든에게 그 자신과 알브레히츠베르거*, 공작의 집사와 신부 등 열정적인 음악 애호가 네 명이 연주할 만한 음악을 작곡하도록 했다. 어떤 영역을 작곡해야 할지 고민하던 하이든은 넉 대의 현악기 그룹이 연주하는 음악을 우연히 접하게 되었고, 첫 현악 4중주 작곡에 다섯 악장 형식의 남독일과 오스트리아의 디베르티멘토* 전통에 따른 구조를 가지고 왔다. 하이든 자신은 이 초기 현악 작품을 4중주라고 명명하지 않았고, 대신 카사티오* 혹은 디베르티멘토라는 이름을 붙였다. 빠른 악장—미뉴에트—느린 악장—미뉴에트—빠른 피날레로 구성된 5악장짜리 현악 디베르티멘토가 현악 4중주의 맹아였던 것이다. 심지어 이 작품들에 작품번호를 붙인 것도 하이든 자신이 아니라 출판업자 요한 후멜이었다.

이런 곡절을 겪고 세상에 나온 하이든의 초기 현악 디베르티멘토들은 몇 해 동안 파리에서 쾨닉스부르크, 빈에서 이탈리아까지 전 유럽에 걸쳐 연주되며 폭발적인 인기를 끌었다. 사실 이 작품들이 무명의 프리랜서 음악인이었던 하이든을 작곡가로 만들어주었다고 해도 과언이 아니다. 이 5악장짜리 하이든의 초기 현악 4중주는 우아하고 경쾌하며 젊은 작품들로, 이후 훨씬 심오하고 이지적인 작품들이 나왔을 때조차도 그 위력을 잃지 않았다.

일군의 음악학자들은 하이든의 작품번호 1에 포함된 곡들을 현악 4중주의 특성을 제대로 갖추지 못한 모음곡 정도로 평가하기도 한다. 진정한 실내악, 혹은 현악 4중주의 스타일에 도달하지 못한 부분이 있는 것도 사실이다. 알프레트 아인슈타인은 작품번호 3이 제일 처음 만들어진 12곡의 4중주 작품에 비하면 거족적인 발전을 이뤘음은 부인할 수 없는 사실이라고 말한다. 그럼에도 op.1에서 이미 하이든만의 특성, 즉 빈의 분위기를 충분히 자아내면서도 자유분방하고 꾸밈이 없으며 새가 노래하듯 자연스러운 느낌을 담고 있다는 것이 그의 주장이다. 훗날 우리가 이 위대한 작곡가의 음악세계에서 보게 될 모든 것이 op.1에서 싹트고 있었다는 것이다. 겸손함과 유머, 참신함과 위트 등 하이든만의 특성을 우리는 op.1에서 이미 엿볼 수 있다. 하이든의 시작은 이처럼 조용히, 중뿔나지 않게, 겸손하게, 앞으로 위대한 음악인으로 성장할 젊은 작곡가의 싹을 여실히 보여주고 있었다. 그런 점에서 하이든의 작품번호 1은 가장 1번답다고 하겠다.

• • •
모자이크 콰르텟의 하이든. 1985년에 결성된 4중주단으로, 주로 모차르트, 베토벤, 슈베르트를 시대악기로 연주해왔다. 이 음반은 하이든 만년의 현악 4중주를 녹음한 것.

3년 전 연말, 한 음악회에서 첼리스트 양성원을 만났을 때 요즘 어떤 음악을 듣느냐 물었다. 베토벤의 첼로 소나타 전곡 음반을 내고 이제 어떤 곡에 집중하고 있는지 궁금해서였다. 그의 대답은 꽤 의외였다. 하이든이 만년에 작곡한 현악 4중주를 연주한 모자이크 콰르텟Quatuor Mosaiques 앨범에 심취해 있다는 것이었다.

'모자이크 콰르텟'이라는 이름이 조금 생소해서 찾아보니, 1985년 오스트리아 빈에 있는 콘첸투스 무지쿠스 빈*에서 연주하며 만난 에리히 호바트, 안드레아 비쇼프, 아니타 미테러, 크리스토프 코인이 만든 콰르텟으로, 시대 악기로 하이든과 모차르트, 베토벤, 슈베르트를 주로 연주해온 실내악 단체였다. 그들은 일관된 스타일을 유지하면서도 다양성도 함께 보여주고 있다.

하이든은 1795년 마지막 런던 연주여행을 다녀오고 나서 성악곡과 현악 4중주 작곡에 몰두했다. 그 마지막 창작열에 불타던 나날에 나온 작품들이 현악 4중주 op.76의 여섯 곡(1797~99, 요제프 에뢰디 공작에게 헌정)과 op.77의 두 곡(1799~1802), 그리고 미완성된 op.103(1803~06)이다. 하이든은 전 생애에 걸쳐 68곡의 현악 4중주를 작곡했는데, op.33의 현악 4중주를 작곡한 1781년을 음악학자들은 4중주의 탄생 이후 가장 기념비적인 해로 꼽는다. 그해 하이든의 현악 4중주는 결정적인 전기를 맞았고, 여섯 곡짜리로는 마지막인 op.76은 대단히 훌륭하다고 평가되어, 콰르테티스트 하이든이 만들어낸 현악 4중주의 집대성이라고 일컬어질 정도이다. '경험이 농축된 노래들'이라고 평가받는 op.76의 여섯 곡은 화가 외젠 들라크루아가 '우리가 감탄할 만한 완벽한 음악이란 게 어떤 것인지 보여주는 작품들'이라고 표현할 만큼 완성도 높은 작품들이다. 바이올리니스트 요아힘*도 이런 찬사를 남겼다. '진지하고 슬픈 감정을 표현하는 음악

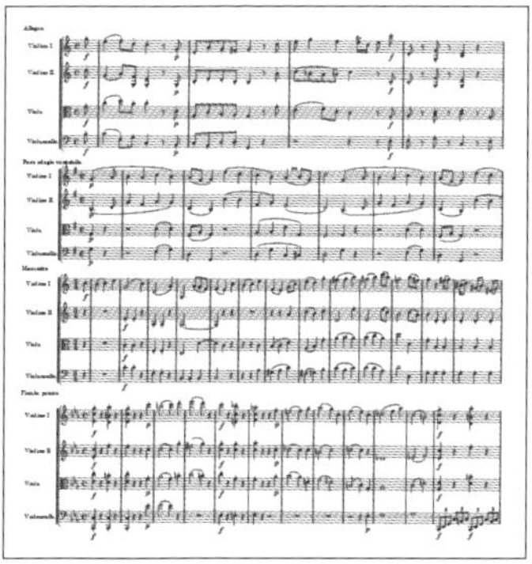

하이든의 현악 4중주 C메이저의 악보.

으로 말하자면, 일찍이 바흐나 베토벤도 하이든만큼 심오하고 종교적이고 환상적인 아다지오를 창조하지는 못했다.'

그러한 하이든이 마지막 창작열을 쏟아부은 것도 역시 현악 4중주였다. 하이든은 프리랜서로 사회에 내팽개쳐진 시작과 달리(그건 자신의 의지가 아니었으니까) 자신의 자유의지로 창작을 그만둔 대가의 드문 예에 속하는 사람으로, 1803년 일흔한 살이 되던 해에 마지막 작품인 현악 4중주를 작곡하기 시작했다. 4중주로 시작했기에 4중주로 끝맺고 싶었던 것일까. 안단테 그라치오소 악장과 미뉴에트 악장은 완성했으나 다른 두 악장을 완성할 힘이 없어 op.103의 두 악장은 미완으로 남았다. 작곡가가 두 악장 중 어떤 것을 앞에 두려 했는지조차 이제는 알 수가 없다. 그는 '나의 모든 힘을 써 버렸다. 나는 늙었고 쇠약하다'고 썼지만 이 두 개의 악장은 어떤 쇠약의 징후도 보여주지 않는다. 하이든의 위대한 면모 중 하나인 정신의 기율과 자기 비판력이 그대로 살아 있으며, 이미 초기 4중주에서 엿보이기 시작한 그만의 독창성도 여전히 빛나고 있다.

알프레트 아인슈타인은 18세기 이전엔 '독창성'이란 개념이 존재하지도 않았으며, 대개 첫 작품들은 전통에 단단히 뿌리박고 있으며 단순히 앞 시대를 모방하고 있음을 발견하게 된다고 말한다. 그런 의미에서 진정한 독창성을 가진 작곡가는 하이든과 쇼팽, 슈만, 브람스 정도라고 한다. 결국 독창성은 '타고나는' 것인지도 모른다. 하이든의 마지막 작품은 새로운 무엇을 시도하고 있지는 않지만 하이든만의 독창성을 완벽하게 완성했다고 평가된다. 작년, 2009년은 하이든의 서거 200주년이 되는 해였다.

유정아의 클래식 노트 Classic Note

모테트motet 중세 르네상스 시대 전성기를 맞은, 음악사에서 중요한 성악곡.

삼마르티니Giovanni Battista Sammartini, 1700~75 이탈리아의 작곡가. 전기 고전주의 시대의 교향곡과 하이든, 모차르트가 발전시킨 후기 고전주의 양식이 탄생하는 데 크게 기여했다.

알브레히츠베르거Johann Georg Albrechtsberger, 1736~1809 오스트리아의 작곡가, 오르간 연주자, 음악이론가. 독립성이 강한 둘 이상의 멜로디를 결합하는 작곡기법인 '대위법'에 관한 한 그 시대의 가장 박식하고 숙련된 작곡가의 한 사람이었다. 베토벤을 포함한 많은 제자들이 그의 가르침을 받기 위해 몰려들었다.

디베르티멘토divertimento '기분전환', '여흥'이라는 뜻의 이탈리아어로, 가볍고 유쾌한 성격의 18세기 음악 양식을 가리킨다.

카사티오cassatio 18세기 하이든과 모차르트의 초기 작품에 사용되었던 음악 형식. 18세기 말에 들어서 가볍게 즐기는 음악만을 지칭하는 말로 쓰이게 되었고, 좀더 전문적인 연주를 요하는 곡들은 트리오나 콰르텟이라고 불렀다. 콰르텟의 이전 형식을 지칭했다는 것에 큰 의미가 있다.

콘첸투스 무지쿠스 빈 Concentus Musicus Wien 고악기古樂器를 사용하는 연주단체로 빈에 근거지를 두고 있다.

요아힘Joseph Joachim, 1831~1907 헝가리의 바이올린 연주자. 장인다운 기교를 가졌고 바흐, 모차르트, 베토벤의 해석에 뛰어났다. 1868년 베를린의 고등실기음악학교의 교장이 되었고, 교육자로서 능력을 인정받아 전 유럽에서 음악학도들이 유학을 왔다. 1869년 요아힘 4중주단을 결성하여 베토벤의 후기 현악 4중주 연주로 명성을 날렸다.

▶콘첸투스 무지쿠스 빈

▶요아힘

누군가의 '첫'은 괭음이다

베토벤
Ludwig van Beethoven

김혜순의 시집 『당신의 첫』에 나오는 시 「첫」은 이렇게 시작한다.

> 내가 세상에서 가장 질투하는 것, 당신의 첫.
> 당신이 세상에서 가장 질투하는 것, 그건 내가 모르지.
> 당신의 잠든 얼굴 속에서 슬며시 스며 나오는 당신의 첫.
> 당신이 여기 올 때 거기에서 가져온 것.
> 나는 당신의 첫을 끊어버리고 싶어.

나는 당신의 얼굴, 그 속의 무엇을 질투하지?
무엇이 무엇인데? 그건 나도 모르지.
아마도 당신을 만든 당신 어머니의 첫 젖 같은 것.
그런 성분으로 만들어진 당신의 첫.
(중략)

당신의 첫, 나의 첫, 영원히 만날 수 없는 첫.
(하략)

시를 어떻게 받아들이느냐는 전적으로 독자의 마음이라는 김 시인의 말대로, 나는 이 시를, 가닿을 수 없는, 사랑하는 사람의 시작을 향한 그리움으로 읽었다. 잠자는 그의 얼굴에 스치는 소년의 얼굴, 더 거슬러올라가 아기의 모습. 더할 수 없는 사랑으로 평화로이 들여다보다가, 하지만 이내 아픈 결론에 도달하게 된다. 평생의 사랑을 만나 그와 생의 마지막을 함께할 순 있어도, 절대로 그와 생의 첫 순간을 함께할 순 없다는 것. 나는 내 아이를 낳고 첫 젖을 먹여 미래의 누군가가 그리워하고 질투할 첫 순간을 만들지만, 내 사랑에게 첫 젖을 먹이진 못하는 것이다, 영원히. '처음'의 형용사형 '첫'은, 이 시에서 '처음'이란 단어의 어감과 달리 처연하고 처량하며 헛헛하다.

루트비히 판 베토벤Ludwig van Beethoven(1770~1826)은 우리가 오늘날 알고 있는 작품번호를 매긴 최초의 작곡가라 할 수 있다. 그의 생애를 통해 베토벤의 현악 4중주 op.18(1800년 서른 살에 만든 곡), op.59(라주모프스키*), op.74(세리오소*) 등 작품번호가 상기시키는 의미를 짚어볼 수 있으며, 피아노 소나타 op.111은 번호로 마지막 피아노 소나타임을 확인할 수 있다. 베토벤 작품에서 작품번호는 그 곡의 기원과 성격을 암시하고 대변하는 역할을 하는 것이다.

그러나 작품에 붙은 번호로 작곡 시기를 추론하는 것은 여전히 금물이다. 베토벤의 작품번호 또한 다른 작곡가와 마찬가지로 꼭 연대순이 아니기 때문이다. 그도 작품번호 1번 이전에 적잖은 작품들을 작곡했고, 1번을 발표한 후에 뒤늦게 출판했다. op.39 피아노를 위한 전주곡, op.52의 가곡들, op.44 피아노를 위한 변주곡, op.103 8중주 등의 곡은 베토벤이 청년 시절 본에 머물면서 작곡한 것이다. 그러나 작곡가가 작품을 작곡한 정확한 시기를 후세에 알려야 할 의무를

• • •
작품에 번호를 처음 매긴 작곡가 베토벤.

가진 것도 아니고, 어차피 돈을 벌기 위한 악보 출판인데 의뢰받기 전에 작곡한 것을 내놓는다 한들, 출판업자에 대한 그 정도의 농락은 죄로 여기지도 않았을 것이다(자기 표절이 아닌 한, 실은 농락도 아니다).

신동 모차르트 같은 명성을 누리게 하고 싶어 아들의 나이를 두 살 어리게 속이기까지 했던 본의 궁정가수였던 아버지와 쳄발로* 스승 네페*의 극성에도 불구하고, 베토벤은 어린 시절부터 재능은 두드러졌지만 '신동 베토벤'은 되지 못했다. 주변의 친지 음악가들로부터 음악을 배우고 궁정의 보조 반주자와 음악 선생으로 지내던 10대 시절 베토벤은 발트슈타인 백작을 알게 된다. 백작은 네페와 함께 선제후 막시

밀리안 프란츠에게 베토벤이 모차르트에게 배울 수 있도록 후원해달라고 부탁하여 베토벤을 빈으로 보내는 데 성공한다. 1787년 열일곱 살의 베토벤은 빈에서 모차르트를 만나지만 어머니가 위독하다는 전갈을 받고 다시 본으로 돌아온다. 가족의 생계를 책임져야 하는 입장이었기 때문이다. 베토벤은 일곱 형제 중 둘째로 태어났지만 그중 세 명이 일찍 죽어 장남 역할을 해야 했고, '신동 베토벤 만들기' 기획이 좌절된 후로 아버지는 술에 빠져 가정을 건사하지 못하는 상황이었다. 베토벤은 다시 본의 궁정 악단과 교회, 아카데미의 일을 하며 작곡을 이어나간다.

1792년 이미 전 유럽에 명성이 자자했던 예순 살의 하이든은 본에 잠시 들렀을 때 스물두 살의 베토벤을 만나, 훗날 빈에 오면 작곡을 가르쳐주겠다는 약속을 한다. 베토벤은 그해 바로 빈으로 가서 하이든의 가르침을 받았으나 만족하지 못해 내적으로 저항했고, 하이든도 베토벤을 높이 평가하지 않았다. 하이든이 런던을 방문하는 동안, 하이든으로 하여금 현악 4중주를 작곡하게 한 공작의 집에서 만난 인연으로 함께 일하고 있던 빈 궁정악단의 음악가 알브레히츠베르거가 소위 대타 선생으로 나섰고(베토벤은 그에게서 대위법을 배웠

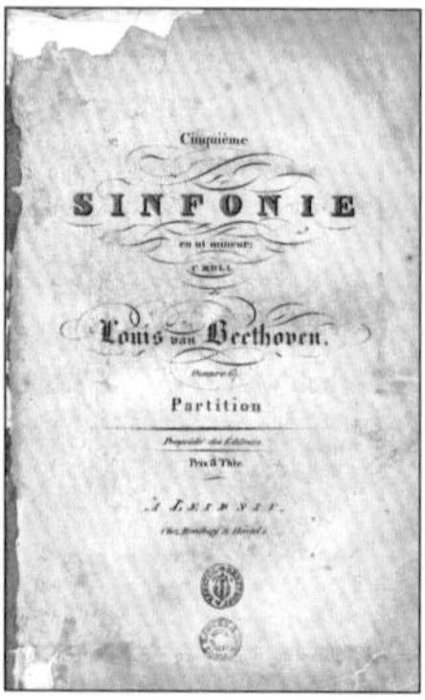

• • •
베토벤의 5번 교향곡 〈운명〉 악보.

는데, 스승이 중시하는 엄격한 대위법의 규칙도 탐탁지 않아했다) 이때 만든 E플랫장조와 G장조, C단조 피아노 트리오 세 곡의 스케치를 작품번호 1로 묶어 1795년 출판업자에게 넘겼다. 이 곡들은 당시 빈에서 베토벤을 후원하던 리히노프스키 백작에게 헌정되었다.

하이든이 베토벤에게 이 곡들을 출판하지 말라고 권고했다는 이야기가 전해지지만 입증된 사실이 아닐뿐더러 1794년 하이든은 자신에게 호의적이었던 런던을 재방문중이었기 때문에 연대상의 모순도 보인다. 그러나 이 젊은 작곡가 베토벤의 피아노 트리오 작품을 들어보면 하이든이 부정적인 반응을 보인 것도 이해할 만하다. 베토벤은 이미 작품번호 1에서부터 하이든이나 모차르트를 따르지 않고 자신만의 길을 가고 있음을 발견할 수 있기 때문이다. op.1-1의 2악장 아다지오 칸타빌레에서 그는 앞선 대가들은 생각할 수도 없었던 파열음의 폭발을 즐긴다. op.1-3 C단조 트리오의 피날레는 야만적으로 들릴 수도 있을 굉음으로 시작해 하찮은 전개로 이어진다. 기존의 예술관이나 양식과의 교감은 어디서도 찾아볼 수 없다.

알프레트 아인슈타인은 이렇게 쓰고 있다.

"하이든이 그걸 참는다는 건 불가능했을 것이다. 그는 필경 깜짝 놀라 펄쩍 뛰지 않을 수 없었으리라. 새로운 시대가 시작되었던 것이다."

별들이 돌며 내는 굉음은 너무 커서 인간의 귀에 들리지 않는 것이라고 한다. 하이든은 듣지 못했던 베토벤의 '첫'은 그런 굉음이었고, 우리는 그 '첫'으로 인해 오늘도 혁신의 예술을 꿈꿀 수 있으니 그것을 함께하지 못했다고 질투할 필요는 없다. 그의 '첫'은 전혀 처연하거나 처량하거나 헛헛하지 않다. 우리 모두 그에게 첫 젖을 먹이진 않았지만, 그를 사랑하면서 그의 '첫'을 함께할 수 있으니까.

유정아의 클래식 노트

Classic Note

라주모프스키Rasumovsky 세 개의 현악 4중주곡. 오스트리아 대사였던 러시아의 안드레아 라주모프스키 백작의 의뢰를 받아 만든 것으로, 러시아의 민요나 가락이 많이 도입되어 있다.

세리오소serioso 악보에서 비장하게 또는 장중하게 연주하라는 말.

쳄발로Cembalo 건반이 달린 발현악기. 하프시코드, 클라브생, 클라비쳄발로라고도 하며 16~18세기가 그 전성기였다. 모양은 그랜드피아노와 비슷하나 피아노는 현을 해머로 치지만 쳄발로는 무두질한 가죽 등의 발목撥木이 재크를 건반의 뒤끝으로 밀어올려 현을 퉁긴다.

네페Christian Gottlob Neefe, 1748~98 독일의 지휘자이자 작곡가. 각지에서 음악감독·지휘자·오르간 연주자 등으로 활약했다. 작곡가로서도 이름을 날려 오페라, 오페레타, 피아노 소나타, 피아노 협주곡, 성악곡 등 많은 작품을 남겼다.

같은 시대를 산 그들의 다른 운명, 같은 습성

헨델과 바흐
Georg Friedrich Handel
& Johann Sebastian Bach

요한 제바스티안 바흐Johann Sebastian Bach(1685~1750)와 게오르크 프리드리히 헨델Georg Friedrich Handel(1685~1759)은 1685년생 동갑인 것을 제외하고는 아주 다르다고 평가되는 작곡가들이다. 그러나 이들은 첫 작품을 출판할 시기를 정하는 데만큼은 똑같이 신중해서 중년을 지나고 나서야 작품번호 1을 단 작품을 세상에 내놓았다.

헨델의 작품번호는 평생 6을 넘어서지 않았다. 바흐가 그랬듯이 기악곡에만 번호를 매긴데다가 오로지 바소 콘티누오*가 곁들여진 기악 앙상블에만 번호를 붙였기 때문이다. 그래서 첫 작품을 출판하기 전 이미 그에게 명성을 안겨준 중요 현악 작품들이나 건반악기만을 위한 작품들은 번호가 붙어 있지 않다.

헨델의 작품번호 1은 12곡의 챔버 소나타와 플루트, 리코더, 오보에, 바이올린을 위한 몇 곡으로 구성되어 1724년 네덜란드 암스테르담의 비트포겔에 의해 출판되었다. 당시 그의 나이 서른아홉 살이었다. 훗날 영국판이 만들어지면서 15개의 소나타가 포함되었는데 헨델의 의지는 아니었던 것으로 보인다. 또한 '이전 판들보다 한결 정확한'이란 평이 실린, 1733년 영국의 월시John Walsh에 의해 출판된 것에는 12개의 소나타만 포함되어 있다. 첫 페이지엔 '하프시코드나 바이올린 베이스를 동반한 독일 플루트, 오보에, 바이올린을 위한 소나타들'이라고 작품을 설명하고 있다.

그러나 헨델의 작품번호 1에 수록된 곡들은 20세기 중반까지 몇몇 거장의 주의를 끌었을 뿐 자주 연주되지는 않았다. 이 소나타들의 역사적, 예술적 중요성에 대해서도 강조된 적이 없었다. 헨델이라는 사람이나 그의 음악이 마땅한

• • •
알프레트 아인슈타인은 헨델을 그 시대의 가장 위대한 '이탈리아적' 음악가로 꼽았다.

관심과 이해를 받지 못했다고 할 수 있겠다. 그러다가 20세기 후반 들어 그의 이탈리아 오페라들이 활발히 무대에 올려지고 오페라 속 아리아들이 여러 고古음악 발굴가와 성악가들의 협력에 의해 음반으로 출판되면서 헨델은 새롭게 조명받고 있다. 그의 기악곡에 대한 관심도 함께 커지긴 했으나 아직 연주가 많이 나오진 않았다.

알프레트 아인슈타인에 의하면 헨델은 그 시대의 가장 위대한 '이탈리아적' 음악가이다. '가장 위대한 음악은 이탈리아적이다'라는 말이 있을 정도로 당시 음악이 가장 발달한 곳, 그러니까 음악 선진국은 이탈리아였고, 헨델은 경쾌함과 밝음으로 대표되는 이탈리아 음악을 섬나라 영국에 이식했

•••
헨델의 자필 악보. 헨델의 작품번호는 6을 넘어서지 않는다.

던 것이다. 독일에서 태어나 이탈리아에서 공부하고 영국에서 활동한 헨델의 작품번호 1번의 소나타들에도 이탈리아 소나타가 산출한 모든 것이 녹아 있으며 영국 특유의 분위기와 적절히 어우러지고 있다고 평가된다. 그의 작품번호 1을 들으며 헨델의 음악 공부를 완성시켜준 볼로냐, 베네치아의 늙은 거장들의 은혜 또한 헤아려볼 수 있겠다.

1726년 바흐는 E장조 파르티타*를 내놓았는데 이는 피아노 연습곡의 첫 부분을 이루는 것이었다. 파르티타란 연습곡이 있는 대모음곡을 말한다. 그 뒤로 바흐는 1년에 하나씩 5개의 파르티타를 첨가했으므로 엄밀히 말하자면 1731년 그

•••
바흐는 교회에 봉직하면서도 음악도 인간을 교육하기 위해 존재한다고 믿었다.

가 마흔여섯이 될 때까지 바흐의 작품번호 1번은 완성되지 않았던 셈이다.

그렇다고 해도 당연히 이 파르티타가 바흐의 첫 출판 작품은 아니었다. 1708년 뮐하우젠 지방의회가 출판한 〈하느님은 나의 제왕〉이라는 칸타타가 최초의 인쇄 작품이다. 성 블라시우스 성당의 오르간 주자로 봉직하고 있던 스물세 살의 바흐에 대한 존경과 작품에 대한 경외에서라기보다는 의회 자체의 존엄성에 대한 자부심으로 출판되었기에 이 작품은 작품번호를 가지고 있지 않다.

바흐의 솔로 키보드 작품들에 대해서는 젊은 연주가부터

바흐의 작품번호 1번 악보.

나이 든 거장에 이르기까지 수많은 연주자들이 바흐만의 창의적 정신을 통찰하게 해주는 작품이라고 평하며 즐겨 연주한다. 세상의 평가는 이렇게 좋건만, 정작 바흐는 봉직 기간 중 이견을 달기 쉽지 않을 정도로 훌륭한 이 작품들을 연주해달라는 요청을 그렇게 많이 받지는 못했다고 전해진다. 여섯 곡의 파르티타, 영국모음곡, 토카타, 인벤션 등은 바흐의 아들들을 포함한 연주자들의 연습용 교본 등으로 쓰기 위한, 사적인 용도로 작곡되었던 것으로 보인다.

바흐는 교회에 봉직하면서도 음악은 인간을 교육하기 위해 존재하는 것이라 여겼고, 신을 위해서만이 아니라 다음

세대에 전범이 되는 걸작을 창조하는 것이 자신의 의무라 여겼다. 다음 세대만이 아니라 300년이 흘러서도 음악인들에게 빛과 소금이 되어주고 있는 바흐의 작품들은 하마터면 연주회용 레퍼토리의 이정표가 되지 못할 수도 있었다. 바흐가 처음엔 작곡가로서보다는 독일 최고의 키보드 연주자로 명성이 높았기 때문이다.

실제로 바흐는 마흔이 넘어서야 여섯 곡의 파르티타에 자랑스런 명칭, 작품번호 1을 붙여 내놓았다. 1725년과 1730년 사이 한 해에 한 작품씩 작곡된 것으로 보이는 이 곡들을 바흐는 1731년 클라비어 연습곡집Clavier-Ubung(키보드 연습곡)이라는 하나의 작품으로 꾸렸다. 곧이어 이탈리아 협주곡, 프랑스 스타일의 서곡, 골드베르크 변주곡 등 또다른 세 권을 각각 작곡했고 〈푸가의 기술〉이 다섯 권째 작품이 되었다.

라이프치히 장크트 토마스 교회의 합창장으로서의 의무를 충실히 수행하는 가운데서도 바흐는 틈틈이 이러한 대중적이고 화려한 곡들을 작곡해 자비로 출판, 배급했다. 그는 공공연히 말하곤 했다. "이 음악들은 음악 애호가들이 자신의 영혼을 기쁘게 하기 위해 연주해야 하는 곡들"이라고. 바흐는 교회를 위해 음악을 만들면서도 음악은 그 내용과 정교

함으로 그것을 사랑하는 사람들을 행복하게 하기 위해 존재하는 것이라고 생각했던 것이다. 바흐 최고의 성취는 바로 우아함과 활력과 명민함을 갖춘 음악에 심오한 정신의 고귀함을 부여한 방식일 것이다.

여섯 곡의 파르티타는 출판하면서부터 베스트셀러로 각광받으며 그 가치를 인정받았다. 다른 이들에게 인정받고 사랑받았음에도 바흐는 다른 작품에도 그랬듯이 여러 차례 이 곡들을 수정, 보완했다. 참으로 다행스럽게도 바흐가 손으로 직접 쓴 오리지널 악보가 남아 있다.

바흐가 이 파르티타를 쓴 데는 자신의 전임자였던 쿠나우* 의 아름다운 파르티타 두 곡(1689년 장조, 1692년 단조)의 영향이 컸던 것으로 보인다. 바흐는 쿠나우의 도입부를 차용해 각 파르티타마다 신포니아*나 판타지아*, 오버추어* 등 다른 이름을 붙이고 이어서는 알르망드*, 쿠랑트*, 사라반드*와 지그*를 이었다. 그리고 재미있는 조성의 변주도 즐기고 있다. 1번은 B플랫장조, 2번은 C단조, 3번은 A단조, 4번은 D장조, 5번은 G장조, 6번은 E단조 등이다.

파르티타 2번은 1727년 9월 19일에 작곡된 것으로 장 바티스트 륄리Jean-Baptiste Lully(1632~87)의 프랑스 서곡과 유사한

• • •
미국의 피아니스트 머리 페라리어. 손가락 부상으로 수년을 고통받은 그는 바흐의 음악에 위로받고 바흐의 음악으로 제2의 인생을 시작했다.

리듬의, 장려하고 웅장한 그랜드 스타일로 시작한다. 3번은 그의 아내 안나 막달레나를 위해 쓴 것으로 파르티타 중 가장 먼저 1725년에 작곡된 것으로 보인다. 4번은 1728년에 작곡되었고 이 곡을 가장 훌륭한 파르티타로 평가하는 사람들도 있다.

2007년 미국 출신의 세계적인 피아니스트 머리 페라이어Murray Perahia(1947~)가 바로 이 바흐의 파르티타 2, 3, 4번을 녹음해 음반을 냈다.

1947년 뉴욕 유태계 가정에서 태어난 페라이어는 네 살 때 피아노를 시작했으나 열다섯 살 때까지는 연주자의 길을

• • •
페라리어가 연주한 바흐의 파르티타 2, 3, 4번 음반.

걷는 것을 심각하게 고려하진 않았다. 열일곱 살에 메네스 음대에 들어가 호르쇼브스키*에게 배우면서 그는 비로소 음악인으로서의 커리어를 쌓아나가기 시작했고, 뉴욕의 어느 공원 벤치에 앉아 있던 호로비츠*와 우연히 인연을 맺으면서 호로비츠의 섬세함과 순수한 연주에 많은 영향을 받았다. 페라이어의 첫 주요 음반은 잉글리시 챔버 오케스트라와 녹음한 모차르트 협주곡들이며, 80년대 하이팅크* 지휘 로얄 콘세르트헤보우 오케스트라와 베토벤 협주곡 전곡을 녹음하기도 했다.

머리 페라이어는 그러나 1990년대 혹독한 시련을 겪게 된다. 악보에 오른손 엄지손가락을 베여 살이 썩어들어갔고 항생제 치료가 건강에 치명적인 영향을 주어 몇 년간 연주자로서의 생활을 접어야 했던 것이다. 그는 수년간 이어진 고통의 나날 동안 바흐의 음악을 공부하며 위안을 받았다고 한다. 마치 바흐를 연주하도록 계시라도 받은 듯 그의 음악에 몰두해 연주한 끝에 마침내 90년대 후반 바흐의 건반 음악을 통해 자신의 완쾌를 알렸다. 여러 상을 휩쓸며 세상을 떠들썩하게 했던 연주 가운데 최고는 2000년 출시된 골드베르크 변주곡이다. 골드베르크 하면 떠올리게 되는 이름, 글렌 굴드와 전혀 다른 스타일의 연주로 페라이어는 이제 또다른 바흐의 권위자라는 이름으로 서게 되었다.

그러다가 또다시 손가락 염증이 재발하면서 2005년 연주 일정들이 취소되었으나 다행히 1년 만인 2006년, 연주 무대로 돌아올 수 있었다. 독일, 런던, 미국 등 10대 도시 순회 연주를 다니며 즐겁게 살더니 2007년 또 바흐의 파르티타 음반을 내놓았다. 혹자는 '연주자들의 테크닉 경쟁이 치열한 메마른 음악세계에 서정적이고 인간적인 페라이어의 연주는 오아시스와 같다'고도 평했다. 건조하고 삭막한 일상에 물기를 주는 그의 연주로 바흐가 '인간이 자신의 영혼을 기쁘게 하기 위해 연주하는 곡'이라 칭했던 곡들을 한번 들어본다.

유정아의 클래식 노트 Classic Note

바소 콘티누오basso continuo 바로크 시대(1600~1750) 유럽에서 성행한, 특수한 연주 습관을 수반하는 저음 파트.

파르티타partita 바로크 시대에 쓰였던 음악 형식. 이탈리아에서는 본디 변주곡을 가리켰는데, 17세기 말엽부터는 모음곡이라는 뜻으로도 사용되었다.

쿠나우Johann Kuhnau, 1660~1722 독일의 작곡가. 교회 칸타타와 초기 건반 소나타 곡을 작곡했다. 1684년부터 라이프치히에 있는 장크트 토마스 교회의 오르간 연주자로 일했으며, 1701년부터 죽을 때까지 그곳의 칸토르를 지냈다.

신포니아sinfonia 바로크 시대의 기악합주곡. 교향곡과 같은 뜻으로 쓰이는 경우도 있으며 바흐는 3성三聲의 소즉흥곡小卽興曲을 지칭하는 데 사용했다.

판타지아fantasia 환상곡. 형식의 제약을 받지 않고 악상을 자유롭게 전개시키는 낭만적인 악곡.

오버추어overture 오페라나 오라토리오(종교 또는 종교와 관련된 내용을 다룬 독창·합창·관현악을 위한 대규모 악곡) 따위에서 개막 전에 연주하는 악곡.

알르망드allemande 바로크 시대의 기악 춤곡 형식의 하나로, 모음곡의 기본 요소 중 하나이다.

쿠랑트courante 16세기에 만들어져 한때 유럽 여기저기 널리 유행했던 춤곡.

사라반드saraband 17세기부터 18세기 무렵에 에스파냐를 비롯한 유럽 각지의 궁정에서 유행한 춤 또는 춤곡.

지그gigue 바로크 시대에 유행한, 8분의 3박자 또는 8분의 6박자로 이루어진 빠른 춤곡.

호르쇼브스키Miecztslaw Horszowski, 1882~1993 폴란드 출신의 피아니스트. 아흔아홉 살에 마지막 연주회를 가졌을 정도로 활발하게 활동했으나 세간에는 거의 알려지지 않았다.

호로비츠Vladimir Horowitz, 1903~89 러시아에서 태어나 미국에서 활동한 피아니스트. 낭만주의 전통을 지녔으며, 리스트·라흐마니노프·쇼팽 등의 곡을 연주해 정확한 기교, 완전한 공명, 셈여림 조절 등으로 칭송받았다.

하이팅크Bernard Haitink, 1929~ 네덜란드의 지휘자. 말러, 브루크너, 베토벤, 리스트의 해석으로 잘 알려져 있다. 멩겔베르크의 전통을 이어받아 독특한 개성과 설득력 있는 지휘법을 가졌다고 평가된다.

천재의 흔적

모차르트
Wolfgang Amadeus Mozart

요절한 천재 음악가들의 삶을 살펴볼 때면 참으로 답하기 어려운 한 가지 질문이 떠오른다. 일찍 세상을 뜰 운명이었기에 그토록 어린 나이에 작품을 낸 것일까, 아니면 남들보다 빨리 시작해서 그만큼 빨리 생명이 다한 것일까. 모차르트의 경우, 그의 첫 작품을 대하면 '그토록 빨리 출발했으니 일찍 생을 마감할 수밖에 없었겠지'라는 생각을 하게 된다.

볼프강 아마데우스 모차르트Wolfgang Amadeus Mozart(1756~91)의 야심차고 남들보다 앞서 나가던 아버지는 1763년 나

• • •
여덟 살 어린 나이에 첫 작품을 발표한 모차르트. 그는 단명할 운명임을 알고 그토록 서둘렀던 것일까.

네를(1751~1829)*과 볼프강, 열두 살과 일곱 살 난 두 남매를 데리고 파리로 떠난다. 그곳에 머물며 베르사유 궁전을 비롯한 프랑스의 궁정을 돌며 아이들의 연주를 주선하고 그들의 재능을 알아봐주기를 기다린다.

연주 실력만으로는 주목받기에 역부족이라 여겼는지 모차르트의 아버지는 이듬해인 1764년 1월 말 여덟 살 생일을 맞을 즈음의 어린 아들이 쓴 피아노 소나타 네 곡에 바이올린 즉흥 연주를 곁들여 출판한다. 네 곡 중 최초의 소나타 두 작품이 작품번호 1로 출판되어 프랑스의 마담 빅투아르에게 헌정되었고 다른 두 작품은 국왕의 딸에게 헌정되었다. 음악은 잘츠부르크와 빈에 대한 어린 소년의 추억과 그가 파리에서 받은 인상을 담고 있는데, 오직 '모차르트적'이라고밖에는 표현할 수 없는, 뭐라 형언할 수 없는 천부적 기질의 흔적을 발견하게 된다.

어린 시절 모차르트는 4번까지 번호를 붙여 작품을 발표했고, 성장해서도 번호 매기는 것을 자제하여 작품번호 17, 18을 넘기지 않았다. 15년 만에 파리를 방문했을 때 피아노와 바이올린을 위한 소나타를 출판하면서는 다시 작품번호 1번을 붙이기도 했다. 그러니까 모차르트에게는 작품번호 1이 붙은 작품이 두 편인 셈인데, 이것은 작곡가들에게 흔한 일은 아니다. 사실 이 시기 모차르트가 자기 작품에 스스로 번호를 붙였는지는 의심스럽다. 의뢰받은 행사용 작품을 포함해 창작에 쓸 시간도 늘 부족했으니까.

결국 자신의 작품을 문서로 남길 필요를 느낀 모차르트는 스물여덟 살이던 1784년 2월 9일 자신이 작곡한 모든 작품의 만든 날짜, 제목, 도입 악절 등을 작은 녹색 공책에 기입하기 시작했다. 이 녹색 공책에 최초로 기입된 것은 E플랫장조 피아노 협주곡이다. 그러나 우리가 열띤 의지로 기록 수첩이나 일기를 시작했다가 흐지부지되듯, 모차르트 또한 처

• • •
모차르트의 작품번호 1은 프랑스의 마담 빅투아르에게 헌정되었다.

음 마음과는 달리 기록하는 것을 잊어버리고 지내는 때가 많았다.

오늘날 우리가 모차르트의 작품을 체계적으로 접할 수 있게 된 데는 전적으로 쾨헬*의 공이 크다. 모차르트의 사망 이후 수십 년 동안 뒤죽박죽이 된 그의 작품을 목록화하려는 시도가 있었지만, 실질적인 성공을 거둔 것은 1862년 식물학자이자 음악학자였던 쾨헬이었다. 551쪽 분량으로 『볼프강 아마데우스 모차르트 전 작품의 연대순 주제 목록』이라는 이름이 붙은 책에는 각 작품의 '모두冒頭'라고 불리는 시작 부분의 마디들이 포함되었다. K.626 레퀴엠이 마지막을 장식한다. 쾨헬은 작품을 시간 순서대로 정리하려고 했으나 1784년 전에 쓰인 작품의 시기는 대부분 추정할 수밖에 없었다.

쾨헬 이후 새로 발견되거나 연대가 바뀐 것이 확인되면서 목록은 지금까지 모두 여덟 번 고쳐졌다. 1937년 알프레트 아인슈타인의 제3판, 1964년 히글링, 시에베르스, 바인만의 제6판에서 특히 많은 수정이 있었다. 원래 번호를 최대한 유지하기 위해 개정판에서 연대순을 재정렬할 때는 새 번호에 문자가 추가되었다. 쾨헬의 원래 목록 번호는 K1, 여섯번째 개정판의 번호는 K6이라고 붙이는 식이다.

쾨헬 번호를 통해 작품 완성 연도와 모차르트의 나이를 어림잡을 수 있는데, 쾨헬 번호 100번 이후의 작품들은 작품 번호를 25로 나누고 10을 더하면 작품을 썼을 당시 모차르트의 나이를 대략 알 수 있으며, 거기에 1756을 더하면 작품의 완성 연도를 알 수 있다.

쾨헬의 분류에 의하면 모차르트의 첫 작품으로 분류되어 있는 소나타들 중 대여섯 살 때 잘츠부르크에서 작곡한 것들은 쾨헬 1번의 a부터 f, 5번까지이며 1764년 파리에서 작곡한 네 곡은 각각 6, 7, 8, 9번으로 분류된다.

그리고 1784년 스물여덟 살의 모차르트가 녹색 공책에 처음으로 기입한 피아노 협주곡 E플랫장조는 K.449번으로 그해 2월 19일 작곡된 것으로 알려져 있다.

짧은 곡임에도 불구하고 '그다움'이 이미 듬뿍 담겨 있는 어린 신동의 첫 작품과 20대의 천재 작곡가가 불현듯 기록의 필요성을 느껴 녹색 공책에 처음으로 기입한 두 곡을 들으며 모차르트를 느껴본다.

유정아의 클래식 노트 Classic Note

마리아 안나 모차르트 Maria Anna Walburga Ignatia Mozart '나네를'로 더 잘 알려진 오스트리아의 음악인으로 볼프강 아마데우스 모차르트의 누이. 일곱 살이 되었을 때 아버지에게 하프시코드를 배웠고, 볼프강과 함께 빈과 파리 등 여러 도시로 연주여행을 다니며 음악적 재능을 과시했다. 하프시코드와 포르테피아노(그랜드피아노의 초기 형태) 연주에서 뛰어난 기량을 발휘했으나 결혼 적령기가 되자 아버지는 연주여행에 동행하는 것을 더이상 허락하지 않았다. 볼프강이 보낸 많은 편지에서 그는 누이의 작곡 실력을 칭찬하고 있지만 현존하는 작품은 단 한 점도 없다.

쾨헬Ludwig von Köchel, 1800~77 오스트리아의 식물학자, 광물학자, 모차르트의 작품 목록을 집대성한 모차르트 연구가. 모차르트의 곡들을 정리하고 그 번호 앞에 'K'(Köchel) 또는 'K. V.(Köchel Verzeichnis : '쾨헬 목록'이라는 뜻)'라는 문자를 붙여 모차르트 곡의 분류 체계를 세웠다.

신동은 아닌 슈퍼맨의 시작

슈베르트
Franz Peter Schubert

모차르트가 신동이자 슈퍼맨이었다면, 프란츠 페터 슈베르트Franz Peter Schubert(1797~1828)는 신동은 아니었지만 슈퍼맨이었다. 슈퍼맨이란 게 뭔가. 평상시에는 어리바리한 신문사 기자이지만 일이 생기면 지구를 지키기 위해 '슈퍼 울트라 파워'로 문제를 해결하는 존재이다. 요절한 모차르트에 비해 5년쯤 더 짧게 산 것까지 감안하면, 신동도 아니면서 슈퍼맨이었던 슈베르트의 다산성은 더욱 경이롭다.

슈베르트는 열세 살이었던 1810년 무렵부터 장르를 신경

쓰지 않고 광범위하게 작곡에 손을 대기 시작했다. 1814년 10월 2일엔 〈물레 잣는 그레트헨〉을 작곡했고 1815년엔 오페라와 미사곡, 심포니, 현악 4중주, 피아노 소나타, 그 외 온갖 종류의 음악에다 146곡이나 되는 가곡을 작곡했다. 안으로부터 넘쳐 나오는 선율을 주체하지 못하고 종이에 옮겨 적은 것이다.

열여덟 살이던 1815년 겨울, 그는 괴테의 발라드에 곡을 붙인 최초의 가곡 〈마왕〉을 작곡해 작품번호 1번을 붙였다. 슈베르트보다 아홉 살 연상으로 평생 친구였던 슈파운Josef von Spaun은 당시의 상황을 이렇게 생생하게 증언하고 있다.

'어느 날 오후 나는 마일호퍼와 슈베르트를 만나러 갔다. 슈베르트는 그 무렵 히멜프포르트그룬트에 있는 부친의 집에 살고 있었다. 우리가 그 집에 들어섰을 때 슈베르트는 열에 들떠서 괴테의 「마왕」을 읽고 있었다. 그는 손에 펜을 쥔 채 여러 차례 서성이다가 갑자기 책상에 앉더니 그 기막힌 노래를 순식간에 종이 위에 적어나갔다. 슈베르트의 집에는 피아노가 없었기에 우리는 콘빅트로 달려갔다. 그날 밤 거기서 불린 〈마왕〉은 우레와 같은 갈채를 받았다.'

콘빅트란 슈베르트와 슈파운이 다니던 궁정 학교로, 학생

• • •
신동도 아니면서 슈퍼맨이었던 슈베르트. 짧았던 생애를 생각하면 그의 다작은 놀랍기만 하다.

들은 관비로 일반 교육과 합창 교육을 받고 궁정 예배당에서 노래를 했다. 오늘날 빈소년합창단의 전신으로 볼 수 있는 기관이다.

그러나 찬사만 있었던 건 아니다. 불협화음에다 말발굽 소리의 세잇단음표, 노래를 압도하는 피아노 반주 등 새로운 것들로 가득 찬 이 곡에 거부감과 당혹스러움을 표하는 사람도 많았다.

이듬해인 1816년 슈베르트는 여덟 권의 가곡집을 출판할 계획을 갖고 있었는데 그중 1권과 2권은 전적으로 괴테의 시에 바쳐진 것이었다. 위대한 시인에 대한 존경과 사랑을 담고 있는 이 젊은 작곡가의 작품을 괴테에게 보낸 사람도 슈

슈베르트의 작품번호 1번 〈마왕〉의 악보.

파운Josef von Spaun이었다. 슈파운은 편지에 작품번호 1번 〈마왕〉을 포함한 가곡집 1권의 악보도 동봉했으나, 괴테는 슈베르트의 편지에도 음악에도 전혀 관심을 기울이지 않았다.

1817년 슈베르트는 〈마왕〉을 라이프치히의 한 출판사에 보냈으나 출판업자들도 괴테처럼 하나같이 이 곡을 무시했다. 1821년 1월까지 공개 초연을 갖지 못하다가 친구들이 적극적으로 발벗고 나서 작곡 6년 만인 그해 3월에야 슈베르트의 작품번호 1번은 인쇄될 수 있었다. 악보를 출판하는 데는 성공했지만 전혀 주목을 받지 못했고, 역시 큰 관심을 끌지 못한 다른 가곡들을 발표하고 나서야 출판업자들로부터 상

• • •
슈베르트 음악의 새로운 소리를 들려주는 맨지와 이가의 소나타 음반.

업성을 인정받았다고 한다.

슈베르트의 작품번호 1은 천재의 머리에서 어렵지 않게 물 흐르듯 흘러나왔지만 그것이 보통 사람 귀에 익숙해지고 손에 잡히기까지는 꽤 많은 난관이 있었으며 시간이 필요했던 것이다. 훗날 슈베르트의 권위자인 오스트리아의 음악 문헌학자이자 전기 작가 도이치Otto Erich Deutsch는 연대기순으로 총 998개의 슈베르트 작품에 번호를 매겼다. 그 순서에 의하면 슈퍼맨이 여느 신동들처럼 한 호흡에 써낸 작품번호 1의 가곡 〈마왕〉 op.1은 도이치 번호 328에 해당한다.

20년 지기인 두 거장 맨지Andrew Manze와 이가Richard Egarr가

슈베르트의 초기 소나타를 연주한 음반이 있다.

1984년 케임브리지 대학에서 만나 인연을 맺은 후 악보와 연주기법을 함께 연구하며 누구도 흉내내기 힘든 파트너십을 가져온 두 음악인은 지금까지 바흐, 헨델, 코렐리*는 물론이고, 슈멜처*, 판돌피* 등 17,18세기 바로크 레퍼토리를 풍요롭게 하며 연주의 새로운 표준을 제시해왔다. 첫 듀오 리사이틀에서 그라모폰 상, 독일음반비평가상, 디아파종 상, 칸클래식음반상을 휩쓸기도 했는데, 이들이 2008년 6월 14일 우리나라를 공연차 찾았다.

앤드류 맨지는 피녹Trevor David Pinnock의 뒤를 이어 '잉글리시 콘서트The English Concert'를 이끌고 있으며, 리처드 이가는 호그우드Christopher Hogwood의 뒤를 이어 '고음악 아카데미Academy of Ancient Music'의 예술감독으로 활동하고 있다. 각자의 분야에서 전성기를 누리며 영국 고음악계를 선도하고 있는 두 사람은 앞서 언급한 초기 소나타 음반을 통해 슈베르트 음악의 새로운 면을 들려준다. 이들이 택한 소나타들은 슈베르트가 열아홉, 스무 살 때 작곡한 소나타 op.137 세 곡과 op.162, 이렇게 네 곡이다.

이 당시 슈베르트는 이미 1814년 열일곱 살의 나이에 교회에서 미사곡을 발표한 작곡가로 가능성을 인정받은 상태였고, 빈에 있는 학교에서 학생들을 가르치며 아버지와 함께 살고 있었다. 아직 첫 작품번호를 단 작품을 출판하기 전이었지만, 가족들과의 현악 4중주에서는 비올라를 연주하고 학교 무대에서 공연하거나 슈베르티아데Schubertiade(슈베르트의 음악을 사랑하는 친구들의 모임)라는 모임에 속한 친구들과 즐거운 시간을 보내던 시절이었다. 각광까지는 아니더라도 빈에서의 초창기 성공을 즐기고 있었던 셈이다. 놀라운 생산성으로 작곡을 해나가던 청년은 '난 매일 아침 몇 시간씩 작곡을 해요. 하나가 끝나면 다음 것을 시작하지요'라고 아무렇지도 않게 말하며, 어렵게 작곡을 이어나가는 다른 빈의 예술가들을 약오르게 했을 것이다.

그렇게 술술 풀어져 나온 그의 악보는 빈 공간도 많고 굉장히 쉽게 만든 것 같은 인상을 풍긴다고 한다. 베토벤의 악보처럼 열정적으로 써내려간 느낌도 없이 아주 깔끔하다. 연주자의 손을 매우 효율적으로, 전혀 바쁘지 않게 움직이게 할 것 같은 악보. 그러나 그 악보가 악기를 통해 생명을 얻는 순간, 그 나이브해 보이는 음표들 사이사이에 숨어 있던 세상의 이야기와 자연스런 멜로디 속에 살아 숨 쉬는 풍요로운 감정이 듣는 사람들로 하여금 천재성을 느끼게 하는 것이다.

규모 면에서 슈베르트의 소나타들은 아이블러*의 소규모 소나타와 베토벤의 소나타 중간쯤에 있다고 할 수 있는데, 모차르트의 바이올린 소나타의 계보를 잇는다는 평가를 받는다.

맨지와 이가의 슈베르트 소나타 음반에 수록된 첫 곡 D.384, op.137의 1번은 1816년 그의 나이 열아홉 살, 십대의 끝자락에 쓴 곡이다. 그는 열다섯 살 때부터 베토벤의 스승이기도 했던 궁정 악장 살리에리*에게 작곡을 배웠는데 그에게 이 곡을 헌정했다. 이는 그가 존경하던 베토벤이 1799년 첫 소나타를 살리에리에게 헌정한 것을 그대로 흉내 낸 것이다.

슈베르트의 작품번호 1 〈마왕〉과 함께, 믿을 수 없을 정도로 단순한 선율이 뿜어내는 우아함이 인상적인 당시의 소나타들을 들어본다.

유정아의 클래식 노트 Classic Note

코렐리Arcangelo Corelli, 1653~1713 이탈리아의 바이올린 연주자, 작곡가. 바이올린 양식의 발달에 기여했고 합주협주곡 형식을 확립한 12곡의 합주협주곡과 소나타들로 유명하다.

슈멜처Johann Heinrich Schmelzer, c.1620~80 오스트리아 바로크 시대의 작곡가이자 바이올리니스트. 독일과 오스트리아의 바이올리니스트들에게 많은 영향을 끼쳤다.

판돌피Giovanni Antonio Pandolfi Mealli, 1630~70 이탈리아의 작곡가이자 바이올리니스트. 1660년에 출판된 두 곡의 바이올린 소나타와 하프시코드곡(op.3과 op.4)만이 남아 있다.

아이블러Joseph Leopold Eybler, 1765~1846 오스트리아의 작곡가. 그 자신의 작품보다도 모차르트와 친밀한 관계를 가졌던 인물로 더 잘 알려져 있다.

살리에리Antonio Salieri, 1750~1825 오스트리아의 작곡가. 그의 오페라들은 18세기 말 전 유럽에서 갈채를 받았다. 하이든, 베토벤과 친교를 맺었고, 특히 베토벤에게는 대위법을 가르쳤으며, 베토벤은 그를 위해 피아노와 바이올린을 위한 세 곡의 소나타(op.12)를 헌정했다.

부족하지만 더없이 사랑스러운, 결혼 전에 낳은 첫 아이

슈만
Robert Alexander Schumann

쇼팽과 함께 올해 2010년 탄생 200주년을 맞은 로베르트 알렉산더 슈만Robert Alexander Schumann(1810~56)의 작품번호 1은 〈아베크 변주곡〉이다. 슈만의 상상 속 가공인물인 아베크 백작부인에게 헌정되었다고 전해지며, A-B-E-G-G, '아베크'라는 성의 철자에 음을 맞춰 라-시-미-솔-솔을 주제로 삼은 변주곡이다. 1830년 스무 살의 청년 슈만이 무도회에 갔다가 아리따운 소녀를 보고 그녀를 떠올리며 만든 작품이라고 하는데, 나중에 알고 보니 만하임의 명문가 규수인 메

• • •
처음부터 작곡가가 될 생각은 없었지만 슈만은 신진 음악가들의 작품을 정확하게 평가할 줄 알았다.

타 아베크Meta Abegg가 그 주인공으로 밝혀졌다는 이야기도 있다. 아무튼 이 세상에 여자가 없었다면 지금 우리가 듣고 있는 음악의 절반은 탄생하지 못했을 것이다.

〈아베크 변주곡〉에 작품번호 1을 붙여 세상에 내놓은 1830년은 사실 슈만이 음악가로 완전히 성숙하기 전이었다. 이를 고려한다면 굉장한 모험을 한 셈이라 할 수 있다. 라이프치히 법대를 다니다 하이델베르크 대학으로 옮겨 학생 신분으로 대중 앞에서 모셸레스* 변주곡을 연주한 적은 있었지만, 아직은 음악을 좋아하는 아마추어 피아니스트일 뿐이었다. 그리고 슈만은 손가락 부상을 당하기 전까지만 해도 피아노 연주자라면 몰라도 전업 작곡가가 되려는 생각은 전혀 없었던 젊은이였다. 베토벤이나 슈베르트, 베버* 등 당대 최고의 작곡가 등을 흠모하기보다는 장 파울* 같은 낭만주의 문인의 작품에서 영감을 얻은 것만 보아도 작곡에 큰 마음을 두고 있지 않았음을 알 수 있다.

그러나 슈만은 새로 데뷔한 음악가들의 작품을 듣고 정확한 평가를 내리고 미래를 내다보는 훌륭한 귀와 글 솜씨를 가지고 있었다. 훗날 자신의 독창적인 작품 〈사육제〉 op.9 등에 대해서조차 냉정하고 가혹하게 평가할 정도로 엄격했던 슈만도 어찌 된 일인지 자신의 첫 작품 〈아베크 변주곡〉에 대해서만큼은 너무나 관대했다. 그는 1831년 9월 라이프치히에서 어머니에게 이런 편지를 썼다.

"현재로선 바이마르에 가지 않을 작정입니다. 얼마 안 있어 라이프치히에서 세례를 받길 원하는 건강하고 왕성한 아이의 아버지가 될 예정이기 때문입니다. 아이는 프로브스트 출판사에 의해 태어날 것입니다. 부디 어머니께서 이제 막 싹을 틔우는 생명의 징후와 어린아이 같은 말더듬을 이해해 주시기를. 애 아버지가 된다는 것의 이 격렬한 기쁨은 결혼 못지않게 경이롭습니다. 제 마음은 지금 희망으로 가득 찬

천국과 같습니다. 마치 바다와 맺어진 베네치아의 총독처럼 자부심으로 고양되어 있습니다. 이 첫 방울이 무한의 창공으로 스며들어 어느 상처 입은 자의 가슴에 떨어져 그 슬픔을 달래줄지도 모른다고 생각하는 것은 정말 아름답고도 위안이 되는 일입니다."

다소 유치한 구석이 없는 건 아니지만, 수많은 책을 읽어 쌓은 교양을 배경으로 특유의 비유를 들어가며 자신의 첫 작품을 열렬하고 낭만적인 목소리로 소개하고 있다. 슈만은 자신이 자랑스러워한 이 첫 아이에 대해 제대로 평을 하지 않았다는 이유로 『알게마이네 뮤지칼리슈 차이퉁』을 비난하기도 했다.

슈만이 기특하게 여긴 그의 첫 아이를 듣고 있노라면 어머니에게 보낸 그의 편지와 마찬가지로 수줍지만 자신에 차 있는 슈만을 느낄 수 있다. 그는 들뜨고 신나 있다. 유전자 검사를 하지 않아도 이게 멘델스존이나 쇼팽이나 브람스의 아이가 아니라 바로 슈만의 아이라는 것을 알아차릴 수 있을 만큼 슈만을 닮았다. 발가락이나마가 아니라 발가락마저도.

이 〈아베크 변주곡〉은 어쩜 자신이 좋아했던 장 파울의 소설을 읽다가 거기 나오는 낭만적인 한 장면에 취해 만든 음악일 수도 있다. 음악을 들으면 꿈에 그리던 한 여인을 만난, 어느 내밀한 무도회의 밤이 그림처럼 눈앞에 그려진다.

유정아의 클래식 노트

Classic Note

모셸레스Ignaz Moscheles, 1794~1870 체코슬로바키아의 피아니스트. 1846년 이후 라이프치히 음악원의 피아노 주임교수로 있었는데 교수로서의 명성과 능력은 음악원의 지속적인 성공에 주요한 요인으로 작용했다. 그는 당시 젊은 작곡가들이었던 쇼팽이나 리스트 등의 작품을 연주하지 않는 보수적인 악파에 속해 있어 멘델스존이나 슈만의 작품을 선호했다. 그럼에도 음색의 단계에 대한 탐구는 슈만은 물론 리스트에게까지 영향을 미쳤다. 또한 화려한 즉흥연주로도 명성을 떨쳤다.

베버Carl Maria von Weber, 1786~1826 고전음악에서 낭만음악으로 넘어가던 시대에 활동한 독일의 작곡가, 오페라단 단장. 클라리넷은 호른과 함께 베버가 가장 좋아하는 악기였고, 그는 음악사에서 위대한 관현악의 대가로 기억된다. 작곡과 평론 등 그의 모든 활동은 낭만주의의 이상을 형성하는 데 기여했다.

파울Jean Paul, 1763~1825 독일의 소설가. 19세기 초 20년 동안 발표한 작품들이 대단한 인기를 모았다. 본명은 요한 파울 프리드리히 리히터인데, 프랑스의 저술가 장 자크 루소에 대한 존경심에서 장 파울이라는 필명을 썼다. 그의 작품은 바이마르 고전주의의 형식적 이상으로부터 초기 낭만주의의 직관적 초월주의로 넘어가는 교량 역할을 함으로써 독일의 프리드리히 헤벨과 영국의 토머스 칼라일 같은 19세기 후반의 작가들에게까지 영향을 끼쳤다. 주요 작품으로 『마리아 부츠 선생의 즐거운 생애』(1790), 『헤스페루스』(1795), 『가난한 변호사 지벤케스』(1796~97), 『거인』(전4권, 1800~03), 그리고 그의 문학론의 총결산이라 할 수 있는 『미학입문』(1904)이 있다.

▶ 베버

▶ 모셸레스

평생 변치 않는, 처음의 그 모습

쇼팽
Frédéric Chopin

지금까지 소개한 작곡가들 가운데 가장 어린 나이에 작품번호 1을 냈던 이는 예닐곱 살의 모차르트였다. 그리곤 슈베르트가 열여덟, 슈만이 스무 살이었는데, 이번에 소개할 프레데리크 쇼팽Frédéric Chopin(1810~49)은 1825년 바르샤바 리세움, 그러니까 지금으로 치자면 중학교에 다니던 열다섯 살 때 C단조 론도 op.1을 작곡했다.

프랑스인 아버지와 폴란드인 어머니 사이에서 태어난 쇼팽은 네 살 때부터 피아노를 배우기 시작해 여섯 살 무렵부

• • •
그만의 독창적인 연주와 작곡 스타일을 인정한 스승들 덕분에 쇼팽은 자신만의 개성을 마음껏 키울 수 있었다.

터는 피아니스트 겸 작곡가였던 지브니에게 피아노 레슨을 받기 시작했다. 배우지 않고도 뛰어난 연주를 하는 어린 제자를 보고 지브니는 자기 식대로 가르치지 않고 아이가 하는 대로 내버려두는 방법을 택했다. 걸출하면서도 정규의 주법에서는 벗어나 있는 쇼팽의 연주 스타일은 이 어린 시절 자유로운 레슨의 영향이라고 하겠다. 좀 크면서는 작곡도 시작했는데 작곡 역시 정통 작곡법을 따르지 않고 즉흥 연주에서 영감을 얻어 개성을 살렸다. 바르샤바 음악원 원장이자 교수였던 요제프 엘스너로부터 화성과 대위법을 배웠으나 엘스너 또한 제자의 독창성을 알아보고 이를 잘 발휘할 수 있도록 지도했다. 쇼팽은 참 선생 운도 좋았다. 이런 이야기를 들

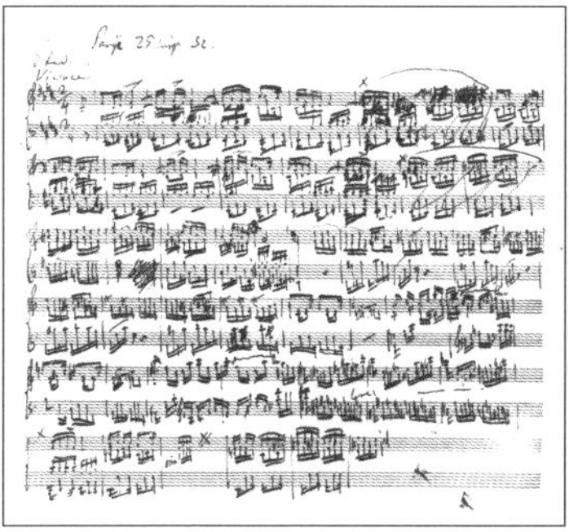

• • •
쇼팽의 악보.

으면 지금도 낡은 교육방식에 의존해, 혹은 선생 식대로 가르쳐 자신만의 개성을 잃고 있을지 모를 이 땅의 수많은 청소년들이 떠올라 안타깝다.

쇼팽은 열다섯 살이던 1825년 C단조 〈론도*〉 작품번호 1을 작곡해, 아버지의 친구이자 동료였던 교장 사뮤엘 폰 린데 박사의 부인 마담 폰 린데에게 헌정했다. 이 작품에 대해선 슈만의 의견이 남아 있다. 자신도 작품번호 1의 피아노곡을 내고 작곡을 시작한 슈만은 1832년 6월 스승인 비크 교수에게 보내는 편지에서 스물두 살 동갑내기 폴란드인 청년 음악가의 곡에 대해 이렇게 쓰고 있다.

"쇼팽의 첫 작품이 지금 제 수중에 있습니다. 전 사실 이

것이 그가 10대 때 작곡한 작품이라 확신합니다. 아주 근사하고 구석구석 아름다워 숙녀분들은 이 작품이 모셸레스의 것 같다고 말할지도 모르겠습니다. 그러나 저는 선생님께서 이 곡을 클라라에게 연습시키고 싶어하시리라 생각합니다. 에스프리로 가득 차 있는데다 그다지 어렵지도 않으니까요. 저는 이 작품과 작품번호 2번 사이에 적어도 2년이란 세월과 20곡의 작품이 가로놓여 있음이 틀림없다는 말씀을 감히 드립니다."

이러한 슈만의 평은 참으로 정확했다. 쇼팽은 이 곡을 작곡하고 바르샤바에서 출판한 바로 그해 모셸레스의 협주곡 한 곡을 골라 1악장을 대중 앞에서 연주한 적이 있었다. 그리고 슈만이 짐작했듯이, 쇼팽은 이 작품번호 1번 전후에 작곡했으나 출판되지 않은 왈츠*, 마주르카*, 변주곡, 폴로네즈* 등을 가지고 있었다.

쇼팽의 작품번호 1 〈론도〉는 이미 쇼팽의 천재성을 보여주고 있었다. 엄혹한 기율과 즉흥적이고 자유로운 기운의 어우러짐, 광범한 영역에 걸친 눈부신 음조, 이탈리아적 장식, 폴란드 특유의 영웅적 요소들, 무엇보다 쇼팽다운 화려한 피아니즘. 중학생이던 쇼팽의 첫 작품에서 쇼팽의 전부를 발견할 수 있는 것이다. 사실 사람은 성장하고 성숙할 뿐 많이 변하지 않는다. 그래서 수줍게, 그러나 열과 성을 다해 만들어낸 작곡가의 첫 작품은 그의 전 작품을 읽을 수 있게 하는 단서이자 그의 음악의 축소판인 것이다. 쇼팽은 첫 작품에서부터 그만의 고유함을 보여주고 있다.

유정아의 클래식 노트 Classic Note

론도rondo 처음 제시된 선율 부분이 주기적으로 반복되는 기악 형식. 엄밀한 의미의 론도 형식은 7개 부분으로 되어 있다. 6R–E1–R–E2–R–E1–R의 형태를 이룬다. R은 주제(론도)를, E는 삽입부(에피소드)를 뜻하는 약어이다. 론도 형식은 고전파의 소나타나 교향곡, 협주곡 등의 화사한 종악장으로 쓰였다.

왈츠waltz 4분의 3박자의 경쾌한 춤곡으로 19세기 유럽에서 널리 유행했다. 무곡으로서의 왈츠는 오스트리아의 무곡 렌틀러에서 발전한 것으로 보고 있다. 19세기의 전형적인 왈츠의 최초의 예는 베버의 〈무도에의 권유〉(1819)를 들 수 있으며, 이에 비하면 같은 무렵의 베토벤과 슈만 등의 왈츠는 렌틀러와 더 유사하다.

마주르카mazurka 폴란드의 민속 춤곡. 12세기경부터 존재했던 것으로 보이나, 유행하기 시작한 것은 1600년대에 상류사회에 보급되면서부터이다. 마주르카 음악은 그때부터 점차 무도에서 독립되어 쇼팽에 의해 예술음악으로 양식화되어 널리 알려졌다.

폴로네즈polonaise 4분의 3박자의 느린 폴란드 식 춤곡. 베토벤과 슈베르트를 거쳐 쇼팽의 피아노곡에서 발전의 정점에 이르렀다.

젊음의 고뇌로 '새로운 길'을 연 작품번호 1번

브람스
Johannes Brahms

"오늘날의 젊은이들은 완성되지도 않은 작품을 공연하고 출판하기 위해 너무 서두르고 있다."

요하네스 브람스Johannes Brahms(1833~97)는 이렇게 외쳤다고 한다. 낭만주의 시대 가짜 천재들은 자기도취에 빠져 진짜 천재가 보기에는 턱없이 부족한 작품을 세상에 내놓고 있었지만, 브람스처럼 문제 삼는 사람은 아무도 없었다. 브람스는 이렇게 덧붙였다.

"출판업자의 잉크를 나는 얼마나 끔찍이 두려워했던가!

• • •
세상의 떠들썩한 추앙에도 늘 자신에게 가혹했던 브람스.

나는 아직도 슈만과 요아힘이 내가 출판할 예정이었던 젊은 시절의 작품에 대해 지적해준 종이를 가지고 있다. 지금까지 그중 단지 몇 편만이 인쇄됐을 뿐이다."

'시대정신에 최고의 표현을 부여하는 사람'이라는 이상적인 호칭으로 극찬을 받았어도, 브람스는 스스로에게 늘 가혹했다. 그 덕에, 혹은 그 탓에, 세상은 진정한 천재의 작품이 아무리 궁금해도 제대로 들어볼 기회를 갖지 못했다.

스무 살의 브람스는 1853년 10월 23일자 『음악신보』*에 실린 슈만이 쓴 에세이에서 자신에 대한 열렬한 찬사를 읽었다. 9월의 어느 날 뒤셀도르프에 있는 슈만의 집을 방문한 브람스는 슈만과 클라라 앞에서 자신의 작품들을 연주했고, 슈만은 청년 브람스의 작품과 인격 모두에 깊은 인상을 받아 바로 글로 옮긴 것이었다. 「새로운 길」이라는 제목의 에세이는 다음과 같은 내용을 담고 있었다.

"그는 꽃이 천천히 봉우리를 틔우듯 조금씩 모습을 드러내지 않는다. 그는 마치 완전무장을 한 채 아버지의 머리에서 태어난 미네르바와 같다."

이러한 격찬은 아직 이름을 널리 알리지 못한 젊은 음악인에게 앞길을 활짝 열어주기 위함이었다. 칭찬에 인색한 음악계에서 이 정도의 찬탄을 받으면 대개 탄탄대로를 걷게 마련이었다. 그러나 브람스는 트럼펫을 한바탕 불어댄 듯한 슈만의 찬사가 자신에게 얼마나 끔찍스런 책임을 짊어지우게 될지 직감했다. 다른 사람이라면 아마도 그 자리에서 앞으로 나아가는 것을 단념하거나 그냥 그 자리에 머무는 것을 택했을지도 모른다. 그러나 브람스는 과감하게 전진을 감행했다. 민감하고 복잡한 내면을 가진 스무 살 젊은이의 앞날을 향한 화려한 찬탄이 그의 삶에 무엇을 주고 무엇을 걷어내게 될지 찬양자나 찬양을 받은 사람이나 알 수는 없었으리라. 타인에게 내리는 축복도 신중해야 하는 이유가 거기에 있다.

슈만의 추천으로 브라이트코프 운트 헤르텔 사는 브람스의 작품을 보지도 않고 받아들였다. 현악 4중주 한 곡, 가곡집, 피아노를 위한 그랜드 스케르초*, 또다른 여섯 곡의 가곡집, 피아노를 위한 C장조 그랜드 소나타 등으로 작품번호 1부터 5까지 차례대로 소개해야 한다고 슈만이 직접 결정해 주었다고 한다. 그러나 이는 실현되지 못했다. 그중 일부를 브람스가 불살라버렸기 때문이다. 널리 알려진 대로 브람스는 작품이 완벽하다고 여겨질 때까지 몇십 년이라도 품 안에 갖고 있는 작곡가였다. 위대하고 유명한 선배 음악인의 잣대를 통과한 작품까지도 불살라 없애버린 그가 선택한 자신의 작품번호 1은 대체 무엇이었을까? 작곡가 자신의 그 가혹한 잣대를 통과한 대단한 운명의 작품은 바로 피아노를 위한 C장조 소나타 op.1이었다. 그리고 F샵단조 소나타 op.2가 그 뒤를 따랐다.

사실 1853년 출판 당시 F샵단조 소나타는 다 완성이 되어 있었지만 오히려 op.1은 안단테 악장만 마친 상황이었다. 이 무렵 브람스는 그의 친구 요아힘에게 보낸 편지에서 이렇게 썼다.

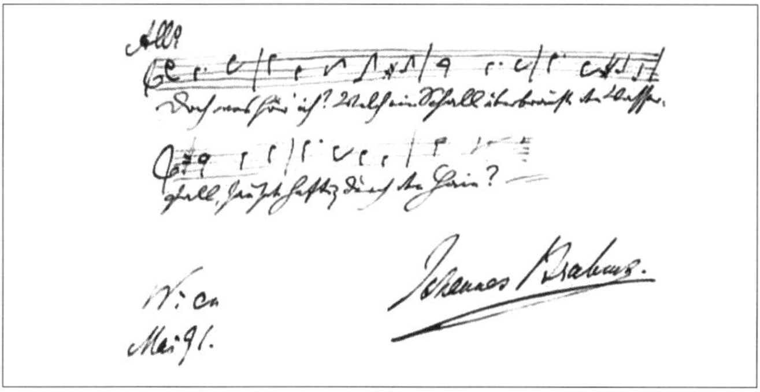

• • •
브람스가 남긴 메모.

"난 내게 쏟아진 열광을 저주하고 은자로서 고독에 파묻혀 고요한 명상에 빠질 수많은 이유들이 있다네."

열광과 낙담 사이, 세상에 대한 활기찬 결심과 포기 사이에서 그는 그 스스로 결정해 내놓은 작품번호 1의 피아노곡을 썼던 것이다. 그렇다면 어째서 먼저 완성된 F샵단조를 뒤로 하고 완성조차 되지 않은 C장조를 굳이 1번으로 했던 것일까.

1번은 활기와 결의로 가득한 거창한 주제로 시작한다. 승리를 예감하는 신나고 자유로우며 즐거운 느낌들. 그러나 전혀 반대되는 주제들이 충돌을 일으키고 이내 넘치는 에너지는 수그러들고 사라질 듯 위태롭다. 알레그로로 시작해 안단테, 스케르초를 거쳐 마지막 악장에서는 행동에 대한 격렬한 갈망으로 가득 차 있어, 브람스가 쓴 음악 가운데 가장 힘 있는 악장 중 하나로 꼽힌다. 슈만이 쓴 대로 새로운 길을 갈 것이되 그 내면의 고통은 이미 완벽한 미네르바의 것이 아닌 한 송이 꽃을 피워내는 보통 생명의 그것이라는 것을 이 곡을 통해 브람스는 보여주고 싶었던 게 아닐까. 그래서 그는 이 작품에 작품번호 1을 단 것이 아닐까.

동시 출판에 가까운 op.2 F샵단조 소나타는 클라라 슈만에게 헌정하였으니, 그의 초기 작품 두 편에서 브람스는 이미 자신의 인생에서 가장 중요한 위치를 정할 이야기들을 다 예감하고 있었다고 볼 수 있겠다.

작품번호 1에 그 어떤 시험에도 견딜 수 있을 만큼의 내공을 불어넣은 스무 살의 브람스는 이후 삶이 이어지는 동안 전통과 혁명, 계승과 혁신, 엄격함과 자유로움, 개방과 응집의 양면을 버리지 않으면서 위대한 음악을 이어나갔다. 그는 자신의 삶의 시작부터 끝까지 자신이 속한 당대와 영원에 대한 책임을 공히 통감하고 있었다. 이 위대한 작곡가가 숙고 끝에 택한 작품번호 1에 이미 그 위대함이 깃들어 있다.

유정아의 클래식 노트 Classic Note

음악신보Neue Zeitschrift für Musik 슈만에 의해 라이프치히에서 1834년 4월 3일 창간된 음악잡지. 초창기 편집자가 있었으나 슈만에 의해 대부분 작업이 이루어졌고, 1835년 새로운 발행인을 두고 슈만은 편집자 역할을 했다. 이 잡지에서 슈만은 수많은 글을 통해, 쇼팽이나 베를리오즈, 브람스를 포함한 당대 음악 신세대들의 의견에 전적인 돌파구를 열어주었다. 1843년 슈만이 그만두고 1844년 작곡가 브렌델Karl Franz Brendel이 발행인 겸 편집자가 되었다. 그가 편집자로 있을 때 가장 유명해진 글은 1850년 9월 3일자 33권에 실린 글로, 바그너가 '자유로운 사고'라는 필명으로 낸 기사 「음악에서의 유태인」이었다. 이 글은 멘델스존을 필두로 한 유태계 음악인들을 공격하고 모욕한 것으로 간주되어, 라이프치히 음악원(멘델스존이 창립) 이사회 결정에 따라 브렌델은 사임해야 했다. 현재 『음악신보』는 클래식과 재즈, 락, 음향예술 등 다방면의 현대음악에 대한 저술을 담는 잡지로 계속 발행중이다.

스케르초scherzo 해학곡諧謔曲. 교향곡이나 현악 4중주곡의 제3악장에 쓰이며, 템포가 빠른 3박자, 격렬한 리듬, 그리고 급격한 분위기 변화 등이 그 특징이다. 하이든이 미뉴에트 대신 처음 쓰기 시작했고, 베토벤도 이를 자주 썼다. 이후 브람스와 브루크너의 작품에서도 볼 수 있다.

'처음'에 대한 양가적 감정

바그너
Wilhelm Richard Wagner

빌헬름 리하르트 바그너Wilhelm Richard Wagner(1813~83)는 단지 두 개의 작품번호를 가지고 있을 뿐 이후의 음악극*들엔 번호를 붙이지 않았다. 작품번호가 붙은 두 작품은 1번, 피아노를 위한 B플랫장조 소나타와 2번, 두 대의 피아노를 위한 D장조 폴로네즈이다. 두 곡 모두 1831년 열여덟 살 때 쓴 곡으로 그해 열린 부활절 박람회를 위해 브라이트코프 운트 헤르텔 사에서 출판되었다.

바그너의 작품번호 1 또한 다른 작곡가들과 마찬가지로

그가 작곡한 첫 작품은 물론 아니다. 라이프치히의 학생 시절 C장조 서곡과 네 손을 위한 B플랫장조 소나타를 작곡했으며 이어서 B플랫장조 서곡이 만들어졌는데, 이 곡은 그의 친구였다가 훗날 적이 된 도른Heinrich Dorn(독일의 지휘자, 작곡가, 기자)이 1830년 크리스마스에 공개 연주했다고 한다. 그 외에도 괴테의 『파우스트』에서 영감을 받은 작품이나 실러의 「메시나의 신부」에 부친 서곡도 있다. 이 작품들을 작곡한 뒤에야 바그너는 바인리히Theodor Weinlig와 함께 진지하게 작곡 공부를 시작했고 푸가*를 작곡하기 시작했다.

훗날 자신이 구술하고 아내 코지마가 쓴 자서전에서 바그너는 자신의 작품번호 1에 대해 이렇게 평가절하했다.

"바인리히는 나에게 우정의 증거로 소나타 한 곡을 작곡해달라고 부탁했는데 이 소나타는 가장 단순한 화성과 주제로 된 것이어야 한다고 했다. 본보기로 플레옐*의 가장 유치한 소나타를 추천했다. 그 직전에 작곡된 나의 서곡들을 들어본 사람이라면 누구나 내가 이 소나타를 작곡했다는 것에 틀림없이 놀랄 것이다. 경솔한 브라이트코프 운트 헤르텔 사를 통해 이 작품은 출판되었다. 내가 절제한 덕분에 바인리히는 나의 하찮은 작품을 출판하는 기쁨을 만끽하게 된 셈이다.”

그러나 이 말은 바그너의 자서전에 담긴 수많은 과장 중 하나일 뿐이라고 한다. 그는 자서전의 진실 여부보다는 자신의 말을 받아 적고 있는 젊은 아내 코지마를 감동시키는 데 더 관심이 있었던 듯 보인다. 출판 이듬해인 1832년 바그너가 누나 오틸리에에게 보낸 편지도 남아 있다.

“다른 작품에 대한 소식 한 가지—이번주 바인리히에게 헌정된 나의 피아노 소나타 한 곡이 출판되었답니다. 이 곡으로 20탈러를 받았어요. 그리 어려운 작품은 아니에요. 누나 마음에 들었으면 좋겠어요.”

젊은 바그너가 자서전을 위해 구술한 대로 작품번호 1을 형편없게 여겼던 게 아니라 오히려 자신을 기특하게 여기며 스스로도 작품성을 부인하지 않았음을 알 수 있는 대목이다. 그러나 그는 이 작품번호 1을 제외한, 주요 악극이 아닌 작품들에 대해선 아무런 언급조차 하지 않았다. 바그너는 자신의 창조적인 삶은 자신의 악극과 함께 시작된 것으로 보고 싶어했으며 중요치 않은 작품에 대해서는 애써 부인하거나 언급조차 않으며 과거를 지우려 했다. 설령 그가 부인하고 싶었는지 몰라도 그의 작품번호 1은 이렇게 남아 있다.

어린 시절 신동도 아니었고 본격적으로 작곡 공부를 시작한 지 얼마 안 된 열여덟 살 청년이 스승에게 헌정한 작품번호 1은 당시 전형적인 4악장으로 전통에 지나치게 기대고 있다. 아름답다기보다는 호기심을 끌고 정성을 기울인 흔적은 역력하지만 독창성은 엿보이지 않는다. 당시 베토벤을 숭모하고 있었으나 작품에서는 후멜*이나 클레멘티*, 심지어 하이든이 엿보일 만큼 전통적이고 보수적인 작품. 새로운 여성이 나타나면 바로 새로운 사랑을 시작하고 악극이라는 새로운 장르를 개척하기도 한 바그너이지만 모순이 많다고 알려진 그의 성격만큼이나 첫 작품에 대한 그의 평가는 양가적이었다고 할 수 있겠다.

유정아의 클래식 노트 Classic Note

음악극 music drama 진지한 내용의 극 음악 양식의 한 유형. 바그너가 그의 책 『오페라와 극』(1850~51)에서 처음 소개했으며 원래 단순히 '극'이라고만 언급되어 있다. 고대 그리스 연극으로 회귀하여 극적인 전개를 통해 음악과 더불어 민족 신화를 활용함으로써 민족의 열망을 표현하는 것이 의도였다.

푸가 fuga 모방대위법에 의한 악곡 형식樂曲形式 및 그 작법.

플레옐 Ignace Joseph Pleyel, 1757~1831 오스트리아 태생 프랑스의 작곡가, 음악 출판업자, 피아노 제조업자. 어려서부터 음악을 배웠고 1772년 아이젠슈타트에 가서 하이든의 제자이자 하숙생이 되었다. 1795년 초 파리에서 음악 상점과 출판사를 설립했다. 이 출판사가 운영된 39년 동안 루이지 보케리니, 베토벤, 무치오 클레멘티, 얀 라디슬라프 두세크, 하이든의 작품들을 포함한 약 4천여 곡이 출판되었다. 플레옐은 하이든의 현악 4중주와 교향곡을 시작으로 최초의 축소판 악보를 출판했다.

후멜 Johann Nepomuk Hummel, 1778~1837 오스트리아의 작곡가, 피아니스트. 우아한 양식에 거장다운 면모가 엿보이는 선율, 주제의 장식 선율을 지닌 피아노 작품들로 유명하다. 합리적인 운지법을 개발하여 혁신을 일으켰는데 1828년 『피아노 주법』이 출판되어 나왔다.

클레멘티Muzio Clementi, 1752~1832 이탈리아 태생 영국의 피아니스트이자 작곡가. 연습곡과 소나타로 초기의 피아노 기교 발전에 공헌하여 '피아노의 아버지'라고 불린다. 1780년 파리·스트라스부르·뮌헨·빈 등지를 연이어 순회공연했으며, 특히 빈에서는 황제 요제프 2세의 권유로 모차르트와 친선경연을 벌이기도 했다.

▶후멜

▲클레멘티

2장

저마다의 봄

지난겨울은 어째 삼한사온이란 말처럼 잠시 틈을 주었다가 다시 추워지는 날씨가 아니라, 견딜 수 없는 건 아니나 견디고 싶지 않게 줄곧 추웠다. 이 봄에 무엇을 하면 좋을까. 새 학기를 준비하고, 한 해를 조망하고 정비해보는 일. 새로운 1년을 살아갈 내 몸속 엔진에 부릉부릉 시동을 걸어보며 기름 치고 닦고 조이는 일. 아, 곧 이 두꺼운 옷을 훌훌 벗어던지고 세상을 내달릴 따사로운 봄이 온다! 그 마음으로 봄을 그리는 음악들을 골라보았다.

나는 꿈만 같아서 물었다.
봄이 왔냐고.
"예, 왔습니다,
밤새 걸려서 왔지요."
새가 대답하는 소리 믿을 수 없구나.
새는 노래하며 웃는다.

_말러의 「봄에 술 취한 자」 중에서

슈베르트가 꾼 봄꿈

슈베르트
Franz Peter Schubert

슈베르트가 존경했던 베토벤의 친구이자 낭만주의 문학가였던 그릴파르처Franz Grillparzer는 슈베르트의 묘비에 이렇게 썼다.

"그는 시가 소리를 내도록, 그리고 음악이 말을 하도록 만들었다. 시와 음악은 귀부인과 하녀의 관계가 아닌 자매로서 슈베르트의 무덤 위에서 포옹한다."

슈베르트는 여러 분야에서 천재성을 과시했지만 그중에서도 시에서 받은 영감을 음악으로 승화하는 독일 리트*를 창시한 작곡가로서 가장 빛을 발한다.

슈베르트는 서른세 살에 요절한 동시대의 독일 시인 뮐러 Wilhelm Müller(1794~1827)의 시에 곡을 붙여 1824년에 〈아름다운 물방앗간의 아가씨〉 op.25를 작곡했고 시인이 세상을 떠나던 해에는 〈겨울나그네〉 op.89를 작곡했다. 전작에는 소박한 서정과 감상이 담겨 있다면 〈겨울나그네〉 전 24곡은 어둡고 절망적인 분위기가 지배적이다.

실연의 쓰라림을 안고 한 젊은이가 한겨울 이른 새벽 연인의 집 앞에서 이별을 고하고, 사랑을 잊기 위해 눈과 얼음으로 뒤덮인 방랑의 길을 떠난다. 스산한 겨울 들판을 헤매는 그의 마음은 절망에서 차츰 방심 상태로 변하며 삶과 죽음에 대한 상념이 교차한다. 그리하여 동구 밖에서 구걸을 하는 늙은 떠돌이 악사와 함께 겨울 나그넷길을 떠나려 하는 데서 이 곡은 끝난다.

슈베르트는 친구 집에 들렀다가 친구가 없어 그의 책상에 놓인 뮐러의 시를 읽다가 자신도 모르게 시집을 들고 집에 돌아와 두문불출한 채 탐독하고는 작곡을 시작했다고 한다. 오늘날 친구 집에 갔다가 친구의 귀가를 기다리며 우연히 친구의 책을 읽는, 이런 한가하고 아름다운 시간을 갖기는 쉽

• • •
슈베르트의 op.89 〈겨울나그네〉의 악보.

지 않다. 핸드폰 때문이다. 친구가 없는 친구 집에서 우연히 읽게 된 시로 인해 쓰게 된 가곡(우린 핸드폰이 있어 지금 이 순간도 세상의 빛을 볼 수도 있을 훌륭한 작품들을 놓치고 있는지 모른다!) 〈겨울나그네〉. 단순한 실연의 아픔이라 하기엔 너무나 어둡고 무거운 비애가 전곡에 흐른다. 일관되게 흐르는 절망의 정서는 청년기에 있을 수 있는 흔한 실연의 상처에 의한 것이라기보다는 인생 자체의 본질, 인생의 덧없음에 대한 깊은 깨달음에 의한 것으로 느껴진다.

슈베르트는 이렇게 말한 적이 있다.

"우리 중 누구도 타인의 비애를 알지 못한다. 또 그 누구도 타인의 기쁨을 이해하지 못한다. 사람들은 서로에게 가닿을 수 있다고 생각하지만 실은 스쳐 지나갈 뿐이다."

굉음을 내며 돌고 있다는 우주의 별들처럼 크게 소리 질러 자신을 드러내며 자전하지만 결국 다른 별이 내는 소리를 듣지 못하고 서로 어깨를 스치며 공전중일 뿐인 우리, 저마다 슬픈 별들.

그러나 이 가곡집의 배경이 되는 눈 덮인 황량한 겨울 들판과 매섭게 불어오는 북풍, 얼어붙은 시냇물, 잎을 다 떨군 채 서 있는 나무들 사이로 11곡의 봄꿈이 흐른다. 원초적 고독과 절망 속에 나타나는 잠시의 헛된 희망처럼 짧디짧은 곡이다. 헛된 희망일 뿐이라는 자각일 것이다. 꿈결처럼 새봄이 올 것이라는 기대는 해마다 맞지만 또 해마다 틀리다. 봄은 오지만 또 틀림없이, 변함없이 가는 것이니까.

낭만주의 시대에 고통으로 가득 찬 삶을 살았으나 후세에 길이 남을 아름다운 선율을 꿈꾸었던 슈베르트. 그 아름다움은 어디에서 비롯된 것이었을까. 그것은 우리가 영원한 존재가 아니라는 깊고 슬픈 이해에서, 그러나 어찌할 도리 없이 또다시 봄꿈을 꾸는, 유한한 존재 안에서 솟구쳐올라오는 힘에서 나온 것이 아니었을까.

나 밝은 꽃들 꿈을 꾸었네
5월에 활짝 피는
나 푸른 초원 꿈을 꾸었네
새들이 노래하는

수탉이 울 때에
내 눈은 떠지고
춥고 어두웠지
지붕 위에서 갈가마귀 깍깍대네

그러나 창문 위로
누가 잎들을 그려놓았나
너는 겨울에 꽃을 보는 꿈꾸는 자
비웃을지 모르지

나 사랑을 위한 사랑을 꿈꾸었네
아름다운 소녀의
마음과 입맞춤의
희열과 절정의

수탉이 울 때에
내 마음 열리고
이제 나 홀로 여기 앉아
내 꿈에 잠기네

나 다시 눈을 감네
내 마음 여전히 따뜻하게 요동치네
너 창밖의 잎들이여 언제 푸르러지겠느냐
나 언제 내 사랑을 품에 안겠느냐

슈베르트의 전 작품은 998곡, 그중 가곡이 630곡으로 3분의 2를 차지한다.

1815년 열여덟 살의 나이에 〈마왕〉을 시작으로 〈들장미〉 〈끊임없는 사랑〉 등의 명작을 포함한 145곡으로 시작된 슈베르트의 가곡 작곡은 이듬해인 1816년엔 더욱 박차를 가해 〈죽음과 소녀〉 〈음악에〉 〈가니메드〉 등을 탄생시켰다. 스물한 살 되던 1818년 그의 재능을 깊이 알아주고 후원해준 후텐브레너Anselm Huttenbrenner와 교제하면서 슈베르트는 이후 안정적인 상태에서 가곡을 작곡했고, 그해 7월에는 에스테르하치 가의 음악 가정교사로 채용되기도 했다. 1819년에는 로시니*의 오페라에 사로잡혀 오페라 작곡열에 들떠 마이어호퍼Johann Mayrhofer의 가사에 곡을 붙이기 시작했으나 결국 미완성으로 남았다. 그해 슈베르트는 명작 가곡 〈프로메테우스〉를 작곡했다.

1821년은 슈베르트에게 기쁘게 시작되었다. 첫 가곡 〈마왕〉이 친구들의 도움으로 출판될 공산이 커졌고 전 장에서도 썼듯이 드디어 3월에 출판되어 상당한 수익이 생겼다. 〈물레 잣는 그레트헨〉도 인쇄되었다. 정작 창작 자체는 뜸했는데 이때 작곡한 곡이 〈봄의 신앙〉 D.686이다.

울란트Ludwig Uhland의 시에 곡을 붙인 〈봄의 신앙〉은 제목에서 엿보이는 경건한 느낌보다 만물이 변하는 계절에 대한 설렘을 낙관적인 무드에 담은 곡이다. 초판이 발행된 이래 세 번이나 개정했을 정도로 슈베르트는 시의 느낌을 더 잘 전달할 수 있도록 공을 들였다.

부드러운 바람, 잠에서 깨어나
밤이나 낮이나 속삭이고 살랑대며
온 세상 가 닿지 않는 곳 없네

오 신선한 향기여, 새로운 소리여
그러니 가엾은 마음이여, 근심하지 말아라
이제 모든 것이, 모든 것이 새로워지리라

날마다 온 세상 아름다워지니
또 어떠한 모습을 보일지 알 수 없다네
끊임없이 꽃은 피어나
저 멀리 깊은 골짜기에도 만발하였네
그러니 가엾은 마음이여 고통을 잊어라
이제 모든 것이 모든 것이 새로워지리라

유정아의 클래식 노트 Classic Note

리트Lied 독일의 가곡. 19세기 이후 괴테, 하이네, 아이헨도르프 등의 낭만파 서정시의 자극을 받아, 음악과 시의 이상적인 융합을 도모한 슈베르트, 슈만, 브람스 등에 의해 개척되고 오르프에 이르러 절정을 이루었다. 보통은 고전파 이후의 예술가곡을 가리키지만, '미네징거(중세 독일의 궁정을 중심으로 하여 성행한 연애시를 지은 시인들)', '마이스터징거(14~16세기에 독일의 주요 도시에서 장인 및 상인계급의 음악가와 시인 들로 구성된 시가조합의 시인들)' 시대의 가곡이나 16세기의 다성적多聲的 가곡까지를 포함한 독일 가곡 전반을 가리키기도 한다.

로시니Gioacchino Antonio Rossini, 1792~1868 이탈리아의 오페라 작곡가. 〈세비야의 이발사〉 〈신데렐라〉 〈세미라미데〉 등 희가극이 유명하다. 만년에는 〈기욤 텔〉 등 대규모의 오페라를 작곡했다.

모차르트의 멋진 봄날이 미소 짓네, 그 다시 못 볼 봄 그리워하네

모차르트
Wolfgang Amadeus Mozart

모차르트의 작품을 정리한 쾨헬에 의하면 모차르트의 작품은 총 626곡으로 알려져 있다. 50여 곡의 교향곡, 25개의 피아노 협주곡, 7개의 바이올린 협주곡, 플루트, 바순, 오보에, 클라리넷 협주곡 등 다양한 협주곡과 소나타, 실내악 작품들, 오페라 부파*와 징슈필*, 미사곡 등 음악사에서 중요한 그 모든 작품들 속에 그의 세속 성악곡 60여 곡이 포함되어 있다. 연주회용 아리아들은 당대의 뛰어난 독창자들을 위해 작곡된 것들로 기교적으로 어려운 것이 많다.

모차르트가 소프라노를 위한 아리아 〈멋진 봄날이 미소짓네〉를 작곡한 건 봄이 아니었다. 1789년 9월 빈에서였다. 7월부터 이어진 소프라노를 위한 론도 〈만일 하늘에 별들의 은혜가 있다면〉, 8월의 소프라노를 위한 아리아 〈위대한 혼과 고상한 마음은〉, 아리아 〈내 마음에 춤출 듯한 환희가〉 등을 포함한 쾨헬 번호 577부터 580까지의 작품들은 당시 뛰어난 소프라노들을 위해 작곡되었다.

모차르트가 잘츠부르크를 떠나 그의 짧은 생의 후반부를 빈에서 새롭게 시작한 것은 1780년 스물네 살 때의 일이다. 그 이전까지는 1763년부터 66년까지 이어진 서유럽 연주여행, 1769년과 73년 사이 세 차례에 걸쳐 감행한 이탈리아 여행, 1777년과 79년 사이 다른 궁정에 취직하기 위해 어머니와 함께 떠난 만하임, 파리 여행 등 잘츠부르크를 거점으로는 활동했지만 어느 한 곳에 정착하지 못했다.

만하임에서 그는 체칠리아 베버와 그녀의 네 딸을 만난다(체칠리아는 카를 마리아 폰 베버의 누이로, 모차르트가 그녀의 딸 콘스탄체와 결혼했으므로 베버에게 모차르트는 조카사위뻘이다). 그중 알로이지아는 당시 이미 이름이 꽤 알려진 소프라노였다. 모차르트는 아버지에게 보낸 편지에서 그녀의 가창력을

1789년 랑게가 그린 모차르트의 초상화.

한껏 칭찬한다. '그녀의 노래는 정말 탁월합니다. 아름답고 순수한 소리를 가졌지요. 극적인 힘은 좀 부족하지만요. 만일 그것만 보완한다면 그녀는 어느 극장에서라도 능히 프리마돈나 역할을 맡을 수 있을 거예요.'

알로이지아에게 레슨도 해주던 모차르트는 그녀를 사랑하게 되지만 알로이지아는 모차르트의 사랑을 받아주지 않고 화가이자 배우인 랑게Joseph Lange와 결혼했다(지금까지 남아 있는 모차르트의 가장 유명한 미완성 초상화를 그린 이가 결국 모차르트와 동서지간이 된 랑게이다).

그러다가 1780년 뮌헨 궁정으로부터 의뢰받은 오페라 〈크레타의 왕 이도메네오〉 상연을 위해 잘츠부르크를 떠나자 이를 계기로 모차르트는 빈에서 살기로 결심하게 된다. 아버지의 반대와 잘츠부르크 궁정에 낸 사표가 반려되었음에도 불구하고 그는 결심을 굳혀 빈에 정착해 작곡과 연주, 교육 활동을 시작한다. 정착한 지 2년이 지난 1782년에는 또 한 번 아버지의 반대를 무릅쓰고 자신이 사랑했던 여인 알로이지아의 여동생 콘스탄체와 결혼했다.

결혼 후에도 모차르트는 랑게, 알로이지아 부부와 계속 가깝게 지내면서 알로이지아 특유의 재능을 돋보이게 하는 아리아를 적어도 여덟 곡 이상 작곡했다. 콘서트 아리아나 다른 작곡가들의 오페라에 끼워넣기 위해 만든 이 아리아는 모차르트가 작곡한 다른 장르에 가려 가장 덜 알려졌지만 그냥 묻히기엔 너무 아까운, 훌륭한 곡들이다. 이 곡들이 잘 불리지 않는 이유는 바로 끔찍하게 어려운 기교 때문이다. 놀라울 정도의 음역을 요구하며 정교한 콜로라투라*를 구사해야 하는 것이다. 모차르트가 알로이지아 외에 곡을 써준 가수는 그녀의 언니인 요제파와 뛰어난 재능을 가졌던 소프라노 카발리에리Cathalina Cavalieri, 스토레이스Nancy Storace, 비유뇌브 등이 있다.

1785년 무렵엔 하이든과 직접 교류하며 영향을 주고받았는데, 빈 이주 이후 그 시기까지 작곡된 교향곡과 현악 4중주곡들은 하이든의 작품과 함께 고전주의의 전형적인 스타일을 확립해주었다. 빈 시대 후반부에 접어들며 모차르트의 작품세계는 한층 무르익었으나 반면 빈 청중들의 기호로부터는 차차 멀어져 생활은 궁핍해지고 주변 사람들에게 진 빚도 쌓여갔다. 1786년부터 이듬해까지 위기 상황은 특히 더 심했는데, 이 시기에 작곡된 걸작 오페라 〈피가로의 결혼〉이나 〈돈 조반니〉 등의 공연이나 궁정실내작곡가라는 명예도 경제적으로는 그다지 도움이 되지 못했다고 한다. 〈돈 조반니〉 초연에서 알로이지아가 돈나 안나 역을 맡았는데, 모차르트가 흡족해했던 것을 보면 그녀는 극적인 힘이 부족하다는 젊은 날의 약점을 잘 보완해 완숙한 경지에 이를 수 있었던 듯하다.

이듬해인 1788년 닥쳐오는 경제적 궁핍 속에서 6, 7, 8월 한 달에 한 곡 꼴로 모차르트는 그의 3대 교향곡 39(K.543), 40(K.550), 41(K.551)번을 작곡했다.

〈멋진 봄날이 미소 짓네〉는 여전히 사정이 어려웠던 1789년 9월 무대에 오를 파이시엘로Giovanni Paisiello의 〈세비야의 이

발사〉 독일어 공연에 맞춰 알로이지아의 언니 요제파가 부를 아리아로 작곡되었다. 그러나 공연은 갑자기 취소되었고 이미 완성된 성악 파트와 베이스, 바이올린 파트를 기반으로 바이어Franz Beyer(1922~?)가 악보를 완성하여 불렀다.

멋진 봄날이 벌써 미소짓네
꽃들이 펼쳐진 초원 위로
명랑하게 희롱하며
서풍이 불어오네

여린 꽃망울 모든 곳에서 피어나건만
이 가여운 가슴에는
부드러운 위로가 찾아오지 않네

나 여기 초원에 홀로 앉아 눈물 흘리네
나의 눈물 나의 잃어버린 양 때문이 아니라네
양치기 린도로 때문이라네.

모차르트의 가곡 〈봄의 동경(혹은 봄 그리워)〉는 그가 세상

• • •
모차르트의 아내이자 그가 사랑했던 여인 알로이지아의 동생 콘스탄체.

을 떠난 해인 1791년 1월 14일 빈에서 작곡한 곡이다. 앞서 언급한 〈멋진 봄날이 미소 짓네〉가 그 2년 전 가을에 작곡된 것으로 봄에 대한 그리움을 노래한 시에 작곡자가 감정이입해 곡을 붙인 작품이라기보다 오페라에 삽입할 의도로 그저 어느 멋진 봄날의 느낌을 그린 것이라면, 〈봄의 동경〉은 추운 겨울 한가운데에서 곧 다가올 봄을 그리고 있다. 그리고 이 곡을 쓰고 맞은 1791년 봄은 모차르트가 이 생에서 맞이한 마지막 봄이 되었다.

어린이 잡지에 기고하기 위해 작곡한 이 곡은 K.597 〈봄〉, K.598 〈어린이 놀이〉와 함께 같은 날 작곡되었다. 이 아름다운 멜로디는 그 즈음 작곡한 피아노 협주곡 27번 B플랫장조

• • •
모차르트에게 뮤즈와도 같은 존재가 되어준 알로이지아.

K.595의 3악장 론도의 주제 선율이기도 하다. 언뜻 생각하면 몇 년 전에 시작했으면서도 한 악장을 마치지 못하고 있다가 겨울날 어린이의 맑음을 생각하며 쓴 선율이 맘에 들자 그 악장에 차용한 것이었으리라 짐작된다. 그러나 시기상으로 볼 때 1월 5일에 마친 것으로 되어 있는 피아노 협주곡 3악장의 주제 선율을 성악곡으로 만들었던 것으로 보인다.

몇 년 전부터 이어져온 경제적 궁핍 속에 병든 아내와 가장으로서 책임감에다 빚 독촉에도 쫓기던 생의 마지막 해였지만, 그러한 상황 속에서 탄생한 음악이라곤 믿을 수 없을 만큼 분위기가 밝다. 티끌만큼의 오점도 없는 동심의 순수함이 넘치는 선율에서 36년 평생 순수함을 잃지 않았던 모차르

• • •
바크하우스의 마음을 울린 모차르트의 유일한 작품, 피아노 협주곡 27번 음반.

트의 고결함이 느껴진다.

겨울 숲의 맑고 투명한 고요, 적막함 사이로 내리꽂히는 눈부신 햇살. 그 가운데에서 과장이나 유치함 없이 고양된 정신 그 자체. 이승에서의 마지막 해라는 막연한 예감이 있었던 것일까. 봄의 동경을 노래하면서도 봄의 유려함과 따스함보다는 코끝이 얼얼한 겨울의 청결한 느낌이 묻어난다.

영국의 DECCA 레코드가 스테레오 녹음을 시작한 때는 1955년이었고 이해 처음으로 일흔한 살의 바크하우스*가 뵘 Karl August Leopold Böhm 지휘, 빈 필하모니와 협연으로 이 모차르트의 피아노 협주곡 27번을 녹음했다. 〈봄의 동경〉의 멜로디를 3악장의 주제 선율로 삼은 바로 그 곡. 바크하우스는 베토벤의 대가로 물론 모차르트를 즐겨 연주하지 않았으나 이 27번만큼은 예외였다고 한다. '외면적 화려한 장식이나 섬세함이 일절 없는 근엄함, 모차르트 특유의 유열감 따위는 찾아볼 수 없는 바크하우스의 연주를 통해 오히려 이 곡의 본질이 진지하게 다가든다'는 평을 받은 연주이다. 자신과는 '아주 다른 인간'이었다 해도 예술가라는 같은 이름으로 살다 간 한 순수한 영혼의 만년이 가슴 저리게 다가왔기에 바크하우스는 이 곡을 택했으리라.

어쩜 이 곡에서 모차르트는 다가올 계절로서의 봄이 아니라 인생의 봄인 어린 시절을 동경하고 봄을 그린 것은 아닐까 생각해본다. 자신의 봄, 자신의 어린 시절을 떠올리며, 이제 막 솟아오른 새순처럼 맑고 걱정 없는 시절, 경제적 궁핍도 책임감도 빚도 무언지 몰랐던 시절, 그냥 머릿속에 떠오르는 선율들을 쏟아내고 박수만 받으면 마냥 즐거웠던 그 시절을 모차르트는 생의 마지막 겨울에 그리워하고 있었던 건 아닐는지.

유정아의 클래식 노트 Classic Note

오페라 부파opera buffa 18세기에 발생한, 이탈리아어로 쓰인 가벼운 내용의 희극적 오페라. 초기 베네치아의 오페라에서 막간에 익살스러운 내용의 짧은 연극을 '인테르메초'라고 불렀는데, 이것이 인기를 얻어 나폴리 시대에는 독립된 오페라가 되어 오페라 부파로 불렸다.

징슈필Singspiel 독일어로 '노래의 연극'이라는 뜻. 18세기 후반 이후 독일에서 성행한 민속적인 연극 형태로서, 이름 그대로 노래가 풍부하게 삽입되어 있다.

콜로라투라coloratura 18~19세기 오페라의 아리아 등에 즐겨 쓰인 선율 또는 그 양식. 빠른 템포에, 꾸밈음이나 스릴 넘치는 화려한 악구가 특징이다. 모차르트의 〈마술피리〉 가운데 〈밤의 여왕의 아리아〉가 전형적인 예이다.

바크하우스Wilhelm Backhaus, 1884~1969 베토벤 작품에 대한 해석으로 가장 유명한 독일의 피아니스트. 여덟 살 때 처음 연주회를 가졌으며, 1905년 파리에서 루빈스타인 상을 받았다. 연주 스타일은 엄격하고 분명하지만 따스함을 잃지 않았으며, 악보의 정확한 해석을 중시했다.

멘델스존의 말 없는 봄노래

멘델스존
Jakob Ludwig Felix Mendelssohn Bartholdy

야코프 루트비히 펠릭스 멘델스존 바르톨디Jakob Ludwig Felix Mendelssohn Bartholdy(1809~47)는 50여 곡의 〈무언가無言歌, Lieder ohne Worte〉를 작곡했다. 〈무언가〉는 멘델스존이 1830년 무렵 낭만주의 피아노의 절정을 만났을 때 창안한 새로운 장르로, 말 그대로 '가사 없는 노래'라는 뜻의 피아노 소품을 말한다. 비록 가사는 없지만 아름다운 노래처럼 짧고 서정적인 선율로 가득 차 있다. 1830년 스물한 살 때부터 길지 않은 생을 마감한 1847년까지 수시로 작곡해 각 여섯 곡씩 담은 8집의 모음집과 독립된 세 곡 등 모두 51곡이 남아 있다.

이 중 봄노래는 무언가 5권 op.62 중 여섯번째 곡으로, 알레그로 그라치오소 A장조 4분의 2박자로 만들어진 곡이다. 〈봄노래〉라는 제목은 후세 사람들이 붙인 것인데, 봄의 정취를 한껏 느낄 수 있는 곡이다. 피아노곡이지만 여러 독주 악기용으로 편곡되어 널리 연주되고 있다.

평생에 걸쳐 작곡된 이 〈무언가〉들은 마치 일기처럼 평상적으로 쓴 것 같지만 한 곡 한 곡 독특한 매력을 가져서 멘델스존의 천재성이 느껴진다고들 평한다. 이 아름다운 곡들을 피아노 독주로 전곡 녹음한 음반이 여러 종 나와 있다. 바렌보임Daniel Barenboim(DG), 에들리나Luba Edlina(Chan), 나기Peter Nagy(Naxos), 레브Livia Rev(Hyperion), 알펜하임Ilse von Alpenheim(Philips) 등이 그것. 멘델스존의 〈무언가〉를 연주하는 데 있어서 기술을 과시하는 것보다는 신선한 청명성과 따뜻한 인간미의 표현이 관건이라고 여겨지는 바, 위의 음반 중 노련함에 있어서는 바렌보임이 우위이나, 알펜하임의 것이 압권으로 꼽힌다. 그녀는 헝가리 출신 지휘자 도라티Antal Dorati의 부인으로, 음악의 품격을 표현할 줄 아는 피아니스트, 따뜻한 체온이 느껴지는 연주를 하는 피아니스트로 알려져 있다. 가을 하늘

• • •
알펜하임이 연주한 멘델스존의 〈무언가〉 음반.

처럼 청명하면서도 정감 어린 그녀의 피아노 연주는 〈무언가〉가 아니라 〈유언가有言歌〉를 듣는 듯하다는 평가를 받았다. 1980년에 녹음된 알펜하임의 이 음반은 오래전 것임에도 불구하고 양감을 충분히 살린 발군의 녹음으로 맑고 청명한 소리가 돋보인다.

멘델스존은 다들 알다시피 역사상 보기 드문 부유한 환경에서 예술활동을 한 작곡가이다. 그는 독일 함부르크의 부유한 유태계 은행가의 아들로 태어났다. 아버지 아브라함은 유명 철학자 모세*의 아들이었고 어머니도 유명한 가문 출신이었다. 어려운 가정에서 난 신동 모차르트와 달리 어린 멘

• • •
좋은 집안에서 음악 신동으로 자라 겉보기에는 탄탄대로를 걸은 것 같지만 멘델스존에게도 남모를 곤경과 상처가 있었다.

델스존은 아버지 손에 이끌려 연주여행을 다닐 필요 없이 편안하게 교육을 받을 수 있었다.

멘델스존은 베를린으로 이주해 좋은 선생님으로부터 음악 교육을 받으며 아홉 살에 첫 공개 연주회를 가졌고 실내악 연주에도 참여했으며 10대 초반부터 작곡을 시작했다. 그는 스승 첼터Karl Friedrich Zelter의 주선으로 그 시대 최고의 문화 권력을 쥐고 있던 괴테 앞에서 연주해 그 까다로운 노인으로부터 찬사를 받기도 했다. 열두 살부터 열네 살까지 12곡의 현을 위한 교향곡, 열세 살에 피아노 4중주, 열다섯 살에 첫 교향곡(C minor, op.11), 열여섯 살에 첫 현악 8중주 등을 작곡하며 그는 자신의 천재성을 유감없이 발휘했다. 열여섯에 작곡한 이 옥텟*과 이듬해인 1826년에 작곡한 〈한여름밤의 꿈〉 op.61이 그의 초창기 작품의 최고봉으로 꼽힌다.

멘델스존은 음악만이 아니라 문학, 언어, 철학 등 다방면의 교육을 받았다. 그는 독일어 외에 영어, 이탈리아어, 라틴어를 자유롭게 구사했고 고전에도 관심이 많아 번역을 해 보여 그의 스승을 놀라게 하기도 했다. 베를린 대학에서 헤겔의 미학, 간스Eduard Gans의 역사학, 리터Karl Ritter의 지리학 강의 등 당대 최고의 지성들로부터 지식을 흡수했다. 그는 또 거의 프로 수준에 가까운 그림 실력을 가지고 있었다. 지금도 〈핑갈의 동굴〉 등 그가 그린 아름다운 드로잉이나 수채화, 유화 등이 남아 있다.

부족할 것 없어 보이는 이 신동은 재능과 안정된 환경에 본인의 성실함과 의욕까지 합쳐져 훌륭한 음악인으로 성장해갔다. 스승 첼터의 영향으로 그의 음악적 성향은 전통적이고 보수적이었고, 바흐를 통해 바로크와 초기 고전에 그 기본을 두었다. 당시 혁신적인 음악의 선두주자였던 베를리오즈Louis Hector Berlioz나 리스트Franz von Liszt, 마이어베어Giacomo Meyerbeer 등과 스스럼없이 교류하고 호의를 보였으나, 훗날 그들의 새로운 음악을 부정하고 무시하는 내용이 담긴 편지

등이 발견되었다. 그는 외교적 인물이었던 것이다.

작곡 외에 멘델스존이 남긴 업적 가운데 하나는 바흐 사후(1750) 사람들의 기억에서 완전히 잊힌 바흐의 〈마태수난곡〉 악보를 발굴하고 손을 봐 직접 지휘자로 나서 베를린에서 세계 초연(1829)한 것을 꼽을 수 있다. 공연은 대성공을 거두었고 스무 살 젊은이의 이름을 널리 알렸으며 독일뿐 아니라 전 유럽에서 바흐의 부흥을 일으켰다.

그러나 멘델스존이 자신의 커리어를 쌓는 데 가장 중요한 계기가 된 것은 뭐니뭐니해도 1835년 스물여섯의 나이에 라이프치히 게반트하우스*의 상임 지휘자로 임명된 일이다. 그는 그제야 독일인으로서 모국의 음악을 이끄는 지도자 역할을 하고 싶다는 열망을 느꼈다. 이 당시 많은 작곡가와 그 지망생 들이 자신의 작품을 연주해달라고 멘델스존을 찾아왔는데, 슈만이 가져온 슈베르트의 9번 교향곡 악보를 보고 직접 지휘자로 나서 초연하기도 했다. 바그너도 교향곡을 가져왔는데, 어찌된 일인지 멘델스존이 이 악보를 분실해 바그너는 질색했고 훗날 바그너가 멘델스존을 비판하는 데 빌미가 되기도 했다.

1843년 멘델스존은 라이프치히 음악원을 세워 스승이자 평생의 친구였던 모셸레스, 슈만 등의 걸출한 음악인들과 다비트Ferdinant David, 요아힘 등의 연주자들과 함께 음악 교육의 길을 열었다. 이 음악원은 그가 죽은 후 모셸레스가 이어받아 보수적 전통 음악의 산실로 유럽 음악계의 후학을 키우며 명맥을 이어왔다.

겨우 38년을 살아 단명한 것을 빼고는 멘델스존에게 아무런 어려움도 고민도, 난관도 없었으리라고 오해하는 사람이 많다. 음악 또한 고통 속에 탄생하지 않아 깊은 맛이 없다는 이야기도 종종 한다. 낭만주의 시대 대부분의 작곡가들이 과거의 전통과 질서를 부정하고 새로운 것을 찾았던 데 비해 멘델스존은 기존의 형식을 주저 없이 받아들인, 예술에는 보수적인 입장을 가졌던 사람이다. 보다 정확히 말하자면 정신은 낭만주의에 뿌리를 두고 있었지만 형식은 고전주의적 질서와 조화를 선호했고, 이는 평생 동안 경제적 궁핍이나 현실의 비극을 경험할 필요가 없었던 그의 평안한 삶에 어느 정도 기인한다고 할 수 있겠다. 그러기에 멘델스존의 음악에서는 강렬한 열정이나 비창은 느낄 수 없지만, 밝은 빛과 같은 경쾌함과 세련되고 우아한 형식미가 그 자리를 대신해준다. 하지만 사는 동안 완벽에 가까운 행복을 누렸을 것만 같

• • •
라이프치히 게반트하우스의 상임 지휘자로 임명된 것은 멘델스존의 인생에 일어난 가장 중요한 사건 중 하나였다.

은 멘델스존의 삶도 그 뒷이야기를 들어보면 어려움 없는 인생, 약점 없는 인간이 어디 있으랴 하는 생각을 하게 된다.

어린 시절 멘델스존의 아버지 아브라함은 유대인에 대한 사회적 반감을 예견하고 아이들에게 처가의 성인 '바르톨디'를 붙여주어 독일 사회에 완벽히 편입할 수 있게 했고 기독교 세례도 받게 했다. 자신은 유대인으로 살아도 아이들만큼은 뿌리내린 땅에서 대우받고 적응하며 살길 바라는 마음에서 내린 결정이었을 것이다. 1832년 스승 첼터가 세상을 떠나고 멘델스존은 자신이 간절히 원하던 베를린 징아카데미*에 지원했으나 덜 알려진 룽겐하겐Carl Friedrich Rugenhagen이란 이에게 밀렸다. 스물넷의 멘델스존이 지휘자가 되면 너무 혁신적인 작업을 할까 두려워한 탓도 있겠지만, 아버지가 감지한 대로 유대 혈통에 대한 암묵적인 차별이 작용했던 것이었다. 충격을 받은 멘델스존은 자신을 반겨주었던 영국 등지를 오래 여행하며 자신감을 되찾으려 애썼다. 몇 년 후 라이프치히 게반트하우스 지휘자로 임명되면서 상처는 극복됐으나 민족적 정체성에 대한 고민이 사라지지 않았을 것이다. 이런 상황에서도 멘델스존은 아버지의 기대와 달리 자신의 유대인 성인 멘델스존을 평생토록 떼지 않았고, 그래서 그의 이름은 펠릭스 멘델스존 바르톨디가 되었다.

멘델스존은 성격마저도 흠잡을 데 없을 만큼 침착하고 평온하며 낙천적이었던 것으로 알려져 있다. 그러나 어린 시절 자신이 바라는 게 이루어지지 않았을 때 가족들 앞에서 영어로 횡설수설 악담을 퍼붓다가 아버지에게 야단을 맞고 12시간 정도 잠을 자고 나서야 정상으로 돌아왔다는 일화로 볼 때, '한 성격' 했던 것으로 보인다. 음악에 있어서도 좋은 집안에서 남다른 재능을 갖고 태어나 교육까지 잘 받았지만 10대 후반에 처음으로 썼던 징슈필 〈카마초의 결혼〉이 실패하면서 평생 오페라 분야에만큼은 자신감을 갖지 못했다.

가족사에도 슬픔이 깃들어 있었다. 프랑스 성직자의 딸인

• • •
침착하고 평온한 성격의 소유자로 알려진 멘델스존도 어린 시절에는 욕심 많고 제멋대로인 구석이 있었다.

아름다운 장르노Cecile Jean-renaud와 결혼해 다섯 아이를 두었으나 막내를 병으로 잃었던 것이다. 당시 자식을 앞세워 보낸 사람이 한둘이 아니었고 더 많은 아이를 잃는 경우도 다반사였으나 흔한 일이라고 자식의 병사를 겪는 부모의 마음이 덜 아플 리 없다.

멘델스존의 누이 파니Fanny Mendelssohn는 어린 시절 동생과 함께 음악 교육을 받고 비슷한 재능을 보였으나 보수적인 가풍으로 음악가의 길을 걷지 못했고, 역시 보수적인 남자였던 동생 펠릭스는 네 살 위의 누이에게 도움이 되지 못했다. 누이가 작곡한 작품을 훔친 건 아니겠고 꼭 세상에 한번 자신

• • •
펠릭스 멘델스존의 누이 파니 멘델스존. 어린 시절, 동생과 함께 음악 공부를 했고 재능을 보였으나 보수적인 집안 분위기 탓에 음악가의 길을 가지 못했다.

의 작품을 내고 싶다는 그녀의 바람과 절충점을 찾은 것이었겠으나, 자신의 이름으로 누나의 작품을 출판하기도 했다. 때리는 시어머니보다 말리는 시누이가 더 밉다고, 음악가의 길을 가로막은 아버지보다 누나야 어찌 되든 음악가로서 승승장구하던 남동생이 파니에게 더 상처가 되진 않았을까. 그러나 남매간의 정은 애틋했던 듯, 음악가로 잘나가던 동생은 결혼과 함께 파니 헨젤Hensel이 된 누이의 작품 발표를 위한 연주회를 열어주기도 했다. 그리고 오랜 이탈리아 여행에서 돌아온 40대 초반의 파니가 갑자기 세상을 떠났을 때 충격에서 헤어나지 못한 멘델스존은 6개월이 채 안 되어 그해 말

눈을 감았다.

살아가면서 변했을 이 보수적인 남자는 누이의 죽음 앞에서 불현듯 미안해졌을지 모른다. 파니가 남자였다면 걸었을 길을 자신이 대신 걸은 것뿐이라는 깨달음으로. 나만큼은 누나가 재능을 펼치도록 힘껏 도왔어야 했다는 후회로. 봄에서 시작된 한 여성의 일생이 계절을 순환하지 못하고 여름에도 꽃 한번 피워보지 못한 채 사그라져가는 것을 지켜보기만 했다는 죄책감으로. 동생은 누이의 죽음 앞에서 '말 없는 봄노래'를 불렀으리라.

세상엔 보다 부유하고 조금 더 행복한 사람은 있을지언정 완벽하게 행복한 사람은 없다.

누구는 멘델스존처럼 편안한 가정에 태어나고 누구는 질곡 많은 삶을 살아갈 운명을 타고나듯 우리는 저마다 다 다르게 태어나지만, 봄은 누구에게나 똑같이 온다. 부유한 자와 가난한 자를 구별하지 않고, 빼앗긴 들에도, 독립을 외치는 코소보에도, 독립은 절대불가라는 세르비아에도, 불에 탄 숭례문에도, 병든 자의 머리맡에도 온다. 궁핍한 부엌이나 초라한 마음에 드는 봄볕은 그 모든 걸 너무 낱낱이 비추어 오히려 더 처연하고 잔인하지만, 그래도 따사로운 봄을 기다리는 절절한 마음만큼은 우리 모두의 것이다. 봄과 함께 기다려본다. 얼음을 녹이는 봄 햇살의 기운을 받아 많은 것들이 녹고 서로 스며들기를.

유정아의 클래식 노트 Classic Note

멘델스존Moses Mendelssohn, 1729~86 독일계 유대인 철학자·비평가·성서번역가·해설가. 유대인 사회에서는 모세 데사우라는 이름으로 불렸지만, 글을 발표할 때는 히브리어로 벤 멘델('멘델의 아들'이라는 뜻)에서 나온 멘델스존이라는 이름을 썼다. 히브리어식 이름 대신 독일어식 이름인 멘델스존을 선택한 것은 그가 다른 유대인들에게 요구했듯이 독일 문화를 받아들인다는 표시였다.

옥텟octet 팔중창, 팔중주, 팔중창단, 팔중주단 등을 가리킨다.

게반트하우스Leipzig Gewandhaus 독일 작센 주 라이프치히에 있는 콘서트 홀. 현재는 사라지고 없는 구관 건물에서는 1781년부터 독일 최초의 민간인 오케스트라인 게반트하우스 오케스트라가 연주를 해왔고, 멘델스존과 마주어Kurt Masur 같은 세계적인 거장들이 이곳에서 상임 지휘자로 활약했다.

징아카데미singakademie 합창 연구단체로서 합창곡을 연주하거나, 관현악이 있거나 없는 대합창의 공연을 목적으로 한다. 가장 유명한 것은 1791년 독일의 파슈Kari Friedrich Fasch가 창립한 베를린의 징아카데미이다. 그 밖에 빈, 라이프치히, 할레 등에도 같은 명칭의 합창단이 있다.

슈만의 산골짜기에서 봄이 피어오른다

슈만
Robert Alexander Schumann

슈만은 찬란하면서도 우울했던 전 생애에 걸쳐 총 여섯 곡의 교향곡을 작곡했다. 그중 네 곡은 1번부터 4번까지 일련번호가 매겨졌고 그 외에 작은 교향곡symphonette, sinfonietta으로 명명한 op.52와 3악장 스케치까지 마친 미완성의 G단조 교향곡이 있다.

그중 교향곡 1번 B플랫장조 op.38에는 〈봄의 교향곡〉이라는 이름이 붙어 있다. 슈만은 자신의 스승 비크 교수의 딸이었던 클라라와의 열애 끝에 우여곡절을 겪고 결혼에 성공한다. 그것이 그의 나이 서른, 클라라의 나이 스물하나였던 1840년의 일이다. 열여덟 살의 나이에 비크 교수의 집에 머물며 피아노를 배운 슈만은 당시 피아노 신동으로 괴테 앞에서까지 연주를 했던 아홉 살의 클라라를 처음 보았고, 둘은 곧 연인관계로 발전한다. 클라라의 아버지 비크 교수의 반대로 법정까지 가게 되었지만 아무튼 1840년 결혼에 성공한 슈만은 클라라에 대한 사랑의 감정을 수많은 가곡에 녹여낸다.

이듬해인 1841년 이제는 교향곡을 한번 써봐야겠다 마음먹은 슈만은 마치 다음 가곡을 써내듯 1월 23일부터 26일까지 단 나흘 만에 교향곡 1번 스케치를 마치고 2월 20일엔 관현악 편성을 완성했다. 슈만 자신도 이러한 대작을 단기간에 완성하게 된 것을 하느님께 감사드린다고 고백할 정도였다. 한 달 안에 완성된 슈만의 첫번째 교향곡을 들은 멘델스존은 자신이 이끌던 라이프치히 게반트하우스에서 그 작품을 연주하기로 결정하고 자신의 지휘로 3월 31일 초연했다. 공연은 성공적이었고, 작센 주의 영주 프리드리히 아우구스트 2세에게 헌정되었다.

이 곡의 창작과정에 영향을 준 것은 뵈트거Adolf Böttger의 〈봄의 시〉인 것으로 알려져 있다. 슈만은 뵈트거 시의 마지막

• • •
슈만은 뵈트거의 〈봄의 시〉에서 영감을 얻어 첫번째 교향곡을 썼다.

구절인 "산골짜기에서 봄이 피어오른다!"를 이 곡의 모토로 삼았으며, 곡의 시작 부분에서 이를 트럼펫과 호른의 연주로 표현하고 있다. 이 모토는 여러 차례 반복되는 시퀀스의 형태로 출현한다. 슈만은 총 4악장으로 구성된 이 곡의 각 악장에 '봄의 시작—저녁—즐거운 놀이—봄의 만개'라는 소제목을 달았다. 그리고 이 작품을 〈봄의 교향곡〉이라고 명명했다. 슈만은 마치 봄에 피어나는 꽃과 나뭇잎의 봉오리처럼 자연스럽게 그의 내부로부터 싹터오르는 새로운 봄에 대한 느낌을 표현하고자 했던 것이다. 바야흐로 그 시절은 사랑하는 클라라와 결혼하고 사랑의 노래를 작곡하던 때이며 1844

년 우울증으로 요양에 들어가기 직전 슈만의 인생에서 가장 아름다운 계절이었던 것이다.

슈만은 1842년 11월 23일에 당대의 저명한 바이올리니스트이자 작곡가 슈포어*에게 보낸 편지에 다음과 같이 썼다.

"나는 모든 사람에게 매해 새롭게 다가오는 봄에 대한 기대와 열정을 표현하기 위해 이 교향곡을 작곡했습니다. 하지만 나는 봄을 묘사하거나 그리려고 한 것은 아닙니다."

작곡가의 주장대로 이 곡은 결코 자연을 묘사하는 표제음악*이 아니다. 하지만 이 곡의 창작과정에 영감을 준 봄에 대한 슈만의 열정적인 감정은 작품 곳곳에서 느껴진다. 그러나 슈만은 각 악장에 붙인 소제목들을 작품을 출판할 때 삭제했다. 자신의 작품이 당시 서서히 부각되기 시작한 표제음악으로 오인될 것을 우려했기 때문이다.

유정아의 클래식 노트 Classic Note

슈포어Louise Spohr, 1784~1859 독일의 바이올린 연주자, 작곡가, 지휘자. 그의 작품은 독일 낭만주의 음악의 초기 단계를 보여준다. 모차르트의 악보를 연구하면서 독학으로 작곡을 공부했고, 명바이올린 연주자 파가니니Nicolo Paganini와 이탈리아 연주여행을 했으며 1817년에는 프랑크푸르트 오페라단의 지휘자가 되었다.

표제 음악programme music 곡의 내용을 설명·암시하는 표제로써 구체적 또는 추상적인 대상을 묘사하려는 음악. 묘사의 대상이 되는 것은 자연현상이나 정경 등 구체적인 것부터 이야기 줄거리, 인물들의 동작, 심리, 사상 등 추상적인 것까지 가지각색이다. 절대 음악의 대립개념인데, 절대 음악이 형식주의에 빠질 위험을 갖고 있는 것처럼, 표제 음악도 단순한 사물의 모방이나 묘사로 끝나거나 이야기의 줄거리를 좇는 것에만 급급하다가 빈곤한 묘사 음악이 될 위험을 안고 있다. 슈만은 작곡가가 곡에 특정 표제를 붙였다고 그것이 음악의 전부를 대변하는 것은 아니라고 주장했다.

그리그가 맞은 봄에

그리그
Edvard Hagerup Grieg

북반구에 봄이 찾아오는 시점은 대개 3월인데 북극에 가까이 있을수록 봄은 더디게 찾아오는 것일까? 꼭 그렇지는 않다.

우리나라의 위도가 북위 37도 35인 데 비해 스칸디나비아 반도에 위치한 노르웨이의 위도는 59도 56이다. 알래스카와 같은 위도에 자리하며 국토의 절반 정도가 북극권 북쪽에 위치한다. 노르웨이 북부에는 겨울에 해가 지평선 위로 떠오르지 않고 5월부터 7월까지는 해가 지지 않는 백야 현상이 계

• • •
노르웨이 최고의 절경을 자랑하는 베르겐, 그리그의 고향이다.

속된다. 하지만 노르웨이는 스칸디나비아 반도의 서쪽 바닷가에 위치해 멕시코 만류와 서풍의 영향으로 다른 북유럽 국가에 비해 따뜻한 날씨를 보이며 사계가 뚜렷한 온화한 기후를 보인다고 한다. 위도상 여름보다 겨울이 당연히 길긴 하지만 여름의 평균 기온이 9~14도, 겨울의 평균 기온은 1~2도로 더위도 추위도 모질지 않고 쾌적한 편이다. 얼음이 녹는 시기는 3~4월로 이때부터 백야 현상이 시작된다. 그러니까 얼음이 녹는 3월부터 노르웨이도 봄을 맞는다. 온도나 바람의 느낌 같은 것이 위도가 낮은 남녘의 봄과 다를 뿐 봄은 같은 시기에 찾아오는 것이다.

대한민국을 동남아시아 국가 중 하나로 예단해, 춥고 눈도 많이 내리는 우리나라 겨울 날씨에 놀라는 외국인이 있다는 말을 들어본 적 있을 것이다. 마찬가지로 노르웨이 또한 북극권에 위치해 무조건 겨울이 대단히 추울 것이라고 예상한 여행객들은 따뜻한 날씨에 조금 실망했다는 후기를 남기기도 한다. '딴지일보' 김어준 대표는 어린 시절 남극정복 아문센Roald Amundsen을 흠모해 그가 했던 대로 겨울에 덜덜 떨며 창문을 열고 잤단다. 그러다가 어른이 되어 아문센이 살았던 노르웨이 보르예에 가서야 그곳 겨울이 생각보다 따뜻하다는 것을 알고 배경설명을 생략한 아동위인전 작가의 '생구라'에 배반감을 느꼈다는 이야기도 있다. 이런 이야기를 접하고 보면 우리가 얼마나 많은 것에 대해 잘못된 선입견을 갖고 있는지, 얕은 지식 탓에 제대로 못 보고 사는 건 얼마나 또 많을 것인지 생각해보게 된다.

수도 오슬로(옛 이름 크리스티아니아)에서 기차로 서쪽으로 예닐곱 시간을 달리면 최고의 절경을 자랑하는 노르웨이 제2의 도시, 작곡가 그리그Edvard Hagerup Grieg(1843~1907)의 고향

베르겐에 도착한다. 베르겐에서 조금 떨어진, 아름다운 피오르 해안이 앞마당 호수처럼 펼쳐진 트롤하우겐에서 그리그는 작곡에 몰두했다. 지금 이곳에는 음악당과 박물관, 자그마했던 그리그의 실물 크기 동상이 세워져 있다. 19세기 노르웨이를 대표하는 예술가를 꼽자면, 표현주의 미술의 대가 뭉크Edvard Munch와 사실주의 극작가 입센Henrik Ibsen, 그리고 바로 음악가 그리그 정도일 것이다.

오늘날 가장 훌륭한 사회보장제도를 갖추고 조용한 선진국으로 거듭난 노르웨이도, 눈부신 발전을 이룬 20세기 이전에는 비극적인 시절을 견뎌내야 했다. 18세기까지만 해도 스칸디나비아의 형제 국가들인 스웨덴, 핀란드, 덴마크보다 수십 년 뒤쳐져 경제적 빈곤에서 벗어나지 못했으며, 1814년까지는 덴마크의 속국으로, 그 후 1905년까지는 스웨덴 연합국의 하나로, 500여 년 동안 노르웨이라는 국명을 갖지 못했다.

그리그는 노르웨이 베르겐에서 1843년 6월 15일에 태어났다. 스코틀랜드계 아버지의 신분을 두고 증조부 때부터 이곳에 정착해 사업을 했다고도 하고, 새우잡이를 위해 이곳에 왔다는 설도 있는가 하면, 또 영국의 노르웨이 주재 영사였

• • •
그리그의 실물 크기 동상.

다는 말도 있다. 분명한 것은 어머니가 음악을 무척 좋아해서 그리그가 어린 시절부터 음악을 가까이하며 자랐다는 점이다.

열다섯 살 때 같은 베르겐 출신의 바이올리니스트 불*의 주선으로 그리그는 라이프치히 음악원에서 수학하며 모셸레스 등으로부터 배웠다. 그 후에는 당시 북구 문화의 중심지였던 코펜하겐에 머물며 작곡 등 음악활동을 이어나갔다. 그의 음악은 기본적으로 독일 낭만주의에 바탕을 두고 있으나 점차 민족의식에 눈뜨면서 노르웨이의 선율과 감성이 그의 음악에 섞이게 된다. 노르웨이의 국가를 작곡한 것으로 유명한 노르로크*와 같은 젊은 노르웨이 예술가들과 교류하면서 자신의 뿌리를 새롭게 인식하고 노르웨이만의 스타일을 창조하고자 하는 욕망을 키우게 된 것이다. 거기에 노르웨이 피오르 해안의 절경은 그리그의 음악세계를 풍요롭게 하는 데 일조한다.

예술가 이전에 먼저 인간이 되어야 한다고 말해온 그리그는 자유와 민주, 정의의 수호자였다. 드레퓌스 사건 같은 자신이 생각하는 정의에 어긋나는 일이 있을 때에는 항의의 표시로 파리 초청 연주를 거절하기도 했다.

관현악의 허장성세보다는 실내악의 진솔함이 그리그의 마음을 더 움직였던 듯하다. 오늘날까지도 서정성 짙은 그의 피아노 소품들이 널리 사랑받는데, 그리그는 바로 그 소품들처럼 소박하고 요란하지 않은 삶을 살았다. 그러나 그는 평생 병약했고 명예는 누렸으나 조국이 그러했던 것처럼 부유한 생활과는 거리가 멀었으며 딸을 잃는 슬픔을 겪기도 했다.

수도에서 활동하다가 고향 근처로 자리를 옮겨간 것은 1870년대 중반 그가 30대 때였으나 트롤하우겐에 집을 짓고 정착한 건 1885년 마흔두 살에 이르러서였다. 이 무렵 작곡한 많은 피아노 소품과 성악곡에는 피오르의 아름다운 풍경이 짙게 투영되어 있다. 그리그는 앞서 언급한 멘델스존이 무언가집을 8권까지 낸 것처럼 평생에 걸쳐 서정 소품집*을 10권까지 냈다. 그중 3집 op.43은 그가 트롤하우겐에 정착한 후 3년이 지난 1888년에 출판되었다. 그 가운데 여섯번째 곡이 〈봄에 부침〉 op.43-6이다.

어찌 보면 그리그는 예술가로서 가질 수 있는 것을 다 가진 부자였을 수 있다. 독립을 갈망하는 조국과 인간의 생명력을 위협하는 병약함, 핏줄을 잃는 애끓는 슬픔, 보통 사람의 삶이라면 축복이라 부를 수 없는 것들이지만, 예술가에게는 마음을 움직여 예술로 승화시킬 수 있게 하는 원동력이 되니 귀한 자산이기도 하다.

조국이 어려움에 처한 시대에 민족을 생각하지 않고 자신의 안위만을 추구했다거나 시대정신을 거스르는 음악을 썼다 해서, 그 시대 그의 삶을 살아보지도 않았으면서 손가락질하는 것은 참 옳지 못한 일인 것 같다. 민족주의, 내셔널리즘은 넘어서야 할 것임에 분명하지만, 자신의 예술에 민족을 위하는 마음을 듬뿍 담은 소박한 그의 음악에 우리가 큰 감동을 받는 것은 너무나 자연스런 일이다.

노르웨이 최고의 작곡가로 평생 명예와 절찬 속에 살았으나 언제나 소박했던 북구의 쇼팽, 그리그가 피오르에 찾아온 봄에 부친 곡을 들어본다.

유정아의 클래식 노트 Classic Note

불Ole Bornemann Bull, 1810~80 노르웨이의 바이올린 연주자, 작곡가, 민족음악가. 국내외에서 노르웨이 문화·예술의 진흥과 보존에 영향을 끼쳤으며 1849년 베르겐의 노르웨이 극장 설립에 주도적인 역할을 했다. 그리그를 포함해 입센, 비외른손Bjørnstjerne Bjørnson과 같은 극작가 등을 후원했고 많은 영향을 끼쳤다. 음악가들뿐만 아니라 상드, 새커리 William Thackeray, 트웨인Mark Twain 같은 작가들도 그에게 찬사를 보냈다.

노르로크Rikard Nordraak, 1842~66 노르웨이의 작곡가. '새로운 노르웨이 사회'라는 단체에 가입해 불Ole Bull과 친교를 맺기 시작했으며, 당시 문학을 비롯한 여러 예술 분야에 널리 퍼져 있던 민족주의 운동에 깊이 관여했다. 그의 음악은 자신이 수집한 민요에서 많은 영향을 받았다.

서정 소품집 Lyric Pieces 그리그의 독주 피아노를 위한 소품 66편의 모음곡. 1867년 op.12로 시작해 1901년 op.71까지 총 10권 출판되었다. 가장 널리 알려진 곡은 〈트롤하우겐의 결혼식 날〉 〈봄에 부침〉 〈트롤의 행진〉 〈나비〉 등이다. 2002년 노르웨이의 피아니스트 안스네스Leif Ove Andsnes(2010년 3월, 통영음악제에도 참여했다)가 그리그의 집에 있는 1892년제 스타인웨이 그랜드 피아노로 66곡 중 24곡을 녹음한 음반을 냈다.

시벨리우스의 커다란 봄노래

시벨리우스
Jean Sibelius

장 시벨리우스Jean Sibelius(1865~1957)는 1865년 핀란드에서 스웨덴어를 쓰는 교양 있는 의사 가정에서 태어났다(그는 자신의 이름을 프랑스어식으로 썼다고 한다). 19세기까지 스칸디나비아 반도의 노르웨이와 핀란드는 스웨덴의 속국이었고 상류층 가정은 스웨덴어를 사용하는 경우가 많았다. 하지만 불행히도 그가 채 세 돌도 지나기 전 아버지가 세상을 떠나고 시벨리우스는 태어난 곳 헤민린나에 있던 외증조할머니 집에서 대부분의 어린 시절을 보냈다. 당시 대두하던 낭만적

• • •
일과 가정에서 모두 성공한 듯 보였지만 음악가에게 가장 소중한 청력을 잃으면서 시벨리우스는 무참히 허물어져갔다.

국민주의 사조에 발맞춰 그의 가족은 시벨리우스를 핀란드어를 쓰는 학교에 보냈고 이때 흡수한 정서는 그의 음악에 지대한 영향을 미쳤다.

다섯 살 때부터 피아노를 배웠고 열한 살에 작곡을 하고, 열다섯 살 때는 바이올린에 열중했지만 시벨리우스는 결국 헬싱키 법대에 진학했다. 음악원에도 다녔는데 법 공부는 뒷전이어서 급기야 법대에서는 퇴학을 당했고 비로소 음악 공부에 몰두할 수 있게 되었다. 당초엔 바이올린을 전공하고 싶어했지만 교내 콩쿠르에서 떨어지고 나서 작곡가의 길로 들어섰다(콩쿠르에서 떨어지지 않았다면 우리는 시벨리우스가 작

• • •
시벨리우스의 아름다운 아내 아이노 야르네펠트.

곡한 명곡들을 듣지 못했을지 모른다). 시벨리우스는 1888년 새로 이 학교에 부임해온 부조니*로부터 신선한 자극을 받기도 했다.

1889년 베를린으로 유학, 이후 빈에도 머물며 공부한 후 1891년 귀국한 그는 20대 중반의 나이에 헬싱키 음악원 교수가 되는가 하면, 이듬해에는 국민적 대서사시 「칼레발라」* 에 바탕한 〈쿨레르보 교향곡〉을 작곡해 대성공을 거두었다. 2년 전 약혼한 아름다운 여인 예르네펠트Arino Järnefelt(1871~1969)와 결혼도 했다. 일과 가정 모두 평안했던 시벨리우스는 〈투오넬라의 백조〉, 훗날 피날레를 따로 교향시 〈핀란

디아〉로 독립시킨 〈역사적 정경〉 등을 작곡하며 명성을 높였다. 30대 초반 이미 국가로부터 종신 연금을 받게 된 시벨리우스는 일찌감치 핀란드를 대표하는 전도양양한 음악가로 자리잡았다.

그러나 1900년을 넘어서면서부터는 10여년 전 시작된 귓병이 악화되면서 가끔 정신을 잃기도 했고 치료와 요양을 위해 헬싱키를 떠나 북쪽 전원지대인 에르벤페에로 근거지를 옮겼다. 그 후 연주여행을 떠날 때를 제외하고는 대부분의 시간을 이곳에서 보냈다. 목에 생긴 악성종양을 제거하는 수술을 받은 후에는 건강을 회복할 수 없었고, 1929년 무렵에는 작곡활동을 중단할 수 밖에 없는 상황에 이른다. 그 후 30년에 가까운 공백기를 거쳐 아흔두 살이던 1957년 9월 20일 60년 가까이 산 예르벤페에 땅에서 생애를 마쳤다. 청년 시절까지 스웨덴의 교양과 독일 음악방식을 익히고 조국 핀란드의 언어와 전통 등에도 눈을 뜨며 핀란드만의 작풍을 개척한 시벨리우스. 그는 어린 시절 고향 마을 언덕에 앉아 바다를 내려다보던 감수성 풍부한 소년이었다고 하는데, 국민 음악가로 성장해 최고의 전성기를 누린 시간보다 더 긴 세월을 조용히, 세상의 소리로부터 귀를 담은 것처럼 공백 속에 늙어갔던 것이다.

시벨리우스가 그의 교향시 〈봄노래〉 op.16을 초연한 것은 스물아홉 살 때인 1894년 6월 21일 핀란드 서해안의 바사Vassa에서 대중교육협회Kansanvalistusseura 주최로 열린 야외 페스티벌 무대에서였다. 당시 시벨리우스는 헬싱키 음악원 졸업 후 베를린과 빈 유학을 다녀와 1891년 모교인 헬싱키 음악원 교수가 되어 있었고 이듬해 결혼과 함께 온갖 명성과 성공을 맛보기 시작하던 때였다.

위촉받거나 의뢰받는 작품이 워낙 많은데다 한창 칸타타 작곡으로 여념이 없었던 그는 페스티벌 공연에 맞춰 교향시를 완성하느라 서둘러야 했다. 관객들의 반응도 꽤 괜찮은 편이었지만 시벨리우스 자신은 실망스러워했다. 객석에는 그의 장인인 예르네펠트 장군도 있었고 처남이자 역시 음악가인 아르마스*의 애국심이 물씬 묻어나는 작품이 객석에서 더 환영을 받았기 때문이다. 자신보다 나이 어린 손위처남에 대한 질투였을까. 이듬해 그는 D장조를 F장조로 조바꿈하고 스패니시 댄스와 비슷한 마지막 부분을 드러내는 등 작품을 개고하여 4월 13일 헬싱키 오케스트라를 직접 지휘해 무대에 올렸다. 그리고 1903년 또다시 손을 대 출판했는데 〈봄노래〉라는 제목은 이때 붙여진 것이다. 바사 공연 때는 그냥 오케스트라를 위한 즉흥곡이었으나 개정 후 이 작품은 그가 붙인 제목대로 단순하면서도 솔직하고 긍정적인 멜로디가 폭포수처럼 넘쳐나는 곡으로 거듭나게 되었다.

봄은 그런 것일 게다. 세상과 자연의 흐름을 거스르지 않고 솔직하고 정직하게 때가 되면 오고, 아주 작은 잎새, 꽃잎, 바람결, 흙냄새에 묻어 자연스럽게 우리 곁을 찾아오는 것. 곧장 단도직입적으로 밀고 들어오는 봄에 우리는 어쩔 수 없이 항복하고 삶을 다시금 긍정하고 사랑할 수밖에 없게 되는 것이다.

유럽에서 몇 손가락 안에 꼽히는 큰 나라 핀란드는 국토의 4분의 1이 북극권으로, 최북단은 여름에는 73일 동안 해가 지지 않고 겨울에는 51일 동안 해가 뜨지 않는다고 한다. 또 침엽수림이 광활하게 펼쳐져 다른 북유럽 나라들과 달리 맑고 투명한 햇살을 볼 수 있으며, 활기가 넘치는 5월 말에서 9월 사이 놀랄 만큼 다채로운 식물종을 보여준다. 3월 중순까지 겨울이 이어지며 북부에서는 5월까지 눈을 볼 수 있어, 4월 즈음에나 봄의 절정을 만끽할 수 있다. 시벨리우스의 〈봄

• • •
아내에 대한 시벨리우스의 사랑을
확인할 수 있는 집 '아이놀라'.

노래〉는 그래서 5월에 가장 자주 연주된다고 한다.

시벨리우스의 교향시 〈봄노래〉를 듣고 있자면 일평생 야채밭을 일구며 살았다는 그의 아름다운 부인 아이노의 모습이 떠오르기도 한다. 여섯 딸을 낳고, 건강이 좋지 않은 남편을 섬기며 산 부인에 대한 사랑의 표시로 시벨리우스는 예르벤페에의 집을 '아이놀라'로 이름 지었다. 부부는 평생 그 집을 떠나지 않았는데, 반평생 넘도록 농촌에서 살다 간 부부의 모습은 마치 헬렌 니어링과 스콧 니어링 부부의 소박한 삶을 떠올리게도 한다.

유정아의 클래식 노트 Classic Note

부조니Ferruccio Busoni, 1866~1924 이탈리아의 피아니스트이자 작곡가. 천부적 재능과 지성적 면모로 명성을 얻었다. 제1차 세계대전중에는 이탈리아와 독일 중 어느 한쪽을 택할 수 없어서 스위스 취리히로 망명했다. 이러한 갈등은 작곡에도 영향을 끼쳐, 그의 음악은 낭만적 열정과 더불어 엄격한 지성, 라틴 세계의 현란함, 명료성 등이 한데 어우러진 복합적 성격을 띠게 되었다.

칼레발라Kalevala 핀란드 구전문학의 일부인 옛 핀란드 민요·서정시·주문呪文 들로부터 편찬한 핀란드의 민족 서사시. 천지창조의 이야기와 로우히의 아름다운 딸에게 구혼하기 위해 포욜라를 향해 여행하는 베이네뫼이넨, 일마리넨, 레민케이넨의 모험담이다.

예르네펠트Armas Järnefelt, 1869~1958 헬싱키에서 부조니에게 배우고 파리에서는 마스네Jules Massenet에게 배웠다. 바그너의 오페라를 핀란드에서 처음으로 지휘했으며 1905년 스웨덴으로 이주해 스웨덴 시민이 되었다.

슈트라우스의 만년의 봄

슈트라우스
Richard Strauss

작곡가 리하르트 슈트라우스Richard Strauss(1864~1949)는 시벨리우스보다는 짧았으나 다른 음악인들에 비해 꽤 오랜 삶을 살다 갔다. 19세기 중반인 1864년에 태어나 19세기를 36년간 살았고 20세기도 절반쯤 살다 1949년 세상을 떠났다. 그가 살던 시기 그의 조국은 어떤 상황이었나. 자치주들로 연합해 있던 독일이 통일되고(1871), 그간 억눌려 있었던 민족의 자존심이 히틀러라는 인물에 의해 뒤틀려 발산되지만 세계 전쟁에서 패배하면서 자의 반 타의 반 자성의 길에 들어선 격동의 시기, 한 사람으로 인해 그의 모국뿐 아니라 세계 전체가 큰 고통에 신음해야 했던, 세계사상 가장 비극적인 시대였다. 독일이란 이름의 나라로 하나가 된 땅에서 이 시기에 우연히(자신이 택해서 태어난 사람이 있을까, 시기·장소·부모고 간에) 태어난 이들은 그저 순박하게 감자나 캐 먹으며 살다가 통일로 들뜨고 히틀러로 더 들뜨고 전쟁으로 솟구쳤다가 패전으로 맨땅에 내팽개쳐진 격이었을 것이다.

리하르트 슈트라우스는 바이에른의 주도 뮌헨 궁정악단의 유명한 호른 주자였던 아버지를 두었다. 음악의 기초를 어머니에게서 배우고 뮌헨 궁정악장 마이어 문하에서 작곡을 공부했다. 초기 작품에는 멘델스존과 슈만의 영향이 나타나 있다. 슈트라우스의 아버지는 바그너를 혐오하고 브람스 음악의 동조자였으나, 슈트라우스 자신은 열여섯 살 때 지휘자이자 평론가인 뷜로Hans von Bülow를 만났고 그의 스승이자 선배(훗날 뷜로의 아내 코지마의 남편이 된!)인 바그너의 작품을 알게 되어 열여덟 살 때 〈파르지팔〉* 초연을 보고 깊은 감명을 받았다. 뷜로는 슈트라우스의 초기 작품을 지휘했고 그를 자신의 후임 마이닝겐 오케스트라 지휘자로 추천했다. 슈트라우스는 이윽고 바그너의 조카딸과 결혼했다.

•••
파멸을 향해 가는 현실세계에서 가능한 멀찌감치 떨어져나와 음악에 침잠하고 싶어했던 슈트라우스.

당시 빈은 세계 음악의 중심지라는 명예를 이미 파리에 넘겨준 이후였으나 슈트라우스는 이탈리아 여행 후 빈 오케스트라의 제3지휘자를 지냈고, 이어서 바이마르 궁정악장(1889)을 맡았다. 이후 고향 뮌헨의 제1지휘자(1894), 베를린의 프로이센 궁정악단 지휘자(1898)로 임명되었다. 그는 1918년까지 이 자리에 있다가 1919년 빈 슈타츠오퍼의 지휘자로 취임했다.

작곡가로서 그의 국제적 명성도 20세기 들어서며 확고하게 뿌리를 내리기 시작했다. 1905년 오스카 와일드의 희곡 〈살로메〉*를 오페라로 작곡해 성공하고 후반생을 극장 음악에 바쳐 20세기 전반 가장 중요한 작곡가가 되었다.

슈트라우스는 사회 참여적인 것과는 거리가 먼 사람이었다. 자신의 조국 독일이 침공한 프랑스 문화에 평생 동안 경의를 갖고 있었고 19세기에서 계승한 전통을 유지하며 고전과 낭만의 현대적 통합을 추구했다. 음악언어의 혁명 시대였던 20세기 전반을 살면서도 결코 쇤베르크*나 스트라빈스키* 같은 개혁자가 되지 않았다.

1차 세계대전 때에는 침묵을 지키고 예술에만 전념할 수 있었으나 1933년 히틀러가 정권을 잡고 나자 사정은 조금 달라졌다. 히틀러가 슈트라우스의 음악을 유대인 쇤베르크와 그 일파의 '데카당스' 음악가들과 대립시키기로 결정하고 그를 제국을 상징하는 음악가로 만들면서 슈트라우스는 정치에 휘말리게 되었다. 자신의 집안에도 유대인의 피가 섞여 있었기 때문에 가족의 안전을 위하여 슈트라우스는 가능한 한 당국의 비위를 건드리지 않는 행보를 보였는데, 이 때문에 훗날 나치에 영합했다거나 주의주장이 결여되었다는 비난을 받기도 했다. 그는 다만 정치나 사회에 별반 관심이 없는 음악가였을 '뿐이고'(개그맨 안상태가 떠오르는 대목이다) 그의 후반생이 세계사에서 가장 비극적이었던 시대를 관통하고 있었을 '뿐인데' 말이다. 이 시기 그의 작곡에 대해 누군가는 이렇게 말했다. '리하르트 슈트라우스는 붕괴되어가는 세계에서 멀어지기 위해 가능한 한 정신없이 기분전환을 희구했던 것'이라고.

1949년 갑자기 죽기 1년 전 그는 소프라노와 오케스트라를 위한 마지막 가곡 네 곡을 작곡했는데 이 곡들은 일생에 다시없는 아름다운 고별 작품이 되었다. 헤르만 헤세의 시에 50년도 더 전에 작곡한 교향시 〈죽음과 변용〉에서 가져온 멜로디를 붙인 이 곡은 85년을 산 노작곡가에게 모처럼 찾아온 평정심을 구현하고 있다. 이 중 첫 곡인 〈봄〉은 시의 내용처럼 희망에 대한 갈구를 담고 있으며 봄이 지나고 나면 곧 사라져 없어질, 회복할 수 없는 것들에 대한 은유를 담고 있다.

어두운 동굴에서
나 오래도록 꿈을 꾸었네
당신의 나무들과 푸른 바람을,
당신의 향기와 새들의 노래를.
이제 당신 내 앞에 모습을 드러내네
빛나고 성장한 채,

빛으로 목욕을 하네
내 앞의 기적처럼.

당신은 나를 다시 알아보네
부드럽게 나에게 손짓하네
당신의 축복받은 출현에
내 손발은 떨리네.

전쟁이란 삶의 슬픈 진실을 짧은 시간에 전면에 내비친다. 전쟁을 겪어본 사람들은 좀더 빨리 깊숙이 알게 될 것이다. 모든 출현하는 것은 퇴장한다는 것을, 모든 성장하는 것은 쇠락한다는 것을. 격동의 시기를 겪었던 슈트라우스는 그러한 삶의 느낌들을 봄에 빗대어 작곡했는지도 모른다.

유정아의 클래식 노트 Classic Note

파르지팔Parsifal 리하르트 바그너가 작곡하고 대본을 작성한 독일어 오페라.

살로메Salome 라흐만Hedwig Lachmann이 독일어로 번역한 와일드Oscar Wilde의 희곡을 기초로 작곡가 슈트라우스가 직접 대본을 썼다. 1905년 드레스덴 궁정 오페라단에서 초연되었을 당시 '현란한 관현악 편성, 감각적이고 실험적인 화성, 관능적이고 부도덕한 줄거리'로 커다란 물의를 일으킨 작품이다. 바그너의 영향을 받아 주도동기와 화려한 관현악법을 구사했다.

쇤베르크Arnold Schoenberg, 1874~1951 오스트리아의 작곡가로 12음기법을 창안해 20세기 음악에 가장 큰 영향을 끼쳤으며, 베베른Anton von Webern 등 뛰어난 제자들을 육성, 그들과 함께 제2차 빈악파로 불리기도 한다. 유대인이었던 그는 히틀러가 정권을 잡자 미국으로 망명했고, 히틀러에 대한 분노를 담아 〈나폴레옹에로의 오드〉(1942), 유대인 대량학살을 소재로 한 〈바르샤바의 생존자〉(1947) 등을 작곡했다.

스트라빈스키Igor Stravinsky, 1882~1971 러시아 출신의 미국 작곡가. 발레곡 〈불새〉, 〈페트루슈카〉로 성공을 거두고 그의 대표작 〈봄의 제전〉으로 당시 전위파 기수로 주목받았다. 1939년 제2차 세계대전 발발 후 미국으로 망명, 귀화했다.

말러가 봄날 취했다 일어나보니

말러
Gustav Mahler

구스타프 말러Gustav Mahler(1860~1911)의 마지막 교향곡(1908)에는 9번이라는 번호 대신 〈대지의 노래〉라는 제목이 붙어 있다. 여기에서 '대지'로 번역한 'erde'는 그냥 '땅'이라는 의미보다는 죽음 저편의 세계에 대비되는 '현세'를 의미한다고 한다. 그러니까 차안此岸, 이곳, 속세쯤 되겠다. 왜 그는 성악이 곁들여진 자신의 마지막 교향곡에 굳이 이러한 제목을 붙였을까. 왜 9번이라 부르지 않고 그 이름으로 대신했을까.

9번 교향곡*에 대한 징크스 때문이었으리라 여겨진다. 베토벤, 슈베르트, 브루크너 등 대다수의 작곡가들에게 9번 교향곡은 생의 종착역 같은 것이 되었다. 염세적이기로 유명했던 말러이지만 당시 자신의 삶이 얼마 남지 않았음을 예감하고는 막상 현세를 노래하고 싶었던 건 아니었을지. 죽음이 두려워 9번이라 이름 붙이지 못한 인간 말러의 나약함과 생에 대한 집착이 느껴지는 부분이다.

자신보다 50년 넘게 더 살았던 구스타프 말러의 아내 알마*가 수많은 출판을 통해 알렸던 남편의 삶과 음악은 진실과 거리가 먼 오류투성이로, 오해를 불러일으킨다고 지적받아왔다. 예를 들면 알마는 둘 사이에 오간 편지글에조차 손을 대 말러에게 부정적인 이미지를 덧입혔다. 작곡가에 대한 진정한 이해가 아닌 잘못된 인식을 초래한 이 문제적 출판과 기록을 음악학자와 역사학자 들은 '알마 프로블렘Alma Problem'이라고 지칭한다.

이 알마 프로블렘을 넘어 우리가 알고 있는 말러에 대한 사실 중 하나는 출생에 대한 것이다. 알마가 인용하기를 말러는 생전, '나는 세 가지 이유로 고향이 없다. 오스트리아에서는 보헤미아 태생으로, 독일에서는 오스트리아 사람으

• • •
염세적인 성격의 말러도 생의 마지막 교향곡에서는 삶을 노래했다.

로, 전 세계에 대해서는 유대인으로, 난 언제나 환영받지 못한 이방인이었다'라며 쓸쓸해했다고 한다. 하지만 이 말은 러시아 작곡가 루빈스타인Anton Rubinstein이 1860~70년대에 한 말로 말러, 아니 실은 알마에 의해 아주 적절히 차용된 것으로 보인다. 말러는 보헤미아의 칼리슈트에서 유대인 가정의 자손으로 태어났다. 부모가 오스트리아 헝가리 제국 내 이글라우라는 곳으로 이주하면서 어린 시절 죽 그곳에서 자랐다. 말러는 그러니까 보헤미안계 오스트리아 국적의 유대인이었다. 아무튼 뿌리를 가진 곳에서 살지 못한 데서 비롯된 이질감과 비애는 일평생 그의 마음속에 자리했음직하다.

그러나 그러한 비애가 예술혼을 지피는 법. 열다섯 살에 빈 음악원에서 피아노와 화성을 공부하고 빈 대학에 들어가 음악 외에 철학과 역사를 공부하던 말러는 지휘자로 그의 경력을 시작했다. 1880년 스무 살 때부터 시작한 그의 지휘는 줄곧 좋은 반응을 얻으며 유럽 각지에서 요청을 받다가 마침내 1897년 서른일곱 살에 빈 슈타츠오퍼(빈 오페라 극장)의 음악감독을 맡게 된다. 당시 빈은 예술가들과 지식인들이 모여드는 문화예술의 용광로 같은 곳으로, 말러는 까다롭기 그지없는 빈 시민들의 호평을 받으며 성공적으로 음악감독직을 수행했다. 관객이자 평자인 빈의 지식인들과 문화예술인들, 예를 들면 클림트Gustav Klimt, 실레Egon Schiele 등과 말러는 많은 교류를 나눴다고 전해진다.

무엇보다 지휘자로서 말러의 업적은 빈 슈타츠오퍼의 레퍼토리를 일신해 예술의 표준을 한 단계 올린 점이다. 연주자나 청중 모두의 반대에 부딪혔으나 그의 의지대로 밀고 나갈 수 있었던 건, 생각건대, 문화의 중심에 있었으면서도 이방인으로서 그 문화를 바깥에서 보고 껍질을 벗겨 볼 수 있어서가 아니었을까. 중심부에 있되 주변인의 성향을 가진 자만이 이뤄낼 수 있었던 작지만 큰 혁신. 그것을 말러에게서 본다. 그래서 빈 시민들은 〈로엔그린〉과 〈마농〉과 〈카발레리아 루스티카나〉를, 오래 잊혔던 모차르트의 오페라와 글루크Christoph Gluck의 고전적 오페라들을, 음악감독의 힘 있는 지휘로 만나볼 수 있게 된 것이다. 하지만 병과 반反유대 정서에 기인한 언론의 공격과 예술적 혁신에 대한 반감이 쌓여 1907년 10년을 일하고 난 후 말러는 급작스럽게 빈 슈타츠오퍼의 음악감독직을 사임하게 된다.

1년에 9개월을 음악감독으로 일하고 여름 동안만 쉴 수 있었던 말러에게 여름은 그가 진정으로 하고 싶어한 작곡을 위한 기간이었다. 이 기간 그는 오두막에 틀어박혀 작곡에 몰두했다. 그러나 말러의 곡들은 당시 보수적인 평자들에겐 지휘만큼 호평을 받지 못했다. 고급문화와 하위문화, 이질적인 민족적 전통에서 비롯된 산물의 병렬일 뿐이라는 혹평이 대부분이었다. 당시 빈은 곧 다가올 몰락의 기운을 감지하고 있었다. 그래서 더 흥청댔는지 모른다. 민족주의의 기운을 타고 제국은 독일과 체코, 헝가리, 유대인들과의 충돌, 또 노동자들의 조직적 연대 등으로 적대감과 불안감이 넘실댔고 말러의 음악은 그러한 불안을 불식시키는 것이 아니라 더욱 가중시키는 느낌을 주었는지도 모르겠다. 그러나 한편으로 말러 곁엔 언제나 그의 이러한 음악을 열성적으로 찬양하는 지지자들도 존재했다.

사후에 새롭게 평가받은 말러의 음악은 크게 교향곡과 노래, 두 장르로 나눌 수 있다. 초기의 피아노 4중주와 칸타타를 제외하곤 말이다. 교향곡 외에 그의 주요 작품은 〈여행자의 노래들〉과 〈아이들의 죽음에 관한 노래들〉, 교향곡과 가곡의 통합체인 〈대지의 노래〉이다.

이 교향곡과 노래의 통합체인 〈대지의 노래〉 속 곡들은 말러가 어느 날 우연히 읽게 된 시집 『중국의 피리』에 실린 시에 관현악 반주를 붙여 만들어졌다. 베트케Hans Bethge에 의해 독일어로 번역된 이태백, 맹호상, 전기, 왕유 등 중국 시인들의 시였는데, 동양의 취흥과 세상을 초탈한 정취는 보헤미안 유대인으로 빈에 살던 복잡한 정체성의 말러, 사랑하는 딸을 잃고 아내의 바람기에 지쳐 있던 말러에게 말로 표현할 수 없는 느낌으로 다가왔나보다.

이태백의 시 「봄날 취했다 일어나서」의 독일어 제목은 「봄에 술 취한 자*Der Trunkene im Frühling*」이다. '취함'에 대한, 특히 '봄에 취함'에 대한 느낌은 동서양 구분이 없었던 것일까.

말러는 독일어 번역본을 다듬어 노래에 썼는데 그것을 다시 우리말로 옮겨보면 원래 이태백의 시어와는 조금 달라진다.

春日醉起言志	봄날 취했다 일어나서
處世若大夢	산다는 건 커다란 꿈과 같거니
胡爲勞其生	어찌 아등바등 삶을 살랴
所以終日醉	그러니 종일 취해
頹然臥前楹	되는대로 기둥 아래 누워 있다가
覺來眄庭前	홀연 깨어나 뜰 앞을 보니
一鳥花間鳴	꽃 사이 새 한 마리 울고 있어라
借門如何時	물어보자, 지금이 어느 때이냐
春風語流鶯	봄바람에 묻어 흐르는 꾀꼬리 소리
感之欲歎息	그것을 느껴 탄식을 하며
對酒還自傾	술을 대하여 다시 잔을 기울인다
浩歌待明月	크게 노래하며 달을 기다리니
曲盡已忘情	노래가 끝나자 모든 정 잊었구나

말러가 다듬어 노래에 붙인 가사를 우리말로 옮기면 다음

과 같다.

인생이 한낱 꿈이라면
무얼 그리 애쓰고 초조해할 것인가?
나는 종일 더이상 마시지 못할 때까지
술을 마신다.
내 목구멍과 영혼이 충만해
더이상 마실 수 없을 때
나는 문으로 비틀거리고 걸어가
단잠에 빠진다!
깨어 있을 때 들리는 저 소리는 무엇인고? 들어라!
새 한 마리가 나무에서 노래하고 있구나.
나는 꿈만 같아서 물었다.
봄이 왔냐고.
"예, 왔습니다,
밤새 걸려서 왔지요."
새가 대답하는 소리 믿을 수 없구나.
새는 노래하며 웃는다.
나는 다시 잔을 채우고,

한 방울도 남기지 않고 다 마신다.
그리고 어두운 창공에
달이 환하게 비칠 때까지 노래한다.

그러다 더이상 노래할 수 없게 되면
다시 잠으로 돌아가리.
그러면 봄이 나와 무슨 상관이 있단 말인가!
나를 취하게 내버려두게!

봄날 술을 마시면 취하는 것이 어디 술 때문만이겠는가. 봄에 취하고 자연에 취하는 것일 터. 술에 취했다 일어나니 삶과 죽음의 구분도, 사람과 자연의 구분도 모호해지고 다시 취한 상태로 돌아가는 것이다.

유정아의 클래식 노트

Classic Note

9번 교향곡 징크스 교향곡을 작곡한 이들 가운데, 베토벤 이후 슈베르트, 드보르자크에 이르기까지 10번 교향곡을 낸 이가 없었다. 9번 교향곡을 끝으로 다들 세상을 떠난 것이다. 그래서 교향곡에 몰두한 작곡가들은 이를 '9번 교향곡의 저주'라 부르며 두려워하고 동시에 이를 넘어서고 싶어했다. 독일계의 마지막 위대한 교향곡 작곡가로 불리는 말러는 교향곡의 지평을 최대한 넓히고자 노력했다. 지평의 확장이란 길이에서만이 아니라 표현력의 극대화를 위한 관현악의 폭발적 사용 등을 의미했다. 그는 자신의 모든 교향곡은 9번이라고 공공연히 말하며 실제 아홉번째 교향곡을 〈대지의 노래〉라 칭했고, '테너와 알토, 그리고 오케스트라를 위한 교향곡—한스 베트케의 중국 피리에 부쳐'라는 설명을 달았다. 이 작품에서 말러는 베토벤의 전설적인 9번 교향곡 〈합창〉과 같은 조성과 효과를 노렸다. 결국 교향곡을 작곡한 음악인 가운데 이 9번 교향곡의 징크스를 깬 것은 15개의 교향곡을 쓴 구소련의 쇼스타코비치(1906~75)였다.

알마 말러 Alma Mahler, 1879~1964 오스트리아의 여성 작곡가로 화가 클림트Gustar Klimt와 친분이 있었고 쳄린스키Alexander Zemlinsky에게 작곡을 배웠다. 구스타프 말러와 결혼한 이후에도 계속 작곡을 했고, 처음엔 만류했던 구스타프도 그녀가 작곡한 노래를 들은 후 생각을 바꿨다고 한다. 남편의 서간집 2권과 자신이 작곡한 많은 가곡을 출판했다. 많은 남자들과의 관계로 팜파탈이라 알려져 있다.

메트너의 잊혀진, 그러나 다시 찾아온 봄

메트너
Nikolai Medtner

니콜라이 메트너Nikolai Medtner(1880~1951)는 라흐마니노프Sergey Rachmaninoff, 스크리아빈Alexander Scriabin과 함께 낭만주의 시대의 마지막을 장식하는 작곡가이자 피아니스트로, 피아노를 창작의 중심에 두었던 음악인이다. 그의 작품은 연주자에게 감성적으로나 기교적으로 대단한 도전이 되지만 기교만을 위한 기교는 보이지 않으며, 바흐·베토벤·브람스의 음악 등 서구 고전의 전통에 뿌리를 두고 있다.

메트너는 모스크바에서 독일계 가정의 5남매 중 막내로,

• • •
파란 많은 시대에 태어나 평탄치 못한 삶을 살다 간 메트너. 그러나 그에게는 혹독한 겨울 끝에 찾아오는 따뜻한 봄바람 같은 고마운 지인들이 있었다.

러시아력으로 1889년 러시아정교 성탄 전야에 태어났다. 여섯 살에 어머니와 삼촌에게 음악을 배우기 시작했고, 괴테와 푸슈킨을 찬미한 아버지는 아들에게 시에 대한 사랑을 심어주었다. 1892년 모스크바 음악원에 입학하여 사포노프Vasily Safonov에게 피아노를 배우며 1900년 음악원의 금메달 피아니스트, '루빈시테인 콩쿠르'의 1인자로 주목받았으나, 애초 마음먹었던 콘서트 연주자가 아닌 작곡가의 길을 가기로 결심한다. 메트너는 이 시기 아렌스키*에게 화성을, 타네예프*에게 대위법을, 카슈킨*에게 음악 이론을 배웠다.

폴란드 피아노의 거장 호프만*이나 라흐마니노프는 메트

너의 작품의 대단한 지지자들이었다. 1900년대 초반 메트너는 모스크바에서는 각광받고 독일 주류 평론가들과 청중에게는 외면당했다. 1909년 괴테의 시에 부친 세 편의 노래로 '글린카 상'을 수상하며 모스크바 음악원 교수로 임명되나 운이 없게도 1차 대전이 발발해 그의 종신 재직권은 무효가 되고 말았다.

1921년 메트너는 볼셰비키 혁명에 동조할 수 없어 아내 안나와 조국을 떠난다. 베를린에 거주했으나 다양한 음악적 실험의 시대 흐름과 상관없이 전통을 고수하던 메트너는 그곳에서 환영받지 못했다. 경제적으로 어려운 그를 위해 라흐마니노프는 미국 순회공연을 주선하기도 했다. 라흐마니노프는 그의 피아노 협주곡 4번을 메트너에게, 메트너는 자신의 두번째 피아노 협주곡을 라흐마니노프에게 바치는 등 신뢰관계를 이어갔다. 미국 순회공연 후 그는 파리로 거처를 옮겨 뒤프레*와 교류했고, 1928년 첫번째 영국 공연 제의를 받아들였다. 영국에서 그의 음악은 마침내 열정적인 환대를 받았고 영국 왕립아카데미 회원에 추대되기도 했다. 그러나 1929년과 30년에 걸친 두번째 미국 순회공연 후 받은 수표가 부도가 나자 메트너는 다시금 경제적 어려움과 실의에 빠

• • •
메트너(오른쪽)와 라흐마니노프.

진다. 그는 다시 한번 라흐마니노프의 도움을 받게 된다.

1935년 영국으로 이주한 메트너는 세상을 떠나던 1951년까지 16년을 골더스 그린이란 곳에서 지내게 된다. 영국 시절 초기에는 그런대로 편안했으나 그의 인생에 찾아온 소박한 평안은 다시금 1939년 2차 대전의 발발로 깨어지고 만다. 메트너는 경제적인 면, 음악활동에서도 순탄하고 편안한 적이 별로 없었다. 그러나 그의 주변에는 언제나 메트너라는 사람, 혹은 메트너의 음악을 귀하게 여기는 지인들이 있어 어려움에 처할 때마다 도움을 받을 수 있었다. 제자인 피아니스트 일스Edna Iles가 그에게 집을 제공했고 미국의 피아니스트 와일드Earl Wild와 NBC 심포니 오케스트라 단원들이 기

• • •
메트너의 〈잊혀진 멜로디〉 op.39 음반.

부금을 모아 그의 생계를 도왔다.

이렇게 근근이 살아가던 중 메트너에게 1946년 예기치 않은 행운이 찾아왔다. 인도 마이소르왕국의 왕 워데야르Maharaja Jayachamraja Wodeyar(1919~74, 1940년부터 50년까지 통치한 25대의 마지막 왕으로 철학자이자 음악학자, 필하모니아 콘서트협회 초대회장, 트리니티 음대 명예회원을 지냈다)가 메트너의 후원자로 나서 1948년 메트너 기금을 창립하고 49년부터 메트너의 전 작품을 녹음하는 작업에 들어간 것이다. 메트너는 그에게 자신의 피아노 협주곡 3번을 바쳤고 건강이 허락할 때까지 작품들을 녹음했다.

메트너는 세 곡의 피아노 협주곡과 한 곡의 바이올린 협주곡, 14곡의 피아노 소나타, 〈동화〉라 불리는 피아노곡 등을 작곡했다. 그는 그 외 〈잊혀진 멜로디〉라는 제목의 짧게 순환하는 피아노 작품을 세 점 내놓았는데, 두번째 〈잊혀진 멜로디〉 op.39는 1920년 마흔 즈음의 작품이다. 메디타치오네Meditazione('명상적으로'), 로만차Romanza('낭만적으로'), 프리마베라Primavera('봄'), 아침의 노래, 소나타 트라지카Sonata tragica('비극적 소나타'), 이렇게 5악장으로 구성되어 있는데, 첫 곡과 마지막 곡이 연결되어 돌고 돈다. 우리 생은 이렇게 처음과 끝, 봄과 겨울, 조상과 자손이 끝없이 돌고 도는, 결코 잊히지 않는 멜로디와 같은 것이다.

유정아의 클래식 노트 Classic Note

아렌스키Anton Arensky, 1861~1906 실내악과 가곡으로 유명한 러시아의 작곡가. 코르사코프Nikolai Rimskii Korsakov의 제자였지만 차이콥스키에 보다 가까워 서정적이고 애조 띤 음악을 많이 작곡했다.

타네예프Sergey Ivanovich Taneyev, 1856~1915 대위법을 구사한 20세기 러시아의 주요 작곡가. 정작 대위법을 사용한 그의 작품들은 낭만적 색채를 띠었다. 위대한 선생이자 기인으로 인기가 높았다.

카슈킨Nikolay Kashkin, 1839~1920 러시아의 음악 평론가이자 피아노와 음악 이론 교수. 음악을 독학했고, 열세 살부터 피아노를 가르치기 시작했다. 1860년에 피아노를 더 공부하기 위해 모스크바를 떠났고, 그곳에서 라로슈Herman Avgustovich Laroche, 루빈시테인Nikolay Rubinstein, 차이콥스키 등을 만났다.

호프만Joseph Hofmann, 1876~1957 폴란드 태생 미국의 피아니스트. 특히 쇼팽 음악의 화려한 연주로 유명하다. 고상하고 시적인 그의 연주는 기괴한 취미에 영합하지 않았고 결코 고정된 틀에 얽매이지 않았다.

뒤프레Marcel Dupré, 1886~1971 프랑스의 작곡가, 오르간 연주자. 즉흥 연주를 잘해 오르간의 대가로 알려졌으며 영향력 있는 교사이기도 했다. 1947년부터 54년까지 프랑스 퐁텐블로에 있는 아메리카 음악원과 1954년부터 파리 음악원을 맡았다.

3장

나와 세상의 조화

'좋아하는 작품을 보는 건 그 정신을 흠모하기 때문이고, 그걸 보면서 속으로 이렇게 말한다. 그래, 멋진 창작이야. 그러다 나중에, 한 몇 년쯤 뒤에라도, 자신이 흠모했던 그림의 기원이었을지도 모르는 어떤 사람, 어떤 풍경, 어떤 사물을 보게 된다면, 갑자기 그 작품의 기초가 된 건 창작이 아니라 진실이었음을 깨닫는다.' 존 버거의 소설 『우리 시대의 화가』에서 작가는 헝가리에서 망명한 고독한 화가 야노스 라빈의 일기를 빌려 이렇게 쓰고 있다. 나와 세상 사이, 진실과 창작 사이 어디쯤에선가 서성이고 있을 우리 시대의 예술가들이여, 아니 지구상 모든 사람들이여, 힘을 잃지 말지어다. 살아간다는 건 그런 숱한 간극 사이에서 조화를 꾀하는 일일지니, 누구에겐들 쉬운 일이겠는가.

"예술은 예술 그 자체를 위한 것이 아니라
타인과 소통하기 위한 수단에 지나지 않는다.
따라서 음악 연주는 감정을 극화하는 것뿐 아니라
사람들이 말하는 방식, 억양 등도
표현할 수 있어야 한다."

_무소륵스키

콘체르토의 어원

비발디
Antonio Vivaldi

협주곡을 뜻하는 '콘체르토concerto'라는 용어의 어원은 라틴어 'concertare'라고 한다. 오늘날 이 단어는 '겨루다, 다투다, 투쟁하다, 논하다, 경쟁하다'라고 번역되지만, 서기 200년 무렵에는 지금과는 정반대로 '협력하다, 다른 이와 조화를 이루어 행하다'라는 뜻이었다. 14세기 르네상스 시기 이탈리아에서는 언어 정화 운동이 일어나 복잡하고 어려운 라틴어를 민중이 이해하기 쉬운, 당대에 통용되던 이탈리아어로 통일하는 작업이 한창이었다. 이때 'concertare'는 '다른 것과 합치다, 조화시키다'라는 의미로 통일되었다. 음악 용어 '콘체르토'는 바로 '다른 요소들과의 조화'를 뜻하는 'concertare'에서 나온 것이므로 초기의 콘체르토에선 목소리와 악기 파트 간(처음에 콘체르토란 독주 악기가 아니라 사람의 목소리와 관현악의 어울림을 가리키는 용어였다)에 겨룸이 없이 서로 스미고 어우러지는 것을 의미했다.

그러다가 17세기 말에 이르러 기악곡들의 해방, 지위 상승과 함께 협주에 대한 개념이 새로운 차원으로 확장되었다. 기악 파트의 기교에 대한 요구가 많이 생기기도 했고, 연주자들도 그런 기교를 구사할 수 있게 되면서 악기 한 대 또는 그 이상의 악기가 보다 많은 편성의 악기들과 앙상블을 이루게 된 것이다.

음악학자이자 작곡가인 마테존Johann Mattheson은 1713년 이렇게 정의내리고 있다. "콘체르토란 용어는 넓은 의미에선 집합적인 음악, 여러 가지 악기가 모여 연주하는 음악을 가리키지만, 엄밀한 의미에서 성악이나 기악 실내악을 포함하진 않는다. 좁은 의미에서는 한 악기가 어떤 지점에서 눈에 띄게 두드러지며 다른 파트들과 겨루는 작품을 말한다."

1700년 무렵에는 이탈리아 출신의 많은 작곡가들이 이러

• • •
기악 협주곡을 하나의 예술 양식으로 자리매김하고 대중화하는 데 기여한 비발디.

한 솔로 악기를 위한 협주곡에 대한 요구에 부응하고자 했고, 토렐리*의 〈콘체르티 무지칼레 op.6〉(1698)과 알비노니*의 〈신포니에 에 콘체르티 op.2〉(1700) 등을 대표적인 작품으로 꼽을 수 있었다. 이와는 조금 다르게 1680년 무렵엔 코렐리*의 콘체르토 그로소concerto grosso, 즉 같은 악기군이 나머지 오케스트라와 겨루는 장르가 작곡되었다.

그러나 이들을 기본 모델로 하여 협주곡이라는 양식의 예술적 발전을 거둔 이는 안토니오 비발디Antonio Vivaldi(1678~1741)였다. 전작 『마주침』에서도 몇 차례 언급했지만, 18세기 전반 기악 협주곡의 발전에 대해 비발디를 빼고는 이야기

할 수가 없다. 당대 많은 음악인들이 현존하는 500곡에 가까운 그의 다양한 양식의 협주곡들을 모방했고, 협주곡을 하나의 예술 양식으로 확립하고 대중화하는 데 결정적인 기여를 한 것이다.

어린 시절 아버지로부터 바이올린을 배운 비발디는 스물다섯 살이던 1703년 고아이거나 가난한 여자아이들을 위한 자선 기관인 피에타 보육원의 바이올린 선생이 되었다. 당시 이 기관은 베네치아 음악의 중심이었는데, 여기서 선보이는 음악들이 산 마르코의 종교 음악에 그림자를 드리울 정도였다고 한다. 매주 토요일과 일요일에 집전되는 미사의 음악회는 경쟁상대가 없을 정도로 베네치아를 방문한 사람들 사이에서 아주 인기가 있었고 입장료도 꽤 비싼 편이어서 보육원의 주요 수입원이 되었다. 연주도 매우 훌륭하여 많은 호사가들이 쓴 칭송의 글들이 남아 있다. 비발디는 여행을 떠나면서 몇 차례 베네치아를 비운 때를 제외하고는 1738년까지 이 음악회를 주관하거나 진행에 가담했다.

재작년 아르모니아 문디*에서 나온 베를린 고음악 아카데미의 음반은 토렐리, 알비노니, 코렐리 등의 양식을 전부 아우르면서, 더블 콘체르토, 콘체르토 그로소, 바이올린 콘체르토 등 비발디의 폭넓은 콘체르토 양식을 보여준다. 콘서트 마스터는 바이올리니스트 칼바이트Georg Kallweit, 또다른 바이올리니스트 자일러Midori Seiler가 협연했다.

겨루고 다투고 투쟁하고 경쟁하다가 비로소 협력하고 다른 것과 조화를 이루는 것일 터, 처음부터 합쳐지고 어우러지는 것도, 무조건 다투기만 하다 끝나는 것도 없다는 것을, 콘체르토를 들으며 생각해본다. 무릇 의미를 함축한 단어의 새겨야 할 뜻이란 그 반대라 여겼던 의미가 사실 그 뜻 안에 들어 있음을 아는 것이리라. 다툼과 경쟁 없이는 조화를 이룰 수 없고 화합을 꿈꾸기에 겨루고 투쟁하는 것임을 콘체르토의 어원 'concertare'를 들여다보며 새겨본다.

유정아의 클래식 노트 Classic Note

토렐리Giuseppe Torelli, 1658~1709 바로크 시대의 작곡가. 볼로냐를 중심으로 바이올린 연주자로도 활약했으며 음악사상 볼로냐악파의 대표자로 꼽힌다. 트리오 소나타와 협주곡을 많이 작곡했고, 당시의 기악 발달에 많은 공헌을 했다. 특히 독주 협주곡의 창시자로 중요한 위치를 차지하며, 비발디와 바흐에게도 영향을 끼쳤다.

알비노니Tomaso Albinoni, 1671~1751 이탈리아의 작곡가로 9권의 기악곡집을 남겼다. 대표작으로 〈신포니에 에 콘체르티〉와 〈독주 바이올린을 위한 콘체르티〉 등이 있다.

코렐리Arcangelo Corelli, 1653~1713 이탈리아의 작곡가로 교회와 추기경관저의 바이올린 연주자와 악장을 지냈다. 작품으로는 합주 협주곡과 트리오 소나타, 바이올린 소나타가 남아 있다. 트리오 소나타 48곡(작품번호 1~4), 바이올린과 통주通奏 리듬을 위한 소나타 12곡(작품번호 5), 유명한 12곡의 합주 협주곡(작품번호 6) 등이 현존하며, 성악곡은 한 곡도 없고, 기악곡은 특이하게도 모두 바이올린을 중심으로 한 현악기만으로 되어 있다. 합주 협주곡, 트리오 소나타, 바이올린 소나타의 양식을 완성했다고 평가받는다.

아르모니아 문디 Harmonia Mundi 고음악 전문 음반사로, 이름은 '세계의 조화'라는 뜻. 영국 작곡가 퍼셀의 오페라 〈아더 왕〉 음반 등 잘 알려지지 않았던 작품들을 집중 소개하면서 주목받았고, 지금은 세계적인 음반사로 성장했다.

▶토렐리

▲알비노니

30대의 다툼과 조화

레핀
Vadim Repin

연주자에게는 녹음할 때까지 오랜 세월을 망설이게 되는 곡이 있다. 우리에게도 그런 것들이 있다. 사랑 고백, 꼭 이루고 싶은 어떤 일, 그래서 쉽게 하지 못하고 미루고 미루고 때를 보다가 이때다 싶을 때 하게 되는 어떤 것. 섣불리 움직이면 일을 그르칠까봐, 후회하게 될까봐, 잘 못해내면 참을 수 없을 것 같아서, 멀찌감치 저 뒤로 미뤄놓는 소중한 어떤 일.

바이올리니스트 바딤 레핀Vadim Repin(1971~)에겐 베토벤

• • •
바딤의 스승 예후디 메뉴인.

의 콘체르토 D장조 op.61을 녹음하는 일이 그랬다.

"좀더 일찍 녹음했더라면 아마 지금쯤 다시 했을 겁니다. 음반은 자신의 것으로 남는 기록물이지만 그건 그 당시의 견해를 담고 있을 뿐이죠. 그 순간의 진실일 뿐입니다."

열세 살 때 이미 소년 바딤은 연주회에서 이 곡을 연주하고 싶어했으나 스승 메뉴인*이 그를 말렸다. 메뉴인 자신은 여덟 살 때 이 곡을 이미 연주했는데, 예순다섯 살 때 마지막으로 그 곡을 녹음하면서 소년 시절 자신이 한 연주를 듣고 부끄러워했던 모양이다. 어린 시절에 해도 좋은 곡이 있고, 좀더 성숙했을 때 제대로 이해하고 느낄 수 있는 곡이 있기 마련인데, 베토벤의 바이올린 협주곡을 제대로 연주하기엔 바딤이 너무 어리다고 여겨 제자를 사랑하는 마음에 충고한 것일 터. 메뉴인은 바딤 레핀에게 음악뿐 아니라 예술가의 삶에 대한 귀한 충고도 많이 해주었다. 예술가가 사람들에게 줄 수 있는 것과 그들에게서 받아들여야 할 것, 창조와 떼놓고 생각할 수 없는, 작품에 대한 대중의 반응과 같은 것들.

바딤 레핀은 1971년 러시아 노보시비르스크에서 태어났다. 바이올린을 전공하게 된 건 순전히 우연이었다. 어머니에 의해 음악 학교에 보내진 다섯 살배기 아이는 바이올린을 마치 장난감처럼 여겨 이리저리 실험해보다가 매료되어 바이올리니스트의 길을 걷게 되었다고 한다. 6개월 후 첫 데뷔를 했고, 여덟 살 때부터는 하루 4시간씩 연습하기 시작했으며, 하이페츠*와 엘먼*, 오이스트라흐* 등 티 없이 순수한 연주들을 즐겨 들었다고 하는데 이제 그는 그들과 같은 반열에 올라 있다. 열한 살 때 비에니아프스키 콩쿠르에서 우승한 것을 시작으로 구소련을 넘어 국제무대에서 활동하기 시작했고, 1987년 티보 바르가 콩쿠르, 2년 후 퀸엘리자베스 콩쿠르에서 최연소 우승자가 되면서 본격적인 연주 경력을 쌓아가고 있다.

바딤 레핀의 음반.

우연히도 베토벤이 콘체르토 D장조 op.61을 작곡했을 때의 나이와 꼭 같은 서른여섯 즈음에 바딤 레핀은 비로소 이 곡을 취입하게 된다. 이 베토벤 콘체르토에 대한 그의 해석은 아주 깊이가 있다. 가끔 저 사람은 음악을 안 했으면 철학을 했거나 시를 썼겠구나 싶은 연주자들을 만나게 된다.

"이 곡은 어린아이 같은 단순함과 가장 원숙한 정신을 동시에 가지고 있습니다. 난 여기에 삶을 향한 러브 스토리가 담겨 있다고 봅니다. 2악장은 성당에서의 고해성사 같습니다. 부드러운 합창처럼 들리는 현악기의 도입, 고해성사는 자기인식의 시간으로, 빛나는 표면이 아니라 삶에서 무엇이 진정인가를 이해하는 시간으로 우리를 이끕니다. 이 곡을 연주하면서 연주자는 완전히 발가벗겨지고 아무런 방비를 할 수 없어집니다. 아무것도 숨길 수 없지요. 그의 본질이 드러나게 됩니다."

대체 어떤 곡이기에……

베토벤의 유일한 바이올린 협주곡인 D장조 op.61은 아름다운 품격과 위엄이 돋보이는 곡으로 브람스, 멘델스존, 차이콥스키의 바이올린 협주곡과 함께 4대 바이올린 협주곡 중 하나로 꼽힌다. 그러나 이 고고하고 장대한 작품이 인정받기까지는 상당한 세월이 필요했다.

이 곡의 초연 당시 독창성과 다양한 아름다운 요소들로 객석에서는 대단한 갈채를 받았으나 지식인이나 전문가 들은 '앞뒤 연결이 거의 끊어져 있다시피 하고 특별할 것 없는 부분을 끝없이 되풀이해 싫증나게 하는 곡'이라 평했다. 그런 연유 때문인지 초연 이후로는 연주자들이 거들떠보지 않는 작품이 되었다. 1812년 베를린에서 토마니지가 불굴의 악성에 대한 경의의 표시로 연주한 정도에 머물렀다. 그러나 30년쯤 후, 초연 이후 거의 40년 만인 1844년 5월 27일 열세 살의 요아힘이 멘델스존의 지휘로 곡을 연주하고 나자 갑자기 이 죽어 있던 곡이 하루아침에 바이올린 협주곡의 왕좌를 차지하게 된다. 요아힘은 평생 이 곡을 사랑했다고 한다. 어쩌면 그 40년의 간극은 베토벤의 혁명적인 음악과 세상 사이의 간극 그 자체일 수도 있겠다. 조금만 앞서가면 행복하게 살았을 것을 반세기쯤 앞선 탓에 끝끝내 불행하게 살다 간 것이다.

그래도 베토벤이 이 협주곡을 쓰던 시기(1806), 그의 나이 서른여섯 즈음은 그의 일생 중 가장 행복한 때였다. 왕성한 창작욕으로 4번 교향곡, 현악 4중주 라주모프스키 등 향기 가득한 작품들이 수없이 쏟아져 나오고 불멸의 연인 테레제 Therese Malfatti와의 연애가 한창 무르익던 시기였으니까. 오스트리아가 프랑스군에 점령당했던 위태로운 환경 따위 한 예술가의 잠시 행복해진 일상에 스며들 여지가 없었다고 해두자. 얼마 만에 찾아온 달콤한 안식인데……

처음엔 빈 태생의 유명 바이올리니스트 클레멘트Franz Clement를 염두에 두고 쓰기 시작한 이 곡은 베토벤이 늘 그랬듯이 연주 당일에야 완성되어 클레멘트는 초견으로 연주할 수밖에 없었다고 전해진다. 게다가 그날 레퍼토리인 클레멘트의 환상곡에 눌려 이 곡이 빛을 보지 못하자 베토벤은 다시 본 시절부터의 친구인 브로이닝Stephen von Breuning에게 이 곡을 헌정했다고 한다.

이 곡에서 고스란히 드러난 바딤 레핀의 본질은 유려하고 풍요롭다. 인생의 여름이 오기를 기다리길 잘했다는 생각이 든다.

바딤 레핀은 취입을 앞두고 매 15분마다 이 곡을 연습하거나 생각했다고 한다. 매번 새로운 해석의 문을 열고 들어가는 느낌으로. 그 작품을 연주하거나 떠올릴 때마다 늘 아주 다르고 강렬한 색깔과 맛을 느꼈다고 한다. 이 곡의 악보엔 언뜻 봐선 잘 알아볼 수 없는 베토벤의 메모가 많은데, 그것에 집중하다보면, 그것에 빠져 살다보면 메모가 품고 있는 다양한 의미들을 헤아리게 된다는 것이다. 다른 어떤 작품도 그런 경험을 한 적이 없는데, 유독 이 곡만 그런 걸 보면 사람마다 궁합을 넘어 불꽃같은 연으로 맺어진 곡이 있는 게 아닌가 생각된다. 대체 이 곡은 그에게 왜 이런 의미를 갖는 것인가. 그는 많은 지휘자들과 작업했으나 이번에 함께한 무티Riccardo Muti가 지휘하는 빈 필과 가장 열렬한 소통과 파트너십을 경험했으며 마치 결혼식을 올리는 것 같았다고 한다.

연주가 하고 싶어 벼르고 별렀던 곡에 몰입할 때 결혼식을 올리는 것 같은 강렬한 느낌을 주는 지휘자와 오케스트라를 만났다는 것, 참 행복한 일이었을 것이다.

유정아의 클래식 노트 Classic Note

메뉴인Yehudi Menuhin, 1916~99 미국의 바이올린 연주자. 열두 살 때 뉴욕 교향악단의 독주자로 베토벤의 협주곡을 연주, 천재 바이올리니스트라는 명성을 얻고 세계 각국을 순회하면서 연주하여 세계적인 인기를 얻었다.

하이페츠Jascha Heifetz, 1901~87 러시아에서 태어나 미국에서 활동한 바이올린 연주자. 세심한 음악 해석과 부드러운 음색, 숙련된 기교로 유명하다.

엘먼Mischa Elman, 1891~1967 미국의 바이올린 연주자. 낭만주의 전통에 입각한, 20세기 최고의 바이올린 연주자 중 한 사람이다.

오이스트라흐David Oistrakh, 1908~74 소련의 바이올린 연주자. 뛰어난 기교와 음색으로 세계적인 명성을 날렸다. 역시 바이올린 연주자인 아들 이고르 오이스트라흐도 아버지의 대를 이은 위대한 연주자라는 평을 받았다.

공감각과 소통

무소륵스키
Modest Petrovich Mussorgsky

모데스트 페트로비치 무소륵스키Modest Petrovich Mussorgsky(1839~81)를 그린 가장 대표적인 초상화는 전혀 손질하지 않은 듯한 곱슬머리에 턱수염이 아무렇게나 뻗쳐 있고 코끝에는 술기운이 남아 있는, 거의 알코올 중독자에 가까운 모습이다. 발라키레프*, 퀴*, 보로딘*, 림스키코르사코프*와 함께 러시아 국민악파 5인조 중 한 명인 그는 1839년 3월 21일에 태어나 1881년 3월 28일에 세상을 떠났다.

어린 시절 그는 어머니에게서 피아노를 배우고 일곱 살

• • •
1881년 러시아의 화가 일리야 레핀이 그린 무소륵스키의 초상화.

때는 리스트의 소품을 연주할 수 있는 정도에 이르렀다고 하지만 음악을 전공하진 않았다. 무소륵스키의 가계는 대대로 군인을 배출한 귀족으로 16세기 이후 프스코프라는 지역에 광대한 영지를 갖고 있었다. 그는 열세 살이던 1852년 근위 사관학교에 입학해 1856년 졸업 후 프레오브라젠스키 근위 연대 장교가 된다. 이 과정에서 군병원 군의관 보로딘과 알게 되었고, 이어 퀴, 발라키레프와 친분을 쌓고 발라키레프로부터 작곡을 배웠다.

스물두 살 때 아예 군생활을 청산하고 음악에 전념했는데 그해 1860년에 작곡한 관현악곡이 호평을 받아 무소륵스키는 큰 힘을 얻게 된다. 친구들에게 많은 조언을 얻긴 했지만, 작곡은 거의 독학으로 배운 것이나 다름없었다. 타고난 성실함과, 노력, 천재성이 아니었다면 불가능한 일이었을 것이다. 1861년에 일어난 러시아 농노해방의 여파로 무소륵스키 일가도 큰 타격을 받았으나 그는 시종 농민들에게 연민을 갖고 있었고, 리얼리즘에 천착한 그의 예술세계 역시 이러한 맥락에서 이해할 수 있다.

1863년부터 2년간 그는 5인조의 한 사람으로 동지들과 공동생활을 했는데 그는 이때가 생애를 통틀어 가장 행복한 시절이었다고 회상한 바 있다. 그의 창작활동이 원숙한 수준에 이르렀을 즈음 무소륵스키는 생활고로 관리 일을 시작해야 했고 세상을 뜰 때까지 계속하긴 했지만, 불규칙한 생활 습관 탓에 관리의 역할을 수행하는 데 어려움이 많았다. 생활이 힘겨워 술에 의존하는 일이 많았고, 급기야 알코올 중독으로 요양생활을 하기도 했다.

무소륵스키의 최대 걸작 〈보리스 고두노프〉가 푸슈킨의 희곡에 기반해 1869년 태어났고, 이어 스스로 민중음악극이라 이름 붙인 〈호반시치나〉 작곡에 몰두했으나 완성되지는 못했다.

작곡의 기교를 제대로 배운 것은 아니어서 약간은 유치하게 들리기도 하고, 그래서 러시아 국민악파 '5인조'의 림스키코르사코프를 포함해 친구들이 그의 많은 작품을 개작했지만, 샘솟는 즉흥적인 착상과 극적인 전개는 대단히 비범하며 독창적이라 평가받는다. 그는 유럽 고전음악의 전통에 반하여 조금도 타협하지 않았다. 사람의 외면은 단지 겉모습일 뿐 아니라 내면을 그대로 드러내주기도 한다. 그의 얼굴이나 매무새는 아무렇게나 방치한 듯하지만, 강렬한 눈빛과 어김없이 새어나오는 야성은 그의 음악성과 생애 그 자체를 엿보게 한다.

"예술은 예술 그 자체를 위한 것이 아니라 타인과 소통하기 위한 수단에 지나지 않는다. 따라서 음악 연주는 감정을 극화하는 것뿐 아니라 사람들이 말하는 방식, 억양 등도 표현할 수 있어야 한다."

혹 자신이 하고 있는 일이 세상을 위한 것이며 본질을 추구하는 것이라고 자만하는 인간이 있다면, 무소륵스키의 이 말을 되새겨볼 일이다. 내 직업은, 내가 하고 있는 일은 그저 자신이 지향하는 삶을 살기 위한 방편에 불과하다는 것을, 그리고 그것이 인생의 최종 목표가 되는 경우는 거의 없다는 것을 겸손히 받아들일 일이다.

공교롭게도 나란히 2008년에 서거 100주기를 맞은 두 작곡가, 사라사테*와 림스키코르사코프는 태어난 해 또한 1844년으로 같다. 한 사람은 남녘의 에스파냐에서, 한 사람은 추운 러시아 땅에서 64년을 살다가 1908년 같은 해 세상을 떠났다.

림스키코르사코프는 1844년 상트페테르부르크에서 동쪽으로 120킬로미터쯤 떨어진 티흐빈이라는 곳에서 귀족 가문의 아들로 태어났다. 어린 시절부터 음악에 재능을 보였으나 수학과 항해과학을 공부하다가 1856년 해군사관학교에 입학하여 졸업 후 러시아 해군이 되었다.

그가 음악에 진지하게 집중하기 시작한 건 1861년 발라키레프를 만나고 나서부터였다. 그의 격려에 힘입어 림스키코르사코프는 해군에 있는 동안 첫 교향곡을 작곡하고, 관현악곡 〈사드코〉와 오페라 〈프스코프의 처녀〉를 완성했다. '막강한 소수The Mighty Handful'라 일컬어지던 '5인조'는 상트페테르부르크를 중심으로 활동했으며, 기존의 유럽 음악을 답습하는 것에서 벗어나 러시아만의 독특한 음악세계의 구축을 목표로 뭉친 이들이었다.

음악가로서는 그룹 구성원들에게 훈련받은 게 전부였지만, 림스키코르사코프는 1871년 상트페테르부르크 음악원의 교수로 임명되었고, 화성학과 대위법을 공부하면서 후학을 양성해나갔다. 림스키코르사코프는 피아니스트이자 작곡가인 푸르골트Nadezhda Nikolayevna Purgold(1848~1919)와 결혼했는데, 그녀는 마치 클라라가 슈만에게 그러했듯 림스키코르사코프의 삶에 지대한 영향을 끼쳤다.

다섯 살 연상이지만 그와 마찬가지로 귀족이자 군인 집안에서 태어난 무소륵스키는 '5인조' 내에서도 림스키코르사코프와 가장 친하게 지냈다. 무소륵스키가 죽은 후 그의 작품을 정리하여 출판한 것도 바로 림스키코르사코프였다. 림스키코르사코프는 물론 좋은 의도에서 무소륵스키 등 동료 작곡가의 곡에 손을 댔겠지만, 그의 편곡과 수정이 작곡자의 색깔에 어울리지 않는 옷을 입혔다는 비판을 받고 있기도 하다. 무소륵스키뿐 아니라 동료 작곡가들의 작품을 편곡하는 데도 공을 들였으나 후세에 오히려 논쟁의 여지만 남긴 것이다.

한편 림스키코르사코프는 음악원 측과 정치적 견해 차이

로 제적되었을 때 동료들의 저항 덕분에 복직되기도 했다. 그는 이후 음악원에서 글라주노프Aleksandr Glazunov, 프로코피예프Sergei Sergeevich Prokofiev, 스트라빈스키Igor Stravinsky, 레스피기Ottorino Respighi, 캅Artur Kapp 등 걸출한 음악인들을 배출했다. 또한 설화와 민속 음악을 편애하기로 유명한 작곡가로 기억되기도 한다. 말년에 협심증으로 고생하다가 1908년 류벤스크에서 세상을 떠났고, 지금은 티흐빈 묘지에 묻혀 있다. 아내는 그의 유산을 지키다 1919년 세상을 떴고, 이들 사이에는 일곱 자녀가 있다.

무소륵스키가 음악이 소통의 수단이며 그러므로 연주에 사람이 말하는 방식과 억양을 담아야 한다고 했던 것과 비슷하게, 림스키코르사코프는 인간이 가진 감각이 따로 떨어진 것이 아니라 서로 연결되어 있음을 주장하며 음을 색상으로 표현했다. 그는 이를 체계화하기 위해 '공감각표synthesia'라는 것을 만들었는데, 이에 따르면 C는 흰색, D는 노란색, E플랫은 어두운 회청색, E는 톡톡 튀는 초록색, F는 초록색, G는 풍부한 황금색, A는 장밋빛으로 표현할 수 있다. 공감하시는지.

유정아의 클래식 노트 Classic Note

발라키레프Mily Balakirev, 1837~1910 러시아의 작곡가. 관현악곡·피아노곡·가곡 등을 작곡했으며 '5인조'의 지도자로 정력적으로 활동했다.

퀴César Cui, 1835~1918 러시아의 작곡가. 발라키레프와 민족주의 작곡가 A. S. 다르고미슈스키와의 친교로 음악에 대한 관심을 키웠고, 상당수의 작품을 작곡했다. 러시아 혈통을 갖지 않았지만, 러시아 민족주의를 지지하는 호전적 저널리즘의 선봉이 되었다.

보로딘Aleksandr Borodin, 1833~87 19세기의 대표적인 러시아 민족 음악 작곡가이자 알데히드 연구로 유명한 과학자이기도 하다.

림스키코르사코프Nikolay Rimsky-Korsakov, 1844~1908 러시아 민족 음악의 대표적 작곡가, 교육가, 편집자.

사라사테Pablo de Sarasate, 1844~1908 에스파냐의 바이올린 연주자이자 작곡가. 투명하고 부드러우며 감미로운 음색과 화려한 기교로 유명하다. 폭넓은 비브라토(떨리는 음)와 개성적인 리듬의 매력을 잘 살린 연주, 특히 에스파냐 풍의 연주에 뛰어났다.

엘가의 사랑과 성공

엘가
Edward Elgar

에드워드 엘가Edward Elgar는 1857년에 태어나 1934년에 세상을 떠난 영국의 작곡가이다. 영국은 유럽의 다른 나라들에 비해 특히 작곡가가 빈약한 국가이다. 오죽하면 독일에서 태어나 이탈리아에서 음악 공부를 완성한 헨델(1685~1757)을 데려와 영국 작곡가로 귀화시키면서까지 활동하게 했을까. 17세기 퍼셀Henry Purcell(1659~95) 이후 19세기 말과 20세기 초반에 걸쳐 활동한 엘가, 본 윌리엄스Ralph Vaughan Williams, 브리튼Benjamin Britten 정도가 떠오를 뿐, 18세기와 19세기 초 고

• • •
자연 그 자체가 훌륭한 음악이라고 말한 엘가는 도시에 살면서도 전원생활을 내내 그리워했다.

전과 낭만주의 음악사에서 영국 출신 작곡가를 찾아볼 수가 없다. 섬나라의 콤플렉스이자, 동시에 대영제국의 자존심에 먹물을 끼얹는 사실이기도 하다.

"영국의 음악은 하얗다. 그것은 모든 걸 회피한다English music is white. It evades everything."

엘가는 힘겨운 무명 시절을 지나 드디어 명성을 얻고 쉰 무렵 버밍엄 대학 음악 교수를 지내며(1905~08) 절정기를 누리고 있었는데, 그가 강의에서 영국 음악과 작곡가 전반을 비하한 이 말 한마디가 커다란 논란을 일으켰다. 영국 음악이 무엇을 회피한다는 것인지는 잘 알 수 없지만 엘가는 부정적인 의미로 '희다'고 표현한 영국 음악계에서 그래도 성공을 이어나갔다. 당시 엘가는 친구 예거Augustus J. Jaeger에게 '내 삶은 내가 사랑하는 사소한 것들을 포기하는 것의 연속'이라며 유명인사로 사는 것에 대한 회의를 내비치기도 했다. 당시 인연을 맺었던 런던 심포니의 악장 리드Billy Reed는 엘가와 오랫동안 관계를 이어나갔으며 엘가가 죽은 후 『내가 알았던 엘가』라는 제목의 전기를 출간해 작곡 방법 등 많은 정보를 기록해놓기도 했다.

그의 바이올린 협주곡 B단조는 1910년, 그의 나이 쉰셋, 역시 절정의 시기에 작곡한 곡이다. 작곡가가 한창 명성을 누릴 시기에 작곡된 작품은 당대 최고의 악단이나 솔리스트가 초연하는 사치를 누릴 수 있다. 엘가의 이 곡 역시 당대 최고의 바이올리니스트 크라이슬러*가 협연하고, 엘가 자신이 지휘하는 런던 필하모닉 소사이어티의 연주로 화려하게 초연돼 대성공을 거두었다.

엘가가 세상을 떠나기 2년 전, 그가 일흔다섯 살일 당시 열여섯 살의 천재 바이올리니스트 메뉴인Yehudi Menuhin과 협연했고 메뉴인은 노작곡가와 함께한 그날의 기억을 두고두고 추억하며 훗날 자신의 지휘로 영국의 첼리스트 로이드 웨버Julian Lloyd-Weber와 엘가의 첼로 협주곡을 녹음해 훌륭한 작업물을 내놓기도 했다.

엘가는 우스터 외곽 작은 마을에서 음악상을 하는 아버지 윌리엄과 어머니 앤의 7남매 중 넷째로 태어났다. 수많은 천재 작곡가들과 달리 범상한 유년을 보낸 엘가의 어린 시절은 평이하고 소박했다. 천재는 아니었으나 부지런한 아이였던 엘가는 어머니의 격려로 어려서부터 볼테르Voltaire나 롱펠로우Henry Wadsworth Longfellow, 영국 역사 관련 서적 등 꽤 어려운 책들을 읽었고 여덟 살 때 바이올린과 피아노 레슨을 받기 시작했다. 또 성 조지 성당에서 오르간을 연주하던 아버지의 음악을 즐겨 들으러 갔다고 한다. 엘가는 가끔 우스터 시내에 있는 아버지의 가게에 들러 음악 교재들을 보면서 스스로 음악 이론을 깨쳤다. 또한 다섯 살 때부터 자전거를 타고 열정적으로 모험을 즐겼다고 하는데, 더운 여름이면 자전거를 타고 교외로 나가 악보를 공부하곤 했다. 엘가는 유년시절을 회상하며 이런 말을 했다고 한다. "우리 주변에, 공기중에, 당신이 원하는 바로 그 음악은 이미 자연 속에 있다"고. 성공한 작곡가로 도시에 살면서도 늘 자연을 맘속에 품은 채 시골생활을 그리워했던 것이다.

열다섯 살에 음악 공부를 하기 위해 라이프치히로 떠나겠다고 결심하고 스스로 돈을 벌기 위해 법률사무소에서 일을 하기도 했으나 곧 그만두고 바이올린과 오르간 연주자로 나서 교습과 연주로 돈을 벌었다. 우스터 글리 클럽 등에서 연주가로 활발히 활동했고, 스물두 살엔 우스터 밴드마스터 자리를 맡아 작곡도 시작했다. 엘가는 자신의 인생에서 바로 이 시기, 고향에서 멀지 않은 곳에서 활동하던 이 젊은 날들이 가장 행복했던 시절이라고 회고한 바 있다.

그러던 우스터의 엘가가 바람이 든 건 20대 초 중반 1880년부터 82년까지 파리와 라이프치히로 첫 외국여행을 다녀오고 나서였다. 일류 오케스트라의 연주를 접하고 당시 급부상하던 바그너의 음악을 듣고 돌아오니 자신이 활동하던 곳이 좁아 보이고 더 큰 명성을 얻고 싶다는 욕망을 가지게 된 것이다. 런던을 들락거리며 출판을 해보려고도 하고 다방면의 노력을 기울였지만 일은 쉽게 풀리지 않아 좌절의 연속이었고 경제적으로도 바닥을 쳤다. 1884년 친구에게 엘가는 이렇게 썼다. '나의 앞날은 희망이 없어. 내겐 생각을 할 힘도 남아 있지 않아. 어떤 능력도 없고 1센트도 없어.'

엘가의 인생을 바꿔놓은 건 감히 말하건대 여덟 살 연상

• • •
독창성과 매력, 예술가 정신 면에서 엘가를 독보적인 존재로 만들어준 〈수수께끼 변주곡〉 음반.

의 부인 로버츠Alice Roberts를 만난 일이었다. 그녀는 '서Sir'라는 경칭을 가진 귀족 가문의 딸이었다. 엘가의 나이 스물아홉, 로버츠의 나이 서른일곱에 만난 두 사람은 군인이자 작가인 로버츠의 아버지를 포함해 온 가족의 반대에 부딪히지만 이를 물리치고 만난 지 3년째 되던 해인 1889년에 결혼한다.

마흔 살 아내의 남편에 대한 헌신과 격려는 엘가의 경력에 안팎으로 큰 도움이 되었다. 일단 밖으로 그녀는 남편의 작품에 아주 너그러운 평론가였고, 모든 공연과 사업의 관리인이자 비서로서 영향력 있는 그룹들에 남편을 소개했다. 엘가에게 붙은 '서Sir'라는 경칭은 훗날 명성을 얻은 후 영국 왕실이 부여한 것으로 본래 그는 평범한 가문의 사람이었다. 조금씩 성공을 하기 시작한 엘가에 대한 초기의 관심과 그로 인해 얻은 명성은 일단 그의 아내와 그녀가 속한 계층 덕분이었다고 한다.

이 부분이 엘가를 이해할 때 살짝 걸린다. 진짜 그녀를 좋아했던 것일까. 그녀가 자신이 성공하는 데 발판이 될 것 같아 연상임에도 불구하고 귀족 가문이라는 이유로 그녀와 결혼한 건 아닐까라는 불순한 의구심도 든다. 그러나 1919년 아내가 세상을 떠나고 난 이듬해 예순셋의 나이에 작곡한 최고의 걸작 첼로 협주곡에 가득한 비탄, 그리고 그녀와 약혼하고 바친 〈사랑의 인사〉 등을 들으며 엘가의 진심을 확인하게 된다. 자신의 삶을 사랑한 만큼, 혹은 그보다 더 그녀를 사랑했음을. 무엇보다 중요한 건 에드워드와 앨리스는 서로 사랑하고 도우며 30년을 살았다는 사실이다. 그녀는 자신의 일기에 이렇게 쓴 적이 있다. '천재를 보살핀다는 건 어떤 여성에게나 일생을 걸 만한 일이다.' 그녀가 이런 마음으로 진심을 다해 평범하고 좌절에 빠진 음악인을 거두었으니 이후의 역작들이 나올 수 있었을 것이다.

결혼 후에도 여전히 초조해하며 성공에 목말라하던 엘가

• • •
엘가의 첼로 협주곡 명연주를 남긴 비운의 음악인 뒤프레.

에게 제대로 된 명성이 안겨진 건 결혼 10년 후인 1899년에 이르러서였다. 여기서 독자 여러분께 수수께끼를 내겠다. 엘가의 나이 마흔둘, 1899년에 작곡된 엘가의 최초 관현악 작품으로 큰 성공을 거둔 작품은 무엇일까요?

눈치 빠른 분들은 벌써 맞히셨을 것이다. 바로 수수께끼 변주곡* op.36이다. 잘나가던 헝가리의 지휘자 리히터*의 지휘로 런던에서 초연되었다. 이 곡은 악보 첫 페이지에 '수수께끼enigma'라고 인쇄되어 있어 그 이름으로 불리게 되었는데, 원 주제와 지인들의 이니셜을 딴 14개의 변주로 구성되어 있다. 원 주제는 어디서 왔는지, 그 지인들은 누구인지 수

〈수수께끼 변주곡〉 op.36의 악보.

수께끼로 남아 있다가 훗날 엘가 자신에 의해 밝혀졌다. 이 곡으로 주어진 명성에 대해 엘가는 '그 안에 그려진 내 친구들에게 바친다'고 했는데, 당대의 영국 작곡가들 중 독창성과 매력과 예술가 정신을 볼 때 엘가를 독보적 존재로 만든 곡으로 평가받는다.

누군가에게는 성공가도를 달리는 인생의 절정기에 누군가는 죽음을 맞이하기도 하는 조화로우면서도 수수께끼 같은 세상. 엘가가 〈수수께끼 변주곡〉으로 명성을 얻은 마흔둘의 나이에 같은 영국 출신 첼리스트 뒤프레Jacqueline Mary du Pré

는 불치병으로 세상을 떴다. 바렌보임*과 뜨거운 사랑으로 '젊은 천재 연주자 간의 연애'라며 요란한 관심 속에 결혼했으나 병든 그녀 곁을 지켜주지 않은 바렌보임을 죽음의 순간 전 부인의 자격으로 부를 수밖에 없었던 뒤프레는 엘가의 첼로 협주곡 명연주를 남겼다. 슬픈 운명의 그녀가 연주하는 엘가의 첼로 협주곡을 들으며, 오랜 동반자의 부재不在가 몰고 온 비탄과, 잠시였지만 뜨거웠던 옛 동반자의 부재로 인한 비탄을 견주어본다.

유정아의 클래식 노트 Classic Note

크라이슬러Fritz Kreisler, 1875~1962 오스트리아 태생 미국의 바이올리니스트이자 작곡가. 그 시대의 가장 성공적인 바이올린 거장의 한 사람이며 바이올린 소품들을 작곡한 신비에 싸인 작곡가이다.

엘가의 수수께끼 변주곡

제1변주(리스테소 템포) **'C.A.E.'** 에드워드 엘가의 아내인 캐롤라인 앨리스 엘가Caroline Alice Elgar.

제2변주(알레그로) **'H.D.S-P.'** 엘가의 친구인 피아니스트 휴 스튜어트 파월Hew David Stuart-Powell.

제3변주(알레그레토) **'R.B.T.'** 아마추어 배우인 리처드 타운젠드Richard Baxter Townsend. 그는 목소리의 높낮이를 급격하게 변화시킬 수 있었는데, 이것이 음악에 표현되어 있다.

제4변주(알레그로 디 몰토) **'W.M.B.'** 윌리엄 베이커William Meath Baker, 엘가 부부의 친구. 부부는 그를 '대지주'라고 불렀다.

제5변주(모데라토) **'R.P.A.'** 리처드 P. 아놀드, 시인 매슈 아널드Matthew

Arnold의 아들이자 아마추어 피아니스트.

제6변주(안단티노) **'Ysobel'** 엘가의 비올라 제자 이사벨 피튼Isabel Fitton. 이 곡에는 비올라 독주가 나온다.

제7변주(프레스토) **'Troyte'** 건축가 아서 그리피스Arthur Troyte Griffiths.

제8변주(알레그레토) **'W.N.'** 윈프리드 노버리Winifred Norbury, 엘가의 친구로 아주 편안하고 느긋한 성격의 소유자였다고 한다. 음악도 그 같은 분위기를 자아낸다.

제9변주(아다지오) **'Nymrod'** 엘가의 가장 친한 친구였던 오거스터스 예거 Augustus E. Jaeger. 둘은 늦은 밤 산책을 하며 베토벤에 대해 토론을 벌이기도 했다고 한다. 친구의 이름 'Jaeger'가 독일어로 '사냥꾼'을 뜻하는 데서 힌트를 얻어 구약에 나오는 힘센 사냥꾼인 'Nymrod'를 작품 제목으로 삼았다.

제10변주(인테르메초: 알레그레토) **'Dorabella'** 도라 페니Dora Penny. 이 곡은 그의 더듬는 말 또는 웃음을 나타낸 것이다. 그는 제4변주의 윌리엄 베이커의 의붓조카이자, 제3변주의 리처드 백스터 타운젠드의 처제이다.

제11변주(알레그로 디 몰토) **'G.R.S.'** 헤리퍼드 대성당의 오르가니스트 조지 싱클레어George Robertson Sinclair. 정확히 말하면 와이Wye 강에 빠진 적이 있었던 그의 불독을 나타낸 곡이다.

제12변주(안단테) **'B.G.N.'** 저명한 첼리스트 배질 네빈슨Basil G. Nevinson. 뒤에 네빈슨은 엘가에게 첼로 협주곡을 쓰도록 영감을 준다.

제13변주(로만자: 모데라토) **'* * *'** 이니셜이 없기 때문에 이 곡이 누구를 나타낸 것인지 알려져 있지 않다. 하지만 이 곡은 멘델스존의 〈고요한 바다와 즐거운 항해〉 서곡을 인용하고 있으므로, 당시 오스트레일리아로 여행을 갔던 귀족인 메리 리곤Lady Mary Lygon 또는 1884년에 뉴질랜드로 이민 간 엘가의 전 약혼녀 헬렌 위버Helen Weaver를 나타낸 곡이라고 추측할 수 있다.

제14변주(피날레: 알레그로 프레스토) 'E.D.U.' 'Edu'는 엘가의 아내가 엘가를 부르는 별명이다. 첫번째와 아홉번째 변주의 주제가 나온다.

리히터János Richter, 1843~1916 헝가리의 지휘자. 당대 최고의 지휘자 가운데 한 사람이었으며, 특히 바그너와 브람스 음악 연주의 권위자였다.

바렌보임Daniel Barenboim, 1942~ 이스라엘의 피아니스트이자 지휘자. 미국과 유럽을 중심으로 활동했으며 지휘자로서도 폭넓은 활동을 했다. 음악에 대한 깊은 이해와 뛰어난 음악성으로 현대 음악계를 이끈 한 사람으로 꼽힌다.

예술과 진실
—히라노 게이치로의 『장송』

쇼팽
Frédéric Chopin

책머리에 썼던 것처럼, 더이상 일터로 '나갈 필요가 없게' 된 건 2008년 4월 말의 일이다. 매일 아침 공들여 음악을 전하면 나의 모든 죄를 용서받을 것 같은 착각이 들 만큼 성스러운 느낌마저 주었던 KBS FM 〈가정음악〉의 스튜디오. 그간 직접 썼던 음악 원고들을 정리해 에세이로 묶은 책 『마주침』이 일을 그만두기 직전에 출간되었고 공교롭게도 마지막 방송을 하고 난 다음날 독자들과의 만남과 출판 기념 강연이 있었다.

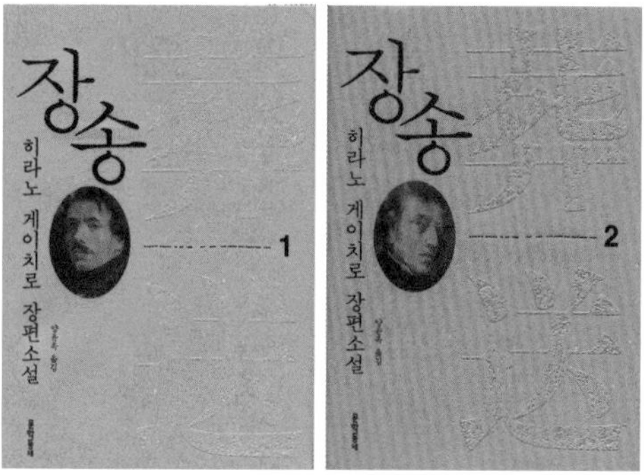

• • •
삶의 무게로 무거워진 마음을 묵직하게 위로해준 히라노 게이치로의 『장송』.

일터를 잃은 데서 비롯된 마음의 동요와 책 출간으로 인한 소란스러움이 지나가고 나서, 나는 〈가정음악〉을 진행하던 매일 아침 9시에서 11시, 느닷없이 다가온 화려한 5월의 봄, 침대에 누워 두꺼운 책을 읽었다. 삶이란 나의 의사와 상관없이 순간순간 무겁게 나를 내리누르는 것임을 알고 있었고 이번에 감당해야 하는 무게가 가장 견디기 힘든 것도 아니었다. 그러나 내가 하늘로 한껏 높이 쳐들고 시간과 무게를 견뎌낸 게이치로*의 1,600쪽짜리 장편 『장송』은 내가 완독한 가장 무거운 책이었다. 그리고 바로 그 무거움이 나의 마음을 묵직하게 위로해주었다.

• • •
섬세하고 아름다운 곡들로 유명한 쇼팽은 그의 연인 상드와 그녀의 두 아이, 당대 예술가들과 후원가들과 함께 『장송』의 주요 인물로 등장한다.

『장송』은 1849년 쇼팽의 장례식을 기점으로 그 직전 몇 년간 프랑스 파리를 무대로 근대 낭만주의 예술을 대표하는 화가 들라크루아와 음악가 쇼팽, 그 외 예술가들의 삶을 그린 소설이다. 들라크루아Eugène Delacroix(1798~1863)는 낭만주의 미술에서 가장 중요한 화가이면서도 차가운 열정과 냉정한 이성을 견지했다는 평가를 받는 인물이다(음악가로 말하면 브람스와 비슷하다고 할까). 쇼팽은 다 아시다시피 폴란드를 떠나 프랑스에서 평생 조국을 그리워하며 섬세하고 아름다운 곡을 만든 작곡가로, 여성 문인 상드*와의 연애로 유명했다. 들라크루아와 쇼팽, 상드, 이 세 주인공을 포함해 책에는 상드의 두 아이 모리스와 솔랑주, 당대의 예술가들과 후원가들이 등장해 속되지만 숭고한 우리 마음의 흐름들을 보여준다. 이 책의 가장 놀라운 점은 21세기에, 30대 초반의 일본 작가가 문화와 시대와 나이의 장벽을 넘어서는 상상력으로 거의 200년 가까이 거슬러올라가 예술가들의 내면을 세밀하게 그려냈다는 점이다.

1830, 40년대의 파리는 수많은 기라성 같은 예술가들이 활동했던, 예술의 향기가 농밀했던 곳으로, 예술가라면 꼭 한 번쯤 살아보고 싶을 시대였고 장소였다. 그러나 히라노 게이치로는 겉으로 보이는 이러한 허울에 전혀 기대거나 주눅들지 않고 당당하게 그 시간, 그곳에 살던 사람들의 삶 속으로 들어간다. 그리고 전지적 작가 시점으로 이 다양한 인물들의 마음을 담담히 써내려간다.

과장을 좀 섞자면 세상과 사람에 대해 비탄에 젖어 있던 그즈음의 나는 일단 히라노 게이치로 같은 훌륭한 작가와 동시대를 살고 있다는 데서 위안받았다. 말도 안 되는 명분과 이유 들을 내세우는 '개뼈다귀' 같은 인간들만 있는 것은 아니라는 것. 대단히 고양된 정신과 아름다운 이유들을 가진 인간의 글을 읽으며, 그래, 세상엔 이런 사람이 더 많을 거야, 힘을 내자, 했던 것이다. '아리가토' 외에는 아는 일본어가 없어 전혀 말이 통하지 않을 그를 만나고 싶었다.

내게 큰 위로가 되어준 또 한 가지 사실은, 당대 최고의 예술가들이라도 속마음을 들여다보면 그들 또한 우리처럼 아파하고 질투하고 상처받는다는 사실이었다. 물론 게이치로가 '묘사한' 속마음에 지나지 않지만 그다지 특별할 것도 훌륭할 것도 없는, 유치하고 부박한 인간사 그 자체가 그 속에 담겨 있었던 것이다. 그러니까 묘하게도, 장르를 뛰어넘는 예술가의 심미안과 인간 심리를 꿰뚫어 보는 직관을 가진 천재(게이치로)가 세상에 존재하며 그러한 천재(게이치로→쇼팽과 들라크루아로 전이) 또한 결국 나처럼 이 속세에 발 딛은, 속된 인간일 뿐이라는 사실이, 강 양안의 느티나무처럼 내게 시원한 그늘을 드리워준 것이다. 미인들도 겉보기와 달리 절대로 이슬만 먹고 살지 않고 화장실도 간다는 사실에 쾌감을 느끼는 것과 비슷하달까.

영광스럽고 우아한 삶을 누렸지만 병약했던 쇼팽의 죽음을 기린 소설인 만큼 『장송』에서 빼놓을 수 없는 주제는 시간과 영원에 대한 것이다. 작품에 혼을 내주고 시들어가는 육신, 서서히 총기를 잃어가는 정신에 대해, '늙는다는 것의 비애'를 작가는 젊은 기운을 담아 생생히 논한다. 사실 실제로 나이가 들수록 그러한 비애에도 무뎌지게 마련인데, 천재

작가 게이치로가 이 책에서 범한 유일한 오류가 있다면 청년의 시각으로 늙는다는 것을 선불리 예단하여 구구절절하게 늘어놓은 묘사이다.

이 책을 읽으며 히라노 게이치로의 예술적 직관은 현실과 창작품 사이의 간극에 대한 통찰에 기인하는 것이라는 생각이 들었다. 정물과 정물화 사이, 슬픔과 엘레지 사이, 사랑과 '사랑해' 사이의 그 깊은 골짜기를 빼꼼히 들여다보는 것이다. 작가에게 창조의 수단은 언어이며, 화가에게는 그림, 음악가에게는 악상이 될 텐데, 작가 게이치로는 자신이 연마하는 언어에 대해 음악가 쇼팽과 화가 들라크루아의 입을 통해 다음과 같이 묻고 있다.

인간관계에 섬세하고 예민했던 쇼팽은 이렇게 말한다.

—언어란 의외로 아무것도 전달해주지 못하는 것인지도 모른다. 혹은 진실이 아닌 다른 무엇인가를 전달하고 마는 것인지도 모른다.(77쪽)

—그때 세계는 언어를 빼앗겨 침묵할 터였다. 인간은 서로를, 그리고 스스로를 드러낼 방도를 잃고 자연의 단순함과 진솔함을 되살릴 터였다. 잃는 것은 두 개의 말이다. 외부로 뱉

• • •
높은 정신과 삶의 아름다운 이유들을 가진 게이치로. 그와 동시대를 살고 있다는 것만으로도 큰 위안이 된다.

어지는 말과 내부를 향해 내뱉어지는 말.(중략) 이 가슴속에서 말을 잃게 된다면 얼마나 큰 정적을 얻을 수 있을까? 얼마나 편안하고 평온한 정적을 얻을 수 있을까? 은밀하게 내뱉어지든 소리 높이 내뱉어지든, 말이란 정신에게는 소란스러울 뿐, 그것은 무한히 정신 그 자체인 것 같으면서도 항상 어딘가에서 정신을 배반한다.(105쪽)

그리고 게이치로는 화가 들라크루아가 되어 이렇게 말한다.

—화가에게 요구되는 것은 지나치게 그리지 않는 용기야. 이것은 이른바 역설이지만 말야. 진실에 다가가려고 할 때 대

부분의 화가들은 세부를 지나칠 만큼 충실히 그리게 돼. 그 결과 오히려 진실에서 멀어져버리지. 내 그림을 보고 세부가 부족하다고 지적하는 사람들이 있는데, 나는 일부러 그렇게 하는 거야. 부족하다는 지적을 하고 싶다면, 그렇다면 세부를 꼼꼼하게 그려넣으면 어떻게 될지 생각해봐야 해. 그래야 비로소 그것이 쓸데없다는 것을 깨달을 수 있지.(251쪽)

진실에 다가가기 위한 세부의 무시, 진실을 배반하지 않기 위한 언어의 상실, 즉 침묵. 참으로 매혹적인 역설이 아닐 수 없다. 진실의 뒤통수를 치지 않을 창조에 대한 고뇌에 깊이 절감하며 저자는 책 앞머리에 '창조란 신의 타락이 아닐는지'라는 보들레르의 말을 적어놓았는지 모르겠다.

하지만 그 무엇보다 매혹적인 역설은, 신의 타락이라고까지 부를 정도로 몹쓸 '그놈의 창작과 예술'을 우리가 멈출 수 없다는 것이다. 어떤 시대가 과거가 되고 나면 진실은 미명微明에 처하는데, 따라서 후세는 진실에 가까워지기 위해, 진실을 절규하며 몸부림친 그 시대의 예술을 통해 그때를 고찰할 수 있을 뿐이다. 예술이란 그런 것이다. 진실을 밝히는 유일한 실마리. 게이치로는 작가의 말에서 이렇게 쓰고 있다.

• • •
게이치로의 말대로 예술작품을 통해 시대를 고찰하게 한 영화 〈스탈린의 선물〉.

'시대를 고찰하는 것은 그 시대의 예술을 고찰하는 것이며, 예술을 고찰하는 것은 곧 그것을 낳은 시대를 고찰하는 것'이라고.

꼭 한번 만나고 싶다고 『장송』을 낸 문학동네에 부탁을 해놓았는데 드디어 연락이 왔다. 게이치로가 서울에 왔으니 자리를 마련하자고. 가슴이 떨렸으나 하필이면 약속일이 부산영화제 개막일과 겹쳤다. 한 번도 가보지 못했던 영화제 초대권이 생겨 개막작까지 제대로 보리라 작정했던 터라 놓치기도 아까웠다. 고민 끝에 결국 나는 부산행 기차를 탔다. 그날 밤 개막작으로 선택된 카자흐스탄의 영화 〈스탈린의 선물〉은 수영만을 압도했다. 영화를 보며 가보지 못한 땅 카자흐스탄과 그 땅에 사는 사람들의 역사를 생각해보게 되었으니, 영화가 데려간 길을 따라 시대와 공간을 고찰한 나는, 게이치로를 만나지 않았지만 그의 말을 고스란히 따른 셈이었다.

유정아의 클래식 노트 Classic Note

게이치로平野啓一郎, 1975~ 일본의 소설가. 교토 대학교 법학부를 졸업했다. 1999년 소설 『일식』으로 아쿠타가와 상을 수상했다. 2008년 모델 겸 디자이너인 하루나와 결혼했다.

상드George Sand, 1804~76 프랑스의 낭만주의 작가. 전원소설에서 자신에게 가장 잘 맞는 형식을 발견했다. 평생 동안 계속된 시골에 대한 애정과 가난한 사람들에 대한 연민에서 주로 영감을 얻었다. 『악마의 늪』『사생아 프랑수아』『어린 파데트』에서는 상드 작품의 낯익은 주제(인습과 계급의 장벽을 뛰어넘은 사랑)가 낯익은 시골을 무대로 그려지는데, 상드의 고향을 향한 자부심을 읽을 수 있다.

▶상드

격정과 평온

휴이트와 슈만
Angela Hewitt&Robert Schumann

바흐의 키보드 작품 전곡 녹음이라든가 후배 첼리스트 뮐러 쇼트Daniel Müller-Schott와의 바흐의 비올라 다 감바 소나타 발굴 녹음 등 진지한 작업으로 이 시대를 대표하는 연주자 반열에 오른 피아니스트 휴이트Angela Hewitt(1958~). 근래 몇 년간 그가 우리나라 무대를 꽤 자주 찾아 반가웠다.

지적인 탐구와 필력으로 음반에 자신이 몇 년간 집중한 작곡가와 시대, 음악에 대해 아주 훌륭한 프로그램 노트도 직접 쓰는데다, 따뜻한 미소와 섣불리 나서지 않는 모습 등

• • •
겉으로는 무척 차분하지만 피아노 앞에서는 격정적인 연주가로 변하는 휴이트.

이 무대 아래에서도 아주 안정된, 좋은 사람일 거라는 유쾌한 추측을 하게 한다. 그래서 그녀의 음악도 낭만주의보다는 고전주의에 가깝고, 흔들리는 격정보다는 마음에 평화로운 위로를 줄 거라는 막연한 생각도 하게 된다. 실제로 스튜디오에 출연한 그녀는 그랬다. 인터뷰어와 눈을 편안히 맞추며 감정이입할 줄 알았고 태도도 시종일관 겸손하고 안정되어 보였다. 옷 차림새며 머리 스타일 등도 바흐의 음악과 아주 잘 어울렸다.

그런데 2008년 출시된 음반, 앤절라 휴이트가 연주하는 슈만의 피아노 소나타 1번을 듣고 있자니 마음이 심하게 흔들리며 격정에 빠지게 된다. 인터뷰 때도 전체적으로는 평화로운 분위기를 자아냈지만, 테이블 위에 올려진 그녀의 손가락만큼은 내내 보이지 않는 건반을 따라 쉴 새 없이 움직였다. 그 손만 보면 잠시도 가만있지 못하는 과잉행동장애 아이처럼 보였다. 아직 슈만의 들끓는 격정에서 헤어나지 못한 듯이.

1833년 작곡을 시작해 1835년 출판한 슈만의 피아노 소나타 1번엔 〈당신을 향한 내 마음으로부터의 외침〉이라는 문구가 쓰여 있다. 작곡 당시 슈만의 나이는 스물다섯, 클라라는 열여섯. 아이에서 막 여성으로 움트던 당시의 클라라는 그녀가 다섯 살 때 이혼하고 혼자가 된 아버지 비크가 자존심을 걸고 키워낸 훌륭한 피아니스트로 이미 연주여행을 다니던 보배였다. 한편 슈만은 법관이 되라는 부모의 뜻을 저버리고 피아니스트의 길을 선택했지만 손가락 부상으로 꿈을 짓밟히고 막 진로를 바꾼 풋내기 작곡가 지망생이었다. 숱한 난관을 뚫고 마침내 부부가 된 두 남녀가 처음 만난 건 클라라가 아홉 살, 슈만이 열여덟 살 때로, 비크에게 피아노를 배우기 위해 슈만이 클라라의 집에 드나든 것이 계기가 되었다. 슈만은 꼬마 소녀 클라라에게 유령 이야기를 해주며 공포와 웃음을 자아내는 '늙은 오빠', 혹은 '젊은 아찌'였다.

참 재미난 것은 1833년 이 곡을 처음 쓸 당시 슈만은 사실 다른 여성과 사랑에 빠져 있었다는 점이다. 프리켄Ernestine von Frichen이라는 피아니스트였는데, 클라라에 필적할 만한 피아니스트는 아니었으나 귀족의 딸로 그녀 또한 비크의 문하생이었다. 슈만과 프리켄이 약혼을 앞두고 있을 무렵 클라라는 아버지의 권유로 연주여행을 떠나게 되었다. 절대로 슈만에게 딸을 내주고 싶지 않았던 비크는 딸의 마음에 이미 싹트기 시작한 무언가를 직감하고 그것이 제발 사랑으로 피어나지 않기를 바랐던 것이다. 그러나 봄이 오면 어쩔 도리 없이 피어나는 꽃처럼, 피어날 운명을 가진 사랑은 그 누가 막는다 해도 피어나게 되어 있는 법. 슈만은 모든 걸 알게 되었다. 프리켄의 거짓된 마음과 비열함, 그녀가 귀족의 딸이긴 해도 사생아라는 출생의 비밀까지도. 사생아라는 사실 자체는 사랑하는 데 문제가 되지 않을지 모른다. 다만 그것을 숨기고 거짓말을 하는 것이 문제가 될 뿐이다. 그러나 좀더 사랑했다면 그것을 숨길 수밖에 없었던 그 모든 사정이 딱해 등을 돌릴 수 없었을 텐데, 슈만에게 프리켄은 오래갈 사랑

• • •
휴이트의 슈만 음반.

이 아닐 운명이었던 것이다. 무엇보다 슈만은 자신의 마음속엔 이미 클라라를 향한 사랑이 커가고 있음을 프리켄을 통해 깨닫게 된 것이다. 그 후 슈만은 약혼을 파기했고 클라라를 향한 사랑에 몸을 맡겼다. 바로 이 무렵 피아노 소나타 1번이 완성되었다.

그해 11월에 있었던 사랑하는 두 남녀의 첫 입맞춤에 대해 클라라는 이런 글을 남겼다.

"당신이 내게 처음으로 입을 맞추었을 때 나는 미치는 것 같았답니다. 세상이 다 하얘졌고 당신이 갈 길을 비춰줄 램프를 거의 떨어뜨릴 뻔했답니다."

그러나 램프를 떨어뜨릴 만큼 황홀했던 첫 키스의 떨림이 가신 후 그녀는 평생 슈만의 삶을 비추는 램프가 되었고, 슈만은 '에르네슈타인은 우리 둘에게 운명적인 사람이었다'는 역설적인 말을 남기기도 했다.

그러니까 이 소나타 1번은 비록 다른 여인을 떠올리며 쓰기 시작했지만 슈만의 사랑과 삶에 있어 잊을 수 없는 작품이 되었고, 클라라 또한 남편의 작품 중 이 작품을 높이 평가했다. 출판할 때 '클라라에게 바칩니다. 당신이라는 주제가 가능한 모든 양식에 들어 있습니다. 플로레스탄*과 오이제비우스*'라고 썼는데, 다 알다시피 플로레스탄은 적극적이고 열정적인 남자, 오이제비우스는 멜랑콜리한 몽상가로 슈만 자신을 스스로 일컬은 것이다. 그리고 그의 말대로 이 소나타의 아름다운 주제는 op.14와 op.22, op.17 환상곡에도 등장한다. 나팔을 울리는 것 같은 시작 부분은 세상의 반대에 부딪힌 그들 사랑의 울음처럼 들린다. 아니, 어떤 외부로부터의 시련이 없더라도 사랑이라는 오묘한 감정 자체에 내재된 터질 듯한 절규와 울음일지도 모르겠다.

사랑해본 이는 안다. 그리운 마음과 불안과 떨림이 어느 순간 참을 수 없이 방정맞을 정도로 솟아오르고 그러다가 슬퍼지고 그래도 멈출 수 없고 그러다 또 기뻐지고, 감정의 롤러코스터를 타는 그 기분을. 20대 슈만의 첫 피아노 소나타에서 사랑하는 클라라의 주제는 그렇게 롤러코스터처럼 반복적으로 이어진다. 천국과 지옥을 오가는 듯한, 지극한 열정과 질투와 분노와 회의와 불신의 방정맞은 감정의 변화들은 사랑에 빠진 연인들의 전유물이다.

슈만은 이 곡에 '열정 없이 그러나 표현적으로senza passione, ma espressivo'라는 지시어*를 붙였다. 휴이트는 작곡가 슈만의 지시어를 '멀리 있어 닿을 수 없지만 강렬한 애정이 느껴지는 대상, 아득하여 드러나지 않는 시어에 의한 음악'으로 읽고 있다. 사랑의 격정과 평온을 동시에 품은 당신, 당신은 이 곡을 어떻게 표현하겠는가. 평온해 보이는 이에게 내재된 격정적인 슈만은 어떻게 들릴까. 누구는 평온하고 누구는 격정적인 게 아니다. 격정적일 때, 평온할 때가 있을 뿐이다.

유정아의 클래식 노트 Classic Note

플로레스탄Florestan**과 오이제비우스**Eusebius 슈만은 글을 발표할 때 두 개의 필명을 썼다. 플로레스탄과 오이제비우스가 그것이다. 플로레스탄은 명랑하고 대담하고 열정적인 모습으로 자신의 외향적인 면을 반영하는 것이며, 오이제비우스는 소심하고 명상적인 모습으로 자신의 내성적인 면을 나타내는 것이었다. 결국 예술가란 자신 안의 모순적인 모습을 들여다보고 그 양가적 모습이 부딪치며 나오는 에너지로 창작을 하는 사람들이 아닐까. 글을 쓸 때만이 아니라 슈만은 자신의 음악작품 안에서도 오이제비우스라면 이렇게, 플로레스탄이라면 저렇게 작곡했을 것이라고 가정하며 곡을 쓰곤 했다.

지시어 악보에 적어놓은 작곡가의 지시어는 연주자에게 음악의 느낌을 설명해주는 역할을 한다.
A로 시작하는 지시어 중 강렬한 느낌이 전달되는 지시어들 몇 가지를 적어본다.

abandonne 자유롭게, 제한 없이
accarezzevole 애무하듯, 애교 부리듯
acceso 불타오르듯이, 불같이
affabile 애교스럽게

affannato 낙심한 듯, 지친 듯, 숨 막히듯
affettuoso, con affetto 정감에 차서, 느낌을 갖고
agile, agilmente 생동감 있게, 경쾌하게
agitato, agitatamente 흥분해서, 격앙되게
amorevole, con amore 사랑스럽게, 애정을 가지고
angoscioso 고뇌에 차서
anima, con anima 영혼, 영혼을 가지고, 생기 있게
animato 흔들리듯, 생기 있게
ardente 불타듯, 열렬하게
arditamente, ardito 대담하게, 장인적으로
ardore, con ardore 열정, 열정적으로
arioso 노래하듯

늑대 소녀의 베토벤 협주곡

베토벤과 그리모
Ludwig van Beethoven & Héléne Grimaud

인간은 모순의 동물이다. 한 사랑에 목매다가도 다른 사랑을 만나면 미끄러지듯 그 사랑에 빠져들기도 하고, 낮잠을 잘 못 잔다고 말한 날 깊은 낮잠에 빠지기도 하고, 이념적으로 무엇을 지향하면서 일상에서는 그 지향점과 동떨어진 것에 넋을 잃기도 하는…… 그 모순과 역설로 가득한 자신과 삶을 그저 담담히 바라보게도 된다.

당위나 선언, 지향이 정치의 영역이라면, 빠져들고 잃고 미끄러지는 것은 예술의 영역이다. 그러면서도 예술이 진정

• • •
어린 시절, 극도로 산만하고 과잉집중 문제를 갖고 있던 그리모는 이제 철학적이고 영특한 연주자로 성장했다.

으로 빠져들고 넋을 잃고 미끄러지게 하려면 그 안에 당위와 지향과 선언이 있어야 하니, 예술가란 인간의 모순을 아름다운 열매로 승화시키는 존재들이다.

2007년 가을엔 참 우연히도 한국 음악계에 베토벤의 향내가 가득했다. 피아니스트 백건우씨가 베토벤 피아노 소나타 전곡 녹음을 마치고 12월 8일부터 14일까지 전곡 연주회를 열었고, 첼리스트 양성원씨가 첼로 소나타 전곡을 녹음한 후 연주회를 가졌다. 피아니스트 윤철희씨는 베토벤 피아노 협주곡 다섯 곡 전곡을 피아노 6중주곡 형태로 편곡해 세종챔

버홀에서 훌륭한 음악지기들과 함께 연주했고, 임동민과 슬로박 필하모닉 오케스트라는 베토벤 피아노 협주곡 1번을 무대에 올렸다. 베토벤이 자신과 시대의 모순을 직시하고 그것을 빛나는 열매로 빚어낸 예술가이기에 이렇게 많은 후세인들이 그의 음악에 열광하는 것이리라.

또 한 사람, 그해 가을 베토벤을 들고 찾아온 연주자가 있었다. 모처럼 반가운 여성 연주자 그리모Hélène Grimaud. 그녀는 1969년 프랑스 엑상프로방스에서 태어났다. 부모 모두 조금 다른 혈통의 유대인으로 그들은 딸의 출생 직전 '그리말디'라는 유대인 성을 '그리모'라는 프랑스 성으로 바꾸었다.

그녀는 어린 시절을 회고하길, 잠시도 가만히 있지 못하는 극도로 산만한 아이였으며 과잉집중의 문제를 가지고 있었고 무언가에 완전히 빠지거나 아니면 전혀 관심을 갖지 않는 아이였다고 한다. 일곱 살 때 피아노에 눈뜬 그녀는 1982년 파리 음악원에 입학해 루비에*에게 배웠다. 그리고 1985년 라흐마니노프 피아노 소나타 2번으로 '그랑프리 디스크상'*을 받으며 본격적인 연주생활을 시작했다.

스물한 살 때 미국으로 본거지를 옮겼으며 현재는 베를린에서 살고 있다. 그녀는 특이하게도 늑대에 대한 열정으로

• • •
피아노 다음으로 늑대를 사랑한 그리모는 베토벤 협주곡 5번이 꼭 야생동물 같다고 말했다.

유명하다. 그녀의 일상은 연주를 하는 것과 늑대 보호센터의 일을 보는 것으로 양분되어 있다고 할 정도이다.

젊지만 아주 철학적이고 현명한 연주자라고 평가받는 그녀가 베토벤 협주곡으로는 1999년 4번을 녹음한 데 이어 두 번째로 5번 〈황제〉*를 녹음했다. 베토벤과 그 시대, 그 작품에 대한 훌륭한 분석과 자신만의 독창적인 해석을 선보인 뒤, 그리모는 이렇게 끝을 맺는다.

"이 협주곡 5번은 꼭 야생동물 같습니다."

대단한 존중과 존경을 지니고 대해야 하는 야생동물.

존경심은 그 대상을 연구하게 하고, 공부가 끝나면 동물은 마침내 스승이 되어 인간 앞에 자신을 드러낸다고 그리모는 말한다. 그 말 없는 스승은 이 곡에서 다른 연주자들의 해석에 영향받지 말고 자기 안의 모순을 반영해 '나만이 할 수 있는' 연주를 완성하라고 요구했다. 늑대를 사랑하는 여성답게, 참으로 독특하게도 '황제'를 '야생동물'에 빗댄 엘렌 그리모의 연주를 들으며 베토벤에 녹여낸 그녀 안의 모순은 무엇인지 귀 기울여본다.

여름은 휘몰아치는 계절이다. 쨍하게 내리쬐는 여름의 태양. 어디선가 채석장의 돌 깨는 소리라도 들려오면 삶은 아찔하게 솟구쳐오르거나 거꾸러진다. 때마침 내리는 초여름의 장맛비나 한여름의 소나기 속에서 나는 생각한다. 삶이 아무리 참기 힘든 무더위와 같더라도, 모순투성이라 할지라도, 인생의 여름을 지나고 있는 그리모의 휘몰아치는 베토벤 협주곡처럼, 소나기처럼, 살아내야 하는 것이라고.

원고를 넘기고 난 이후였던 2009년 12월 13일 예술의전당에서 엘렌 그리모의 첫 내한 독주회가 있었다. 신년 음악회로 시작해 '새봄 음악회', '11시 콘서트', 여름음악축제

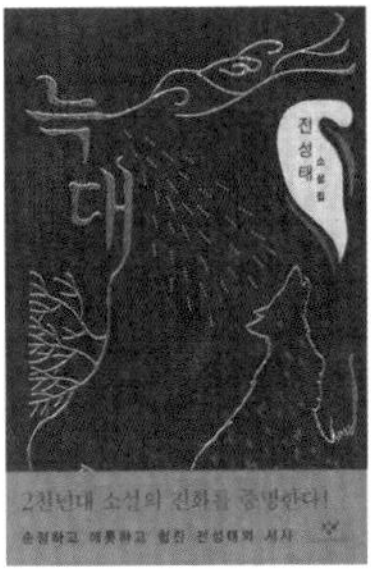

• • •
엘렌 그리모를 보며 떠올랐던 책 『늑대』의 표지.

'베스트 클래식' 등을 진행하며 2009년은 예술의전당과 참 많은 인연이 있었다고 한 해를 돌아보고 있었는데, 함께 일했던 유연경씨가 연락을 해왔다. 선생님께 드리는 연말 선물이라며 엘렌 그리모의 연주회에 초대해준 것이다.

그리모는 2007년 베토벤의 〈황제〉 음반 이후 지난해 바흐 음반을 냈고, 바흐의 원곡과 리스트나 부조니, 라흐마니노프 등 다른 작곡가들이 편곡한 바흐 음악을 함께 수록해 또하나의 길을 열었다. 서울에서의 연주 레퍼토리도 그 음반에 수록된 곡들이었다.

자연스런 긴 머리에 보라와 청록빛이 나는 편안한 블라우스와 바지, 반짝이는 에나멜 구두를 신고 무대에 나타난 그녀는 참으로 아름다웠다. 피아노 페달을 밟는 그 반짝이는 구두에서, 공격보다는 상처에 수세적으로 반응하는 늑대의 숨겨진, 슬프고도 빛나는 발톱을 떠올렸던 건 그녀를 애써 늑대와 연결 지으려는 과도한 반응이었으리라. 그녀는 이내 음악에 몰입했는데 가끔씩 건반에서 눈을 들어 자기 앞의, 하지만 아득히 먼 곳을 바라보는 듯한 눈빛을 보였다. 고통과 희열을 넘어선, 절정에 이른 듯한 여성의 표정…… 아름다웠기 때문에 그렇게 느껴졌을까, 절정의 표정 같았기에 아름다웠을까. 아무튼 그것은 러너스 하이runner's high의 느낌과 비슷한 '연주자의 절정'이었다. 달리는 자의 절정은 그만의 것이지만 연주자의 절정은 '듣는 자의 절정'으로 이어져 나도 모르게 입이 벌어졌다. 오래도록 사랑을 나누며 여러 차례 환희를 맞는 뜨거운 연인들처럼 나는 엘렌 그리모를 따라, 그녀가 안내하는 바흐의 세계와 여러 번의 절정을 함께하고 자리에서 일어났다.

지난해 가장 감명 깊게 읽은 소설 중 하나인 전성태의 『늑대』를 다시 읽고 싶어졌다. 몽골로 떠난 늑대 사냥꾼과 몽골의 촌장과 검은 수컷 늑대의 조우를 둘러싼 아름답고 아련한 이야기. 그 책의 표지는 우연히도 그날 무대에서의 엘렌 그리모처럼 검은 바탕에 청록과 보라로 꾸며져 있다.

유정아의 클래식 노트 Classic Note

루비에Jacques Rouvier, 1947~ 마르세유 음악원과 파리 음악원에서 공부했고, 비오티 국제 콩쿠르와 마리아 카날스 국제 콩쿠르 피아노 부문에서 우수한 성적을 거두었다. 솔로와 실내악 분야에서 활발히 활동하고 있으며, 라벨 탄생 100주년을 기념하여 피아노 작품 전곡을 녹음하여 높은 평가를 받았다.

그랑프리 디스크 상 Grand Prix du disque 음반에 대한 프랑스 최고의 권위를 가진 상으로, 1948년 샤를 크로 아카데미에 의해 수여되기 시작했다. 고음악, 바로크 음악, 기악, 교향곡, 독주, 실내악, 성악, 합창 음악, 오페라, 현대 음악, 프랑스 가요, 재즈 등 매년 다양한 부분에 상이 주어진다.

황제Emperor 루트비히 판 베토벤의 피아노 협주곡 5번, E플랫장조 op.73. 1809년 나폴레옹군의 공격을 받아 빈의 지하실에 피신한 상태에서 작곡했다. '황제'라는 표제는 작곡가 자신이 붙인 것이 아니라 이 곡을 들은 다른 사람들이 웅장하고 당당한 곡풍에 대한 인상을 나타내기 위해 붙인 것으로, 모든 피아노 협주곡들 가운데 으뜸이라는 뜻도 내포하고 있다.

4장

우리의 정착과 방랑

우리는 늘 우리 안에 꿈틀거리는 방랑의 욕구를 채워줄 무언가를 갈망한다. 음악, 책, 여행, 잠적, 명상 같은 것으로. 전경린의 『언젠가 내가 돌아오면』을 보면 아름다운 대화가 등장한다. 욕망한다는 뜻의 'desire'의 어원인 라틴어 'desiderare'는 '별이 사라진 것을 아쉬워하다'라는 뜻을 갖고 있다고 한다. 우리는 아주 먼 옛날 별들이 충돌해 생긴 부스러기 물질들로 이루어졌는데, 사라진 별을 아쉬워하다가 그것을 욕망하게 되었다는 것이다. 따라서 무엇을 욕망한다는 건 사라진 별에 대한 그리움이고, 상실한 것에 대한 향수라는 것이다. 이러고 보면 방랑에 대한 욕구의 역사는 더욱 길어지고 지구의 차원을 뛰어넘게 된다. 바흐는 국경 한 번 넘은 적 없어도 가장 세계적인, 오늘날 들어도 뒤처짐이 없는 음악을 작곡했다. 별을 그리워하듯 음악을 열망했기에 가능한 일이었을 것이다. 바흐만이 아닐 것이다. 무언가를 늘 갈망하는 우리 몸 어딘가에도 별의 유전자가 반짝거리고 있는 것이다.

"장에서 장으로 가는 길의 아름다운 강산이
그대로 그에게는 그리운 고향이었다."

_이효석의 『메밀꽃 필 무렵』에서

우린 그냥 거기에 살고 있었네
–네아폴리스의 나폴리 민요

네아폴리스 앙상블
Neapolis Ensemble

이탈리아 남서부의 중심 도시 나폴리는 호주의 시드니, 브라질의 리우데자네이루와 더불어 세계 3대 미항으로 유명한 곳이다. 뜨거운 태양과 맑은 지중해 바닷빛, 깊은 수심으로 미항이 되었지만, 그 속을 들여다보면 마냥 아름답다고만 생각할 수 없는 곳이 또한 나폴리다. 개발의 사각지대에 위치해 경제적으로 낙후되었고 마피아의 본거지가 되어 사회 안보가 위협받았으며 무엇보다 역사적으로 몹시 아픈 기억들을 가진 곳이 바로 나폴리이다. 나는 이러한 나폴리 자신

• • •
나폴리의 숨겨진 진짜 얼굴을 보여주는 듯한
음반 〈나폴리〉의 겉표지.

의 말 못 할 아픔을 한 음반을 통해 만나게 되었다.

음반의 제목은 '나폴리Napoli'. 표지의 그림, 조선시대 죄인들이 칼을 썼던 것처럼 몸은 액자와 벽에 갇히고 머리는 액자틀에 걸려 고통스러워하는 모습에 눈살을 찌푸리게 된다. 그 찌푸림에는 타인의 고통에 대한 공감 외에, 본래 갖고 있던 이미지와 전혀 다른 무엇을 보여줄 것 같은 예감, 마음을 불편하게 할 어떤 사실들에 대한 거부감이 들어 있었을 것이다. 게다가 연주자는 이름도 들어보지 못한 네아폴리스 앙상블이다. 수입사가 붙여놓은 소개 글엔 이렇게 씌어 있다.

'그리스 민요에 아그네스 발차Agnes Baltsa가, 파두 음악에 아말리아 로드리게스Amália da Piedade Rebordão Rodrigues가 있다면

• • •
〈나폴리〉 음반 표지에 영감을 준 카라바조의 〈골리앗의 머리를 든 다윗〉.

나폴리 음악엔 네아폴리스 앙상블Neapolis Ensemble이 있다. 1200년부터 1977년에 걸쳐 불려진 11개의 소곡들을 통해 나폴리 역사의 발자취를 좇아 완성한 야심작.'

여성 보컬과 기타, 만돌린, 플루트, 첼로, 키타로네*, 퍼커션*으로 구성된 네아폴리스 앙상블은 나폴리 음악을 노래하는 나폴리 3대 그룹의 하나이다. 이 네아폴리스가 2006년 10월 발매한 음반 〈나폴리〉는 13세기 나폴리 왕국 초기의 노래부터 현대에 재창조한 나폴리 민중의 노래들을 담고 있다. 우리 민족의 노동요 같기도 하고 사랑가 같기도 한 그 구성진 노래들을 들으면, 나폴리의 감춰진 얼굴이 궁금해진다.

기원전 470년 그리스 식민도시로 시작한 나폴리의 역사는 이어 로마제국에 종속되었다가 서로마제국 멸망 후 비잔틴제국 시절 나폴리공국으로 존속했다. 그러다가 1139년 노르만인이 정복했고 이후 몇백 년간 부르봉 왕가 등 여러 왕가의 지배하에 있었다. 19세기 초 나폴레옹 시대가 끝나고 시칠리아 왕국을 거쳐 1861년 이탈리아 통일로 그 일부가 되어 이탈리아 남서부 중심도시로 '발전'해왔다. '발전'이라고? 사실을 자세히 알고 보면, 그것은 강자들이 쓴 역사에 따른 해석에 불과할지도 모른다.

나폴리의 곡절 많은 역사와 그 역사가 현재에까지 드리운 어두운 그림자는 놀랍게도 정사正史의 공식 문서에서는 찾아볼 수가 없다고 한다. 이 같은 진실의 간과 혹은 누락은 아주 주도면밀하게 이뤄진 것이어서 그 경위를 알기가 쉽지 않다. 그러므로 나폴리 역사의 진실에 다가가기 위해서는 오늘날 소위 '대안 역사'를 다룬, 덜 알려진 역사책들을 통해 나폴리와 남부 이탈리아 전체의 상황을 이해하는 일이 선행되어야 한다.

가장 철저하게 어둠에 휩싸인, 불명료한 시기는 의심의 여지없이 '소위' 이탈리아 통일의 시기이다. 통일을 둘러싸고 대단한 혼돈이 생겼지만 대다수 주류 역사학자들의 이해할 수 없는 하해河海와 같은 관대함과 중등 교육 교과서의 열광적인 환대에 의해 한쪽 면만 부각되었다. 하지만 덜 알려진 십수 권의 역사책들은 다른 관점을 보도록 우리를 이끈다. 특히 그 책들이 주목하는 대목은 통일 전후의 경제와 봉기brigandage들에 대한 부분이다. 그들은 일단 공유된 통일체였는가의 문제, 즉, 통일을 모두 원했느냐에 대해 의문을 제기한다. 예를 들면 북부의 형제들과 남부의 민중을 통합한다는 자신들의 목적을 달성하기 위해 치알디니Cialdini 장군이 지휘하는 피에드몬트piedmont 군대가 무자비한 군사력을 사용한 대목을 본다. 그들은 카포니cafoni, 혹은 농민이라 불렸던 남부 사람들이 저항을 포기하게 하기 위해 수도 없이 잔인한 학살을 자행했다. 그 기간 놀라운 숫자의 여성들과 아이들까지도 아무런 자비 없이 죽임을 당했다. 사람들이 살고 있는 집과 마을이 불탔다. 그들이 밀어붙인 통일에 남부 이탈리아는 말 그대로 접수당한 것이다. 이것이 이탈리아 통일이라는, 그들이 자랑스러워하는 역사의 뒷면에 숨은 실상이다. 어떤 책은 이십만이 죽었다 하고 어떤 책은 사망자가 백만에 달한다고도 전한다. 이 정도면 오늘날 대학살genocide로 기록

되는 수치이다.

이러한 대학살은 어떤 이유에서도 일어나선 안 되는 일이지만, 백 번 천 번 양보해 이를 통해서라도 이탈리아 민족과 국가의 번영을 이뤄야 한다는 통치자들의 진심어린 의도가 있었고 그것을 달성한 것이라면, 그 땅의 학살된 영혼들은 희생당했을지언정 자신들의 죽음을 대가로 편안히 살고 있는 자손들을 보며 눈물을 흘리되 그것을 넘어서는 웃음을 보내고 있을지도 모른다. 하지만 상황은 그렇지가 못하다.

네아폴리스의 음반에는 네아폴리스의 경력이 연도별로 기록되어 있는 대신, 한 학자의 경제 통계가 수록되어 있다. 음반에서 이런 걸 읽는 건 처음이다. 크레센초Genaro de Crescenzo는 자신의 책 『두 시칠리아 왕국의 경제』에서 1735년부터 1860년까지 통일 전 부르봉 왕가 샤를 3세 통치하의 나폴리 경제에 주목한다. 놀랍게도 경제, 사회, 문화에 걸친 52개 항목에 있어서 나폴리는 유럽과 지중해 연안을 통틀어 '첫번째'라는 빛나는 영예를 차지하고 있다.

그처럼 호황을 누리던 나폴리는 조국 통일 이후 어디로 갔는가. '첫째'에서 돌연 '꼴찌'로 전락한 것은 무엇 때문이며, 이탈리아 자산의 3분의 2를 차지하던 나폴리 왕국의 경제는 대체 어쩌다 곤두박질하게 된 것인가. 네아폴리스는 이탈리아 통일이 '통일'이라는 선한 이름으로 불리지만 나폴리의 입장에서 보면 약탈이나 다름없다고 강변한다. 그런 마음으로 그들은 노래를 부른다.

외세와 폭정에 시달려온 나폴리 바닷가 사람들은 노래를 불렀다. 노래는 그들에게 즐겁고자 하는 적극적인 행위가 아니라 고통을 잊기 위한 몸부림이었다.

우리가 잘 알고 있는 〈오 솔레 미오〉*나 〈돌아오라 소렌토로〉* 같은 밝고 정열적인 나폴리 민요는 아주 작은 일부일 뿐이다. 어쩌면 통일을 이룬 이탈리아가 정한 그 지역 지정 민요에 불과할지도 모른다. 88올림픽 공식 가요 〈서울 서울 서울〉 같은. 우리가 그들에게서 보고 듣고 싶은 것, 외부에 보이고 싶은 것을 골라낸 것일 뿐, 그것이 전부가 될 수도, 나폴리의 진실이 될 수도 없는 것이다. '일부'란 가끔 전체의 진실을 호도하기도 한다는 것을 인정해야 한다. 그 일부가 만들어낸 우리 머릿속 이미지와 사뭇 다른 나폴리를 보여주는 〈나폴리〉 음반. 그 음악 속엔 가혹한 역사에 짓눌려 힘겹게 현실을 이겨낸 나폴리 민중의 한이 서려 있다.

1250년경 나폴리의 작은 마을 보메로에 살았던 한 세탁부가 마음에 두고 있던 사랑에 대한 체념과 은근한 기대감을 표현한 노래 〈보메로 언덕에서의 리토르넬로〉, 불안한 정권 속에서 가족과 조국의 안녕을 기원한 〈나의 조국〉 등 음반에 수록된 곡들을 들으며 나폴리에게 사과한다.

미안하다, 나폴리여. 다시는 당신을 오 솔레 미오, 빛나는 태양만으로 보지 않겠다. 지금에라도 당신을 안다고 함부로 말하지 않겠다.

유정아의 클래식 노트 Classic Note

키타로네Chitarrone 류트lute의 변종. 저음 부분의 현絃이 긴 것을 이르며, 이탈리아에서 생겨났다.

퍼커션percussion 드럼, 심벌즈, 캐스터네츠 따위의 타악기를 통틀어 이르는 말.

오 솔레 미오O Sole Mio 이탈리아의 나폴리 민요. 작사자는 시칠리아섬 태생인 카푸로Giovanni Capurro, 작곡자는 나폴리의 작곡가 디 카푸아Eduardo diCapua이다. 1898년에 작곡되어 나폴리의 '피에디그로타 음악제'에서 입상했다. 곡명은 '나의 태양이여'라는 뜻이며 '오 나의 태양'으로 번역되어 있다. "오 맑은 햇빛 너 참 아름답다. 폭풍우 지난 후 너 더욱 찬란해. …… 나의 마음에는 사랑스런 나의 해님뿐 비친다 오 나의 해님……" 하고 자연의 아름다움과 애인을 찬양한 스케일이 큰 노래로서 오늘날 나폴리 민요의 대명사처럼 알려져 있다.

돌아오라 소렌토로 Torna A Surriento 1902년 '피에디그로타 음악제'에서 발표되었다. 소렌토는 나폴리말로 '수리엔토'라고 하며 나폴리의 대안에 있는 반도의 어항 이름이다. 그곳 풍경의 아름다움을 찬양하면서 떠나가는 애인에게 "잊지 못할 이곳에서 기다리고 있나니 곧 돌아오라"고 노래한 곡이다. 한국에서도 오래전부터 애창되고 있다.

첼로,
자유와 세월을 켜다

달라바코와 란체티
Joseph-Marie-Clement dall'Abaco & Salvatore Lanzetti

독일의 사전 편찬자 브로크하우스Friedrich Arnold Brockhaus는 카프리치오capriccio를 '18세기 이후 유행한, 예상치 못한 리듬과 화성의 변화로 풍부하고 자유로운 분위기를 따른 기교적 작품'이라고 설명했으나, 오늘날 그런 '빽빽' 하기 이를 데 없는 정의로 기상곡의 폭넓은 세계를 규정하는 것은 우스운 일이다. 'whim, caprice, fancy', 즉 '변덕스럽고 제멋대로이며 환상적인'이라는 의미를 가진 이탈리아 단어 'capriccio'는 '전통에 속박되지 않은, 천재적인 번득임, 반짝이는 눈에서

• • •
달라바코의 첼로를 위한 11개의 솔로 카프리치오. 첼리스트 골츠가 연주했다.

태어난, 기대 밖의 개별적인'을 의미한다.

카프리치오의 시작은 16세기 후반으로 거슬러올라간다. 처음에 카프리치오는 비종교적 성악곡을 지칭하다가 후에는 키보드나 현악기를 위한 솔로 작품을 일컫게 되었다. 변덕스럽거나 제멋대로이지 않은, 엄밀한 의미에서 칸초나*의 엄격한 양식에 가까웠는데, 프레스코발디Girolamo Frescobaldi가 1624년 대중 앞에서 이 장르의 이름으로 처음 음악을 선보였다. 기존의 '음악은 이런 것이다'라는 틀에 얽매이지 않은 기발한 요소들이 발명되기 시작한 건 무파트Muffat나 로카텔리Pietro Antonio Locatelli에 이르러서였으며, 프랑스에서는 르벨Jean-Fery Rebel이 카프리치오의 꽃을 피웠다. 이후 브로크하우스가 언급한 기교적인 성격이 부각되어 즉흥성이 강조되고 엄격했던 규칙들도 무너지게 되었다. 고전 음악의 전통을 고집하지 않는 자유로운 양식으로 자리매김하게 된 것이다.

뭐니뭐니해도 카프리치오는 달라바코Joseph-Marie-Clement dall'Abaco(1710~1805)가 센세이셔널한 첼로를 위한 11개의 솔로 카프리치오를 쓰면서 개화하기 시작했다고 할 수 있다. 95년의 기나긴 삶을 살았다는 것 외에 달라바코의 삶에 대한 정확한 기록은 남아 있지 않다. 달라바코 가는 이탈리아 혈통의 네덜란드 음악가 집안으로 당시 이름이 널리 알려져 있었고, 요제프 마리 클레망의 아버지 에바리스토 펠리체Evaristo Felice dall'Abaco(1675~1742)는 활동 초기 모데나에서 첼로 연주자로 이름을 떨쳤다. 이후 바바리아 통치하의 뮌헨 궁정에서 봉직하다가 에스파냐 왕위계승 전쟁에서 바바리아가 패하자 1704년 막스 엠마뉴엘 선거후와 브뤼셀로 망명해 그곳에서 일했다. 6년 후 그곳에서 큰아들 요제프 마리 클레망이 태어났다.

그는 어린 시절 아버지에게서 첼로를 배우다 실력을 연마하기 위해 베네치아로 유학을 갔다. 뮌헨 궁정악단에서 일하고자 했으나 계속 물을 먹었고 1729년 본의 교회 앙상블에

일자리를 얻었다. 1738년엔 실내악단의 악장으로 임명된 후 빈, 런던 등으로 연주여행을 다녔고 가는 곳마다 환대를 받았다. 이 무렵 그는 가족과 함께 그의 뿌리가 있는 베로나로 거주지를 옮겨 그곳에서 반세기를 살다가 세상을 떠났다.

달라바코가 쓴 11개의 카프리치오 모음곡은 카프리치오의 반경을 새롭게 해준 작품이다. 변덕스럽고 장난스러운 카프리치오의 성격에 매이지 않고 '자유'라는 카프리치오의 본질적 이념 자체에 성실하게 무게를 두었다. 비로소 달라바코의 이 곡에서 카프리치오는 예술적 독립성과 자기결정이라는 숭고한 이상으로 거듭나고 있는 것이다.

첼로가 자유를 켠다. 독일 프라이부르크 바로크 오케스트라 출신의 첼리스트 골츠Kristin von der Goltz가 연주한 달라바코의 카프리치오를 듣고 있노라면 누군가 나의 허파를 켜서 내 몸이 소리를 내고 있는 것 같은 착각에 빠진다. 가끔 바람 빠지는 소리, 새된 소리마저 자유롭게 들린다. 내 힘이 쭉 빠지는 느낌이 난다. 내 이름의 이니셜과 성을 조합해 만든 나의 id는 마침 jayoo, 소리 나는 대로 읽으면 자.유.이다.

첼로 카프리치오의 꽃, 달라바코는 브뤼셀에서 태어났는

데, 첼로 소나타를 음악사의 반열에 확실히 올려놓은 란체티 Salvatore Lanzetti(1710~80)는 같은 해 1710년 나폴리에서 태어났다.

나폴리는 갈리아노*나 니콜로* 같은 양질의 악기 제작을 바탕으로 이미 란체티나 알보레아Francesco Alborea 같은 일단의 거장 첼리스트들을 배출하고 있었다. 당시에 함께 활동하던 이들로는 포르포라Nicola Porpora나 빈치Leonardo Vinci 등이 있었는데, 란체티는 그 가운데에서도 '새로운 스타일'을 선보이며 주목받았다. 도발적인 다이내믹, 매너리즘을 거부하는 멜로디와 리듬, 테크닉을 극한까지 사용하는 풍부한 기교 등 진보적인 스타일을 고전적인 형식에 접목시켰다.

란체티는 현재 비발디의 악보를 수집해 소장하고 있는 토리노 대학이 소재한 토리노의 궁정교회에서 봉직했는데, 바쁜 직무에도 불구하고 유럽 전역으로 연주여행을 다녔다. 그 가운데에서도 런던에서 그는 생의 많은 시간을 보냈는데, 1730년대부터 시작된 런던 거주는 1754년까지 이어졌고, 기악곡을 발표하면서 대중적인 인기를 넓혀갔다. 1736년 무렵부터 쓰인 그의 첼로 소나타들을 보면 당시 영국에서 첼로라는 악기에 대한 애호가 얼마나 컸는지를 알 수 있다.

• • •
란체티를 재조명하는 계기를 마련해준 나실로의 첼로 소나타 음반.

그의 첼로 소나타 작품번호 1은 웨일즈의 왕자 하노버의 프레데릭에게 헌정된 것으로, 엄지손가락의 사용을 포함한 대단한 기교를 요하는 작품들로 구성되어 있다. 란체티의 첼로에 대한 사랑과 노력의 결실로 비로소 첼로 소나타가 음악사에 뿌리를 내리게 되었으며, 바이올린 소나타의 수준과 비슷하게 끌어올렸다고 평가받는다.

란체티는 당시의 작곡가들과 마찬가지로 론도나 미뉴에트 등 당대 이탈리아나 프랑스의 새로운 양식과 고전적 양식을 결합하면서도 그만의 독특한 작곡 능력을 보여주었다. 1760년 란체티는 다시 토리노 궁정의 교회로 복귀해 삶을 마감할 때까지 토리노에서 보냈다. 생애 전반에 걸쳐 성실하고 능력 있는 작곡가였던 란체티는 사실 1980년대까지 잊힌 존재였다.

몇 년 전 첼리스트 나실로Gaetano Nasillo가 란체티 음악을 연주, 녹음하면서 란체티에 대한 재조명이 이뤄졌다. 그의 첼로 소나타는 강렬한 느낌의 2악장, 기막히게 착상 발전하는 1, 3악장으로 배열되어 있으며, 새로운 기교들을 귀여겨 들어보면 좋을 것이다. 첼로가 란체티의 방랑과 정착을 켠다.

옛날이야기 중에 여우나 곰 같은 동물이 몇백 년 수련의 세월을 보내고 인간이 되는 이야기가 있다. 어디 생명을 지닌 동물만 변환하는 것이며 어디 이야기 속에만 등장하는 일이겠는가. 유서 깊은 물건, 장소 등을 대할 때면 그 안에 그것을 지나오거나 접한 사람들의 숨결이 녹아 있어 생명 없는 물건이 아니라 기억을 고스란히 간직한 채 살아 숨 쉬고 있다는 생각을 하게 된다.

몇 년 전 우리나라를 다녀간 독일의 첼리스트 베르거Julius Berger(1954~)는 현존하는 가장 오래된 첼로를 연주하는 운 좋은 음악인이다. 한 번 그의 품을 떠났다가 되돌아오는 곡절을 겪은 이 첼로의 이름은 '카를로 9세'로 1566년 아마티에 의해 탄생했다. 베르거는 이 첼로를 처음 봤을 때 외면하는 큰 실수를 저질렀다. 그러나 다시 만나게 되었을 때 첼로는 자신을 무시했던 연주자를 너그럽게 용서한다는 듯 있는 힘껏 소리를 울려 베르거를 감동케 했고 다시는 자신을 놓을 수 없도록 했다.

이탈리아 반도 롬바르디아 지역 북쪽에 위치한 크레모나는 기원전 218년 로마인들에게 발견되어 16세기 초엽까지 아주 부유한 도시 국가 시대를 구가했다. 그러다가 정세가 바뀌어 밀라노(1334~1535), 베네치아(1499~1509), 에스파냐(1535~1707), 이어서 오스트리아의 통치를 차례로 받았다. 통치국이 바뀔 때마다 시민들은 공공생활에서 변화를 겪을 수밖에 없었으나 그래도 시의회가 조세나 무역과 산업기구, 사법 시스템을 책임지고 통제했다.

아마티Andrea Amati(1505년경~1578년경)는 크레모나가 아직 외부의 통치를 받기 전인 1505년 귀족 가문에서 태어났다. 그의 어린 시절에 대해서는 거의 알려진 것이 없어 그가 어디서 누구에게 악기 제조법을 배웠는지에 대해서도 추정해 볼 뿐인데, 크레모나의 부세토Marco del Busseto에게 견습했다는 설과 이웃이었던 브레시아Brescia에게 전수받았다는 설이 지

• • •
아마티의 명품 현악기들이 탄생한 크레모나.

배적이다. 그는 처음에는 바이올린을 만들다가 훗날 모든 현악기를 만들 수 있게 되었다. 아마티가 만든 현존하는 악기들은 모두 프랑스 왕이 제작을 의뢰했다.

프랑스의 샤를 9세는 그의 어머니인 메디치 가의 카트린의 영향으로 예술을 대단히 사랑한 왕이었다. 1574년 스물네 살의 젊은 나이에 샤를 9세는 위그노 세력에게 살해당했고, 이후 프랑스는 격렬한 종교 전쟁과 그에 따른 기근과 전염병으로 참혹한 시대를 이어간다. 그러나 이러한 정치적 상황과 별개로 샤를 9세는 예순한 살의 이탈리아 악기 제조자 안드레아 아마티에게 1566년 궁정악단의 현악기 38대를 제조할 것을 위촉한 것으로 유명하다. 당시 왕의 나이는 열여섯 살에 불과했는데, 그의 권력과 음악을 향한 사랑을 짐작할 수 있는 일화이다(이탈리아 악기 제조에 대한 첫 문서는 1780년 장뱅자맹 드 라보르데의 「음악에 관한 에세이」이며, 샤를 9세가 주문한 악기는 12대의 큰 바이올린, 12대의 작은 바이올린, 6대의 비올라, 8대의 바소였다고 한다). 누가 직접 위촉에 나섰는지는 분명치 않으나 아마도 왕의 어머니 카트린이 계약에 임하지 않았을까 추정된다. 이때 만들어진 아마티의 현악기들은 근대 현악기군의 첫번째 전범이 되어 이후 서양 음악에서 중요한 역할을 했다.

아마티 첼로.

2007년 율리우스 베르거가 내놓은 안토니Giovanni Battista Degli Antonii와 가브리엘리Domenico Gabrielli의 리체르카레* 음반을 녹음하는 데 사용된 아마티는 이때 만들어진 악기 중 하나로 세계에서 가장 중요하고 사연 많기로 유명하다.

이 첼로는 그러니까 440년 전쯤인 1568년 프랑스 궁정악단에 들어와 음악을 사랑하는 왕을 기쁘게 했을 뿐 아니라 궁정에서 매일 밤 열리는 무도회에서 귀족들의 흥을 돋우다가 1789년 프랑스혁명 때 다른 악기들과 헤어져 개인에게 팔려가게 되었다. 혁명은 죄 없는 악기들에게 가혹했다. 바이올린 제작자 루포트라는 이가 한 부유한 고객에게 첼로를 보여주면서, '긴 말이 필요없다. 이 악기는 자신의 장점을 스스로 말할 것'이라며 구매를 제안했다고 전해진다. 이후 악기의 자취나 흔적, 여정을 아는 사람은 아무도 없다.

우리가 아는 것은 그 사연 많은 '기특한 늙은 친구'가 몇 차례 주인이 바뀌고도, 심지어 전쟁에서도 살아남았다는 것이다. 그러다가 1차 대전이 끝나고 난 1926년 영국의 바이올린 전문 제작자 힐Alfred Hill이 피에테라는 사람이 가진 아마티 첼로가 세계에서 가장 오래된 악기라고 말한 이후, 1년 후에는 마르게리트 샤그노피아자 부인이 소유하게 되었다.

그 이후 다시 또 자취가 묘연해졌다가 2차 대전의 포화를 이겨낸 아마티는 어느 날 피아니스트 셸터Norman Shelter와 베르거에게 발견됐는데, 셸터와 달리 베르거는 처음에 이 악기에 마음이 열리지 않았다고 한다. 그러다가 세월이 흘러 드디어 2004년 베르거와 아마티의 인연이 닿은 것이다. 마이스키Mischa Maisky 등 세계적인 첼리스트와 음악인 들이 이 오래된 악기의 소리에 매료되었으나 여전히 베르거와 함께하고 있다.

이번 음반에 담긴 리체르카레의 작곡자 안토니는 1640년경 볼로냐에서 태어나 프레디에리Antonio Predieri(오르간주자이자 합창장, 아카데미나 필라르모니카의 회원)에게 배우고 자신도 스승을 따라 1676년에 필라르모니카의 일원이 되었고, 1684년에는 산 자코모 마조레 성당의 오르간주자가 되었다. 그는 당시 음악인들과 마찬가지로 여러 악기를 다룰 줄 알아 첼로 연주와 레슨을 했으며 오르간과 실내악 작품을 남겼다. 가브리엘리Domenico Gabrielli는 1651년 4월 15일 역시 볼로냐 태생이다. 그는 베네치아에서 레그렌치Giovanni Legrenzi에게 작곡을 배웠고 프란체스키니Petronior Franceschini에게 첼로와 작곡을 배웠다. 열다섯 살의 나이에(그러니까 안토니와 비슷한 시기에) 아카데미아 필라르모니카 회원이 되었고 1684년엔 회장으로 임명되었다. 스승의 뒤를 이어 산 페트로니오의 첼로주자가 되었다. 그는 12곡의 오페라와 3곡의 오라토리오, 그 외 많은 실내악곡을 남겼다. 그는 또한 연주여행을 다닌 최초의 거장 첼리스트이기도 한데, 연주여행을 다니느라 자신의 책임을 다하지 못한다며 자신의 직책을 제자에게 넘기기도 했다. 그의 솔로 첼로를 위한 7곡의 리체르카레는 그의 생의 마지막 2년에 걸쳐 작곡되었다. 그가 본 첼로라는 악기의 생생한 표현력과 기술적인 잠재력이 잘 나타나 있는 곡이다.

이번엔 첼로가 자신의 방랑의 세월을 켠다. 고달팠다고 한다. 궁정에서 머무른 시간은 달콤했으나 지루하고 답답했고 이후 방랑의 시간들은 흥미로웠으나 불안하고 두려웠다. 정착해 있을 땐 방랑의 꿈을 켰고 방랑하고 있을 땐 정착의 소망을 켰다. 지금의 정착이 자신의 여정에서 어떤 의미일지 잘은 모른다. 길다면 길고 짧다면 짧은 세월 속에서 감히 이것만은 안다고 하겠다. 머무르다 떠나고 떠다니다 머물게 된다는 것을. 기뻐할 것도 불안할 것도 안도할 것도 슬퍼할 것도 없다는 것을.

유정아의 클래식 노트 Classic Note

칸초네canzone 사랑과 아름다움을 노래하는 서정적인 이탈리아 가곡.

갈리아노Gagliano 이탈리아의 바이올린 제작가 집안. 이 집안에서 만든 명기를 갈리아노라 부른다. 독주나 관현악단에서 사용하며, 음색은 밝으면서도 이탈리아의 분위기를 풍부하게 담고 있는데, 때로는 금속성이 있다고 지적되기도 한다.

니콜로Nicolo 16~17세기 이탈리아 크레모나의 유명한 바이올린 제조업가 가문 '아마티 가'의 니콜로 아마티Nicolo Amati(1596~1684)가 만든 바이올린. 모양은 별로 크지 않고 균형이 잡혀 있으며, 음색도 투명하면서 우아하고 아름다워, 실내악 등에서 그 특색을 발휘한다.

리체르카레ricercare(복수형은 ricercari) 이탈리아어로 '찾는다'는 뜻. 1550년경 가브리엘리에 의해 확립된 기악곡 양식으로, 단일 주제의 기교적인 처리와 계차적인 주제의 처리가 특징이다. 바흐가 〈음악의 헌정〉 중 6성부의 푸가에 이 명칭을 사용했다.

요절하지 않은 자들의 비극

오펜바흐와 생상스
Jacques Offenbach
& Camille Saint-Saëns

새로운 사조가 탄생하는 데 기여해 음악사에 한 획을 그은 음악가들도 많지만 역사의 비극적 사건들과 결부되어 끊임없이 방랑하거나 당대인들과 불화를 빚은 이들도 있다.

오페레타의 창시자 중 한 사람인 자크 오펜바흐Jacques Offenbach(1819~80)는 독일의 유대인 후손이면서, 프랑스 국적을 갖고 있어 혈통이 다소 복잡하다. 그의 아버지는 재능이 아주 많았던 사람으로, 제본업자이자 출판업자, 번역가, 음악 교사, 작곡가에 나중에는 합창장으로 임명된 이자크 에

• • •
파리에 위치한 오페라 극장
'오페라 코미크'.

베르스트Isaac Eberst이다. 그는 1816년 쾰른(브루흐Max Bruch의 탄생지이기도 하다)에 정착했고 그곳에서 아들 야콥을 낳았다.

1933년 아들 야콥이 열네 살 되던 해 파리 음악원 첼로반에 입학시켰으나 이듬해 경제적 어려움으로 자퇴를 시켜야 했다. 파리에서부터 야콥은 자크로 불렸다. 자퇴 후 자크는 몇몇 자리를 전전한 끝에 오페라 코미크의 첼리스트로 채용되었다. 이때부터 자크 오펜바흐는 루빈스타인, 리스트, 멘델스존, 플로토Friedrich, Freiherr von Flotow 등의 피아니스트들과 연주하는 거장 첼리스트로 이름을 날렸다. 1844년 달캥Herminie d'Alcain과 결혼해 네 딸을 낳았으나 그들의 결혼생활은

• • •
100편에 가까운 오페레타를 작곡한 오펜바흐는 혈통과 전쟁으로 인해 부침 많은 삶을 살았다.

행복하지 않았다고 한다.

1848년 혁명을 피해 잠시 독일로 이주했다 프랑스로 돌아온 오펜바흐는 1850년 테아트르 프랑수아 극장의 지휘자로 취임했다. 그러나 그의 음악이 받아들여진 것은 아니어서 1855년 파리박람회 기간을 이용해 작은 극장을 열어 자신의 음악을 선보일 수 있었다. 오펜바흐는 이 극장을 부프 파리지앵Bouffes Parisiens이라고 불렀고, 여기서 그가 작곡한 오페레타들이 꽃을 피웠다.

그는 100편에 가까운 오페레타를 작곡했는데, 위트 넘치는 오페라 패러디와 유쾌한 정치 문화 풍자를 결합한 것이

• • •
오펜바흐의 마지막 작품이자 그의 유일한 그랜드 오페라 〈호프만의 이야기〉의 악보.

특징이었다. 이 작품들이 탄생하는 데는 오펜바흐가 '우리 팀'이라 부르던 극작가들의 기여가 컸는데 메이약*과 알레비*가 그들이었다.

독일과 프랑스 간 전쟁이 일어나자 독일의 후손이면서 프랑스 국적을 가진 오펜바흐를 독일은 배신자라 몰아세웠고 프랑스는 비스마르크의 앞잡이라 공격했다. 가족과 함께 에스파냐로 피신했다 돌아왔을 때 그의 오페레타는 대중의 관심으로부터 멀어져 있었다. 군대를 희화하고 광대극에 충실한 점이 나폴레옹 3세의 심기를 건드린 것도 이유가 되었는데, 아이러니하게도 황제가 물러났을 땐 그가 쫓겨난 황제에게 충성했다고 또 비난받았다. 1875년에는 파산까지 해 오펜바흐는 최악의 해를 보낸다. 그러나 이듬해인 1876년 미국에서 열린 박람회를 계기로 성공적인 연주여행을 마치고는 손실을 조금 회복할 수 있었다. 파리와 미국에서 열린 두 차례의 박람회는 오펜바흐에게 그나마 작곡과 생계의 숨통을 틔워주는 계기가 되었다.

그의 마지막 작품인 〈호프만의 이야기〉는 그의 유일한 그랜드 오페라*로, 보다 진지하고 야심찬 작업이었으나 미처 다 마치지 못하고 과로로 세상을 떠났고, 그의 친구였던 기로Ernest Guiraud가 완성해 그의 사후 다음해인 1881년에 초연되었다. 〈호프만의 이야기〉 중 뱃노래는 그의 부침 많은 삶을 스스로 위로하는 듯 유려하고 편안하다.

카미유 생상스Camille Saint-Saëns는 1835년부터 1921년까지 두 세기에 걸쳐 90년 가까이 살면서 그야말로 '볼 꼴, 못 볼 꼴 다' 보고 세상을 떠난 음악인이다.

생상스는 1835년 10월 9일 파리에서 정부 공무원의 아들로 태어났으나 생후 3개월 만에 아버지가 돌아가시자 어머니와 친척 아주머니들 손에 자랐다. 두 돌 지나 피아노를 정

• • •
90년 가까이 장수하며 파란 많은 삶은 살다간 생상스.

확히 칠 줄 알았고 네 살 때 첫 작품(1839년에 작곡된 이 피아노 소품은 프랑스 국립박물관에 소장되어 있다)을 작곡했을 만큼 영특했던 생상스의 어린 시절은 흔히 모차르트의 유년 시절에 비교되지만 요절하지 않고 길게 산 까닭에 사람들은 그를 천재라 부르지 않는다. 하지만, 그는 더도 덜도 아닌 천재 그 자체였다. 세 살 때 읽고 쓰기 시작했고 일곱 살 때 라틴어를 해독했으며, 작곡만이 아니라 오르간을 필두로 한 온갖 건반악기를 다룰 줄 알았다. 그는 열 살 때 살 플레엘*에서 모차르트의 피아노 협주곡 15번과 헨델, 칼크브레너Friedrich Wilhelm Kalkbrenner, 후멜Johann Nepomuk Hummel, 바흐의 곡들로 데

뷔 공연을 가졌는데, 앙코르로 베토벤 피아노 소나타를 암보로 연주해 전 유럽과 미국에까지 이름을 알렸다.

그는 열두 살 때 파리음악원에 입학하여 오르간과 작곡을 공부했는데, 작곡 선생님은 동년배 친구인 비제Georges Bizet의 장인 알레비Jacques Fromental Halévy였다. 파리음악원 재학 시절이던 열여섯 살 때는 교향곡 1번을 작곡해 평론가와 친구 들 앞에서 초연해 대단한 호평을 받았다. 이 곡을 들은 베를리오즈는 '그는 모든 걸 다 알고 있다. 부족한 게 있다면 서툰 것이 없다는 것'이라고 칭찬했다. 생상스는 음악원 재학 시절 여러 상을 받으면서 당대 낭만주의의 화신인 리스트와 알게 돼 평생 좋은 친구가 되었다. 졸업 후 마들렌 교회 오르간 주자로 있을 때(1853~77)의 연주를 듣고 리스트는 생상스를 높이 평가해 '세계에서 가장 훌륭한 오르가니스트'라 치켜세웠다.

생상스는 에콜 니데르메이어에서 1861년부터 65년까지 피아노를 가르쳤는데, 이때 제자로 인연을 맺은 포레Gabriel Fauré와 메사제André Messager 등과는 평생 좋은 관계를 이어갔다. 바흐와 모차르트 등 음악의 전범 외에 당대의 새로운 음악, 예를 들면 리스트나 구노Charles Gounod, 슈만, 베를리오즈,

바그너 등의 음악을 가르쳐 보수적인 음악계의 눈살을 찌푸리게 할 정도로 젊은 날의 생상스는 혁신적이고 진보적인 음악 성향을 가지고 있었다. 당시 19세기 중엽까지 프랑스는 쿠프랭François Couperin(1668~1733)이나 라모Jean-Philippe Rameau(1683~1764) 이후 독일처럼 뛰어난 음악가를 배출하지 못하고 있었던 게 사실이다. 이러한 상황에서 생상스에 대한 기대는 그만큼 컸고, 그는 낭만주의 시대 프랑스 음악의 부흥에 선구자 역할을 함으로써 그 기대에 부응했다. 1871년 그는 국민음악협회를 창립해 프랑스의 새로운 음악 진흥과 젊은 작곡가 육성에 일조했다.

그러나 1851년 파리음악원을 1등으로 졸업한 천재 음악가 생상스에게도 아픔은 있었다. 빛나는 상이 많이 주어졌지만 그 시대 최고의 상이었던 로마대상은 1852년과 10여 년 후인 1864년 두 차례 모두 고배를 마셨다. 태어난 지 1년도 안되어 아버지를 여의어 평생 편모슬하에서 자라야 했고, 10대와 20대에는 로마대상을 받는 데 실패하면서 좌절의 고통을 맛봤다. 1870년 서른다섯 살 때 맞은 보불전쟁은 순수 프랑스 혈통인 그에게도 지울 수 없는 상처를 남겼다. 군입대를 해야 하는 나이는 지나 참전은 면했으나 런던에 도피해 있어야 했고 1871년 봄, 짧게 두 달간 이어진 파리코뮌 시기에는 그의 사회적 지위가 위협이 되었다. 이런 역정들이 생상스를 보수적으로 만든 것이 아닌가 생각해본다.

가정사도 평탄치는 못했다. 1875년 마흔에 트뤼포Marie-Laure Truffot라는 여인과 결혼해 두 아이를 낳았으나 1878년 6개월 상관으로 아이 둘을 모두 잃고 3년 후 아내 곁을 영원히 떠난다. 두 사람은 생이 끝날 때까지 이혼하지 않았으나 다시는 함께 살지 않았다. 생상스가 실은 동성애자였다는 설이 있지만 확인된 바는 없다.

40대에 가정이 파탄 난 생상스에게 오십의 문턱에 또하나의 비극이 기다리고 있었다. 1886년 평생 그를 지지했던 리스트가 세상을 떠난 것이다. 생상스는 그해 발표한 가장 유명한 두 작품, 〈동물의 사육제〉와 3번 교향곡을 리스트에게 헌정함으로써 평생지기를 향한 마음을 기렸다.

슬픔이 가시기도 전, 생상스는 15년 넘게 맡았던 국민음악협회 공동회장직을 타의로 내놓는 일이 벌어진다. 당시 협회는 심각한 갈등에 봉착해 있었다. 새로운 사조와 외국 음악에 문호를 개방해야 한다는 젊은 음악인들의 생각과 이에 반대하는 생상스 측이 첨예한 갈등을 빚고 있었던 것이다.

분열이 거세지자 한때는 혁신의 상징이었으나 점차 완고한 보수파가 되어가는 생상스는 이들에게 눈엣가시였고, 마침내 댕디*, 기로, 쇼송* 등이 주축이 되어 생상스를 몰아내고 프랑크César Franck를 회장으로 추대하기에 이른다. 프랑크가 세상을 뜨고 난 1890년에는 제자 댕디가 자리를 물려받는다.

2년 후 평생 아들을 홀로 보살폈던 어머니마저 세상을 떠나자 슬픔에 빠진 생상스는 프랑스를 떠났다. 카나리제도에서 시작된 생상스의 방랑은 향후 몇 년간 유럽의 구석진 곳들, 북아프리카, 동남아시아에 이어 멀리 남아메리카로 이어졌다. 이곳들을 떠돌며 그는 사누아Sannois라는 필명으로 여러 매체에 여행기를 실어 보냈다.

지휘는 물론이고 음악 외에 미술작품과 시·문학·철학 등 다방면에 식견을 가졌으며, 천문학·식물학·고고학에도 조예가 깊었던 생상스는 19세기의 진정한 르네상스인이었다. 자신의 악보를 출판하고 받은 돈으로 망원경을 사곤 했으며 여러 학문과 관계된 학회에서 활약하기도 했다. 1880년대 말 여행을 다녀온 이후에도 그는 음악, 과학, 역사를 주제로 글쓰기를 계속했고 프랑스 정부는 이러한 업적을 기려 생상스에게 레종도뇌르 훈장을 수여했다.

이 르네상스인은 당대 대부분의 음악인들과 친분이 있었지만, 좋아하는 음악가와 싫어하는 음악가가 확연히 나뉘었다. 좋아하는 음악인으로는 앞서 언급한 리스트, 포레, 베를리오즈, 바그너 등이 있었다. 바그너를 열렬히 지지한 것은 아니었는데, 그의 음악성을 인정하면서도 반독일적인 입장이었기 때문이다. 자연히 독일에서는 생상스에 대한 부정적인 평가가 많았다. 적대적이었던 사람으로는 역시 앞서 언급한 댕디, 프랑크 외에 마스네와 슈트라우스, 특히 드뷔시Claude Debussy가 있었다. 드뷔시에 대한 감정은 유난히 좋지 않아, "내가 파리에 있는 것은 드뷔시의 〈펠레아스와 멜리장드〉를 비난하기 위해서이다"라고 말하고 다녔다고 전해진다. 감정은 상호적인 것이라, 드뷔시 또한 '나는 공포의 감정을 갖고 있다, 그 이름 생상스를 잊지 못한다'라고 비아냥거렸다. 생상스의 오페라 〈삼손과 데릴라〉에는 아름다운 아리아 〈그대 음성에 내 마음 열리고〉가 등장하는데, 생상스와 드뷔시 사이는 그야말로 '그대 음악과 생각에 내 마음 닫히고'인 셈이었다.

앞서 언급했듯이 생상스는 젊은 시절엔 새로운 사조나 장르를 적극 받아들이고 진보적인 음악활동을 펼치며 1850~

60년대 프랑스 예술의 근대를 열었으나, 생의 말기 반동적인 극보수로 변해 드뷔시나 슈트라우스의 영향력을 두려워하는 나약한 모습을 보였다. 생상스가 살았던 1835년부터 1921년까지 86년 동안 음악의 세계는 변화에 변화를 거듭해 쇼팽과 멘델스존의 절정기를 지나 재즈가 도래하기에 이른다.

20세기에 들어서 그는 1차 대전을 무사히 넘기고 세계 이곳저곳을 다녔는데, 알제리를 방문중이던 1921년 여든여섯 살에 폐렴으로 생을 마감했다. 임종을 맞은 곳이 집이 아니어서 생상스의 죽음을 객사라 부른다. 객사의 장소는 '호텔 오아시스'였다. 한 세기 가까이 이 막막한 사막 같은 세상에 태어나 살면서 영화도 아픔도 많이 누렸으나 결국 오아시스에서 죽음을 맞은 '르네상스적 인간' 생상스. 방랑의 끝에서 오아시스를 만난 그가 평안하기를 빈다.

유정아의 클래식 노트 Classic Note

메야크Henri Meilhac, 1831~97 프랑스의 극작가. 보드빌(노래, 춤, 촌극 등을 엮은 오락연예)의 명작가로 19세기 후반에 활약했다. 희가극 〈아름다운 엘렌〉(1864), 〈파리 생활〉(1866)이 대표적이고, 비제의 〈카르멘〉의 가극 대본을 함께 썼다.

알레비Ludovic Halévy, 1834~1908 20세기 후반 프랑스의 극작가이자 소설가. 오페레타 각본 작가로 메야크와 콤비를 이뤄 많은 희극을 썼다. 대표작은 〈아름다운 엘렌〉(1864), 〈파리 생활〉(1866)이다. 아카데미 회원이었다.

그랜드 오페라grand opera 영어로는 명확한 개념이 없고 화려하고 규모가 큰 오페라를 통칭한다. 프랑스어의 그랑토페라grand opéra는 내용이 비극적이고 무대가 화려한 오페라를 일컫는다.

살 플레옐 Salle Pleyel 1910년에 지어진 프랑스의 콘서트 전문 홀. 파리 오케스트라가 상주하고 있다.

댕디Vincent d'Indy, 1851~1931 프랑스의 작곡가이자 교사. 세자르 프랑크가 제시한 노선을 따라 프랑스 교향곡과 극음악의 개혁을 시도하여 어느 정도 성공을 인정받았다.

쇼송Ernest Chausson, 1855~99 프랑스의 작곡가. 몇 편 안 되는 작품들로 당대에 명성을 얻었다. 1880~83년에 세자르 프랑크에게 개인교습을 받았고, 국립음악협회에서 10년 동안 일하면서 프랑스 현대 음악의 발전을 위해 공헌했다. 그의 음악은 명료성과 균형, 형식적 안정성 면에서 특히 프랑스적이며, 화성에서 간혹 바그너의 영향이 보이지만 프랑크의 영향을 가장 많이 받았다.

▶ 살 플레옐

▲ 오펜바흐의 〈호프만의 이야기〉의 한 장면

나는 음악을 섬겼다

드보르자크
Antonín Dvořák

어느 날 텔레비전 채널을 돌리다 우연히 보게 된 영화가 있다.

조그맣고 '힘없어' 보이는 남자는 풀 사이드에서 요란하게 펼쳐진 파티에서 열심히 서빙을 하고 있다. 쭉쭉빵빵한 비키니의 여성들과 '힘 있어' 보이는 남자들이 흥청대는 무리에 끼어 있지만 그는 그들과 같은 공간에 있을 뿐 함께 있는 것은 아니다.

〈나는 영국왕을 섬겼다〉라는 특이한 제목의 영화는 체코

• • •
2008년 5월에 개봉한 영화 〈나는 영국왕을 섬겼다〉. 마틴 휴바와 마리안 라부다가 주연했다.

출신 노장 감독 멘젤Jiri Menzel의 최신작이다. 웨이터는 그 직업의 특성상 자신이 누구인지, 업계에서 어느 정도 위치인지가 자신이 누구를 서빙했는지로 판가름되고, 높은 사람을 모실수록 급이 올라가게 되어 있다. 우리의 힘없는 주인공 웨이터는 '나는 영국왕을 섬겼다'라고 자랑스럽게 떠벌이는 전설의 선배 웨이터를 롤모델 삼아 오늘도 열심히 서빙을 하는 성실남이다. 비키니조차 벗어던진 '힘 있는 남자'들의 상대녀들의 놀림을 받다가 수영장 물에 함께 빠져도 절대 그들을 여자로 보지 않고 웨이터의 본분만을 생각하는 잠재력 있는(영국왕을 섬길 수 있는) 후보 선수다. 목표가 확실했기에 한

눈파는 일 없었던 그에게는 사랑하는 여자친구가 있었는데, 그녀 또한 성실한 성격으로, 열심히 우표를 모으고 있다. 언젠가 그 우표를 판 돈으로 둘이 행복하게 살기를 야무지게 꿈꾸지만 전쟁중 폭격을 맞아, 아직 행복한 미래로 전환되지 못한 우표만 남자친구에게 남긴 채 세상을 떠난다.

마음을 추스리고 슬픔을 딛고 일어선 '성실남'은 여친이 바랐던 대로 우표를 통해 행복을 얻는다. 생상스가 알제리에서, 남미에서 편지를 부칠 때 사용한 귀한 우표라도 됐는지, 우표 값은 그가 꿈꾸던 자그마한 호텔 값 정도로 뛰어서, 비록 영국왕까지 모시진 못하지만 마을 대대로 내려오는 부자 정도는 맘껏 모실 수 있는 호텔 주인이 된다. 여친의 유산은 참으로 값진 것이었지만 급작스럽게 얻은 돈은 늘 무시를 당하는 법인지 지방 유지들은 서빙 자세가 몸에 밴 그를 졸부로 취급할 뿐 자신들과 같은 부자로는 여기지 않는다.

열심히 쓸고 닦고 자신의 호텔을 가꾸던 그가 어느 날 식당에 벽지를 새로 바르고 있을 때 낯선 이들이 현관에 들어선다. 이제 이 호텔은 당신 것이 아니라 나라 것이라고 느닷없이 통보를 하고는 심지어 당신은 돈을 버느라 인민을 착취했으므로 이 호텔의 값어치만큼 감옥살이를 해야 한다고 말한다. 착취는커녕 봉사만 했을 뿐이었던 그는 무슨 소린지 통 모르겠다는 반응을 보이며 호텔을 한 채 더 살 수 있을 만큼의 돈이 들어 있는 통장을 내보였다가 즉석에서 '그럼 두 배'의 형을 받고 감옥에 들어간다.

감옥에 들어가 보니 호텔을 드나들던 마을 부자들이 이미 죄수복을 입고 둘러 앉아 도박판을 벌이고 있다. 판돈은 자루 속에 든 깃털이다. 건 돈이나 딴 돈이나 자루에 남은 돈이나 다 허공을 떠돌고 있다. 그 역시 자신이 지녔던 돈만큼의 깃털이 든 가뿐한 자루를 메고 들어왔지만 아무도 끼워주려 하지 않는다. 돈이 깃털로 바뀌었어도, 더이상 서빙할 게 없어도, 여전히 싸늘한 차별이다.

영화의 말미. 세월이 한참 흘러 노인이 된 주인공이 어느 마을 귀퉁이에 차린 허름한 선술집에서 이번엔 누구도 아닌 자신을 위해 맥주 한 잔을 따른다. 맥주 광고를 찍듯 시원하게 한 모금을 들이켠 그가 카메라를 정면으로 응시한다. 마치 이렇게 말하는 듯하다.

"중요한 건 지금 이 순간 맥주 한 잔의 맛이요, 섬겨야 할 건 나 자신일세."

인생길 떠돌다 결국 정착하게 되는 곳, 지금 이 순간 나 자신밖에 없는지 모른다. 내가 섬기는 사람이 얼마나 높은가가 아니라 내가 섬기는 내가 얼마나 소중한 사람인지를 깨닫게 되는 지점. 그곳을 찾는 과정이 인생인지도 모른다.

음악은 작곡가와 연주자, 청중을 위해, 혹은 그 모두를 지켜주는 신을 위해 봉사하기 위해 태어났지만, 음악을 업으로 삼은 사람들도 먹고살고 일정 규모의 악기 편성이 필요하다 보니 궁정악단을 가진 왕을 섬기게 되었다. 영국왕을 섬긴 독일의 헨델, 이베리아 반도 왕가에서 생을 마감한 스카를라티*, 에스테르하치 가에서 오랜 시간 동안 궁정악장을 지낸 하이든, 빈 궁정악장 일을 하면서도 늘 가난했던 모차르트, 그리고 보다 처우 좋고 자신을 알아주는 왕이나 선제후 들을 찾아 방랑과 정착을 거듭하던 숱한 훌륭한 작곡가들…… 하지만 그들이 진정으로 섬긴 것은 음악이었다.

안토닌 드보르자크Antonín Dvořák(1841~1904)는 1841년 체코의 수도 프라하에서 북쪽으로 30킬로미터쯤 떨어진 몰다우 강 기슭의 호젓한 마을 넬라호제베스라는 곳에서 태어났다. 그의 부모는 정육점을 겸한 여관을 운영했는데, 가난했어도 울창한 원시림을 벗 삼아 자연 속에서 소박한 풍습과 체코 특유의 민요를 접하며 성장했고, 집시들이 즐겨 다루던 바이올린을 취미로 배우면서 자연스럽게 음악을 가까이할 수 있었다.

집시들이 많이 사는, 굴곡 많은 역사를 가진 땅 체코. 1993년 체코슬로바키아연방공화국에서 슬로바키아와 함께 두 개의 공화국으로 분리되어 오늘에 이르고 있는 체코는 역사적으로 참 한이 많은 나라이다(따지고 보면 한 없는 나라가 어디 있겠느냐만). 옛날 유럽 북쪽에서 내려온 슬라브 족이 보헤미아, 모라비아, 슬로바키아에 나뉘어 정착했는데, 이 세 지방을 모라비아가 통일해 모라비아 왕국이 세워졌다. 그러나 곧이어 이웃나라 헝가리가 슬로바키아 지방을 점령했고, 보헤미아와 모라비아 지역에는 프라하를 수도로 하는 보헤미아 왕국이 형성된다. 이 보헤미아 왕국 또한 얼마 후 오스트리아의 지배하에 놓여 1900년대까지 300년간 체코는 오스트리아 헝가리 제국의 속국으로 지내야 했다.

이러한 역사 때문에 오늘날에도 우리는 체코인을 보헤미안이라고 부르는 것인데, 요즘에는 보헤미안이라는 말은 집시를 지칭할 때 더 많이 쓴다. 옛날 그 지역에 집시들이 많이

• • •
푸주한 면허를 가진 작곡가 드보르자크. 그는 자신의 뿌리인 슬라브의 민요를 수집해 유명한 슬라브 무곡집을 냈다.

살았기 때문이다. 하긴 집시이니까 살았다기보다 떠돌았다는 말이 어울리겠다. 이들은 안정된 직장생활이 불가능하기에 광대나 연주자, 점성술사 같은 일을 하며 자유로운 삶을 살았고, 그들의 음악은 보헤미아 땅에 사는 사람들만이 아니라 그들이 발을 디딘 세계 각국에 영향을 미쳤다.

드보르자크는 역사에 남은 작곡가 중 유일하게 푸주한 면허를 가진 사람이다. 푸줏간을 운영했던 드보르자크의 아버지 역시 프로 수준의 치터* 연주자였고, 음악을 좋아하는 아들을 위해 음악 교육에 신경을 써주긴 했으나 음악가의 길을

드보르자크와 그의 아내 안나.

가는 것은 반대했다. 워낙 규모가 작은 장사인데다가 드보르자크 이후 연달아 8형제가 태어나면서 대식구가 되자 드보르자크의 형제들은 기아에 가까우리만큼 헐벗고 굶주렸고, 당연히 아들이 대를 이어 푸줏간을 운영하길 바랐던 것이다.

여섯 살에 학교에 입학하면서부터 음악 교육을 받은 드보르자크는 프라하 유일의 오르간 학교에 다니며 바이올린주자와 비올라주자로 성장해나갔다(그러나 천성이 따뜻하고 순진했던 드보르자크는 아버지의 뜻을 받들어 푸주한 면허증도 땄던 것이다). 그는 1860년대에 보헤미아 지방극장 오케스트라 단원이 되어 당시 지휘자로 부임한 또다른 체코의 작곡가 스메타나Bedřich Smetana를 만나 그의 오페라 〈팔려간 신부〉를 초연

할 때 비올라를 연주한다.

그러나 연주만으론 생계를 이어갈 수 없어 피아노와 바이올린 레슨을 해야 했고, 작곡할 시간이 부족해지자 급기야 오케스트라를 그만두게 된다(1871). 그 무렵 자신의 제자였던 요세피나에게 연정을 품게 되는데, 그녀는 그를 받아주지 않고 귀족 집안의 아들과 결혼했고, 모차르트가 그랬던 것처럼 드보르자크도 그를 위로해주던 요세피나의 동생 안나와 결혼해 아홉 자녀를 낳았다.

결혼과 함께 안정을 찾은 30대 중반의 드보르자크는 성 아달베르투스 성당의 오르가니스트로 일하며 작곡에 열성을 다했고, 곧 중요한 작곡가로 이름을 알리기 시작한다. 이때 드보르자크의 작곡 장르 중 빼놓을 수 없는 현악 4중주를 작곡하기 시작했으며, 잘 알려진 슬라브 무곡 1집 등을 냈다. 드보르자크는 보헤미아 발칸 일대의 슬라브 지방에 흩어져 있는 민속 무곡을 수집했는데, 그중 여덟 곡을 피아노 연탄으로 완성해 서른일곱 살이던 1878년 8월 슬라브 무곡집 1번 op.46으로 묶었고, 한 달 만에 오케스트라 편곡을 완성했다. (왜 체코인인 드보르자크가 슬라브 민요를 수집했는지는 앞서 이 땅의 역사를 보면 이해하실 것이다. 슬라브의 뿌리를 가졌으니까.)

이 op.46의 8개의 곡은 1879년 프라하에서 오케스트라 초연을 가졌다. 이 곡들은 브람스가 소개한 독일 출판사 짐록을 통해 출판되었는데, 두번째 슬라브 무곡집 op.72까지 큰 성공을 거두어 집도 살 수 있었고 평생 브람스와 좋은 관계를 유지했다.

그러나 드보르자크는 몇 년 상관으로 세 아이를 잃는 슬픔을 겪게 된다. 아픔을 달래기 위해 작곡한 〈스타바트마테르〉* 를 런던에서 공연해 성공을 거둔 후 유럽 연주여행길에 오른 것은 1883년의 일이다. 1885년엔 교향곡 7번을 작곡해 런던에서 초연했다. 드보르자크는 평생에 걸쳐 영국을 총 9번 방문하여 자신의 작품을 지휘하고 캠브리지 대학에서 명예학위를 받았으며 버밍엄에서 레퀴엠을 초연하기도 하는 등 영국과 깊은 인연을 맺었다. 영국에서 드보르자크의 연주는 영국왕을 섬기기 위한 것이 아니요, 자신의 음악을 사랑해주는 영국인과 음악을 위한 것이었으리라.

미국과의 인연 또한 깊었다. 작곡가로서 최정점에 있던 1892년 뉴욕 국민음악원장으로 초빙된 드보르자크는 쉰한 살부터 쉰네 살까지 3년간 뉴욕에 체류했다. 그는 보헤미안

• • •
스필빌.

으로서 뉴욕음악원장에 취임하는 영예를 누리고서도 향수로 고생했다고 전해진다. 그럴 때마다 그를 달래준 것은 아이오와 주의 체코이주민촌인 스필빌이었다. 그는 그곳 이주민들과 즐기는 한편 대평원에서 큰 영감을 얻어 유명한 9번 교향곡 〈신세계로부터〉와 현악 4중주 〈아메리칸〉, 그리고 불후의 명작으로 꼽히는 첼로 협주곡을 작곡했다. 스필빌은 드보르자크 창작의 보고였다.

그 지방에서 유행하는 아메리칸 인디언과 흑인의 민요 등을 재해석하여 사용한 교향곡 〈신세계로부터〉도 많은 부분 스필빌에서 작곡되었다. 1892년 12월에 시작해 이듬해 4,5월 사이에 막바지 작업을 마치고 1893년 5월 25일에 완성해 같은 해 12월 뉴욕 필하모닉 오케스트라의 연주로 초연하여 큰 성공을 거두었다.

'신세계'라 함은 물론 미국을 가리킨 것인데, 이 제목이 미국 청중의 애국심에 호소했을 가능성이 크고, 곡이 화려하고 친숙하다는 점도 공연의 성공을 이끌어내는 데 일조한 것으로 보인다. 또한 인간성이 넘쳐흘러 청중을 감동케 했다는 이야기도 있다. 그런데 흥미롭게도 이 곡이 초연된 후에 선율이나 리듬이 전혀 미국적이지 않다고 주장하는 사람과 흑인과 아메리칸 인디언의 음악에 의거해 착상했다고 하는 사람들 사이에 논쟁이 벌어졌다. 미국의 원주민인 아메리칸 인디언을 염두에 둔 것인지, 아니면 노예로 산 한 많은 흑인들을 말하는 것인지, 미국적이란 게 무엇을 뜻하는지 분명하진 않다. 어쨌든 오늘에 와서는 드보르자크의 〈신세계로부터〉는 미국 고유의 음악에서 영감을 얻었다기보다 민요에서 착안한 미국 음악의 정신을 작곡자가 나름의 해석을 거쳐 표현한 곡으로 소개된다.

자신이 살던 땅의 민요를 채집하는 데 많은 시간을 바친 헝가리의 작곡가 버르토크Béla Bartók는 이런 말을 한 적이 있다.

작곡가가 민요를 사용하는 데는 세 가지 방법이 있다. 첫째는 민요 선율을 자기 작품에 집어넣는 것, 둘째는 민요풍으로 선율을 창작하는 것, 그리고 셋째는 민요에 담긴 정신의 핵심을 흡수해 그것을 자기 작품 속에 불어넣는 것.(김정환, 『음악이 있는 풍경』 2권 187쪽에서 재인용)

여기서 세번째야말로 민요에 담긴 정신과 당대성을 결합하는, 그리하여 민족성과 세계성을 동시에 획득하는 유일한 길이라고 한 평론가가 말하기도 했다. 드보르자크는 그의 마지막 교향곡이 된 〈신세계로부터〉에서 버르토크가 말한 세번째 방법, 민요에 담긴 정신의 핵심을 작품 속에 불어넣은, 가장 지역적이면서 세계적인 방법을 사용했다고 할 수 있다. 그는 타향에서 맛본 그 지역만의 특별한 분위기와 자신의 뿌리인 보헤미아의 민요를 절묘하게 접목시켜 어떤 낯선 세계로부터의 소식 같은 반가움과 자극이 동시에 전해지는, 강한 감명을 주는 교향곡을 작곡한 것이다.

드보르자크는 평생 소박한 향토심, 고향 마을의 산에 대한 경외심, 자연과 조국을 사랑하는 마음을 잃지 않은 순수한 사람이었다. 수염이 덥수룩한 얼굴로 그도 어느 날 맥주

한 잔을 하며 이렇게 말하지 않았을까. '나도 우리 땅의 집시만큼이나 세상 방방곡곡을 다녀보았으나 결국 내 인생을 통틀어 주인으로 섬긴 것은 음악뿐이었네'라고.

유정아의 클래식 노트 Classic Note

스카를라티Domenico Scarlatti, 1685~1757 이탈리아의 작곡가. 555곡에 달하는 건반악기 소나타로 유명한데, 그의 건반 소나타는 하프시코드의 기술적·음악적 가능성들을 확대시켰다.

치터Zither 독일과 오스트리아에서 널리 애용되고 있는 발현악기로 애조를 띤 음조가 특색이다. 노래의 반주나 독주에 쓰인다.

스타바트마테르Stabat Mater 13세기 이탈리아의 종교시인 야코포네 다 토디의 시이자, 사순절과 성모통고의 기념일, 특히 십자가의 길을 행진할 때 부르는 성가.

민요 채집이 그들에게 남긴 것

본 윌리엄스와 버르토크
Ralph Vaughan Williams & Béla Bartók

엘가의 뒤를 이어 20세기 영국을 대표하는 음악가 랠프 본 윌리엄스Ralph Vaughan Williams(1872~1958)는 1872년 영국 글로스터셔 주 다운앰프니라는 곳에서 그곳 교구 목사의 아들로 태어났다. 그의 고모할아버지는 진화론으로 유명한 찰스 다윈이었으며 어머니는 도자기로 유명한 웨지우드Wedgwood 가문의 조시아 웨지우드의 증손녀였다. 세 살 때 아버지가 세상을 떠나자 본 윌리엄스는 외가가 있는 리스 힐 플레이스에서 살면서 집안에서 교양으로 여기고 있던 회화와 도자기,

과학, 문학을 공부했다. 본 윌리엄스는 이렇듯 특혜 받은 지식인 중상류 계층에서 태어났으나 평생을 자신의 신념대로 민주와 평등의 이념을 지향하며 검소하고 부단히 노력하는 삶을 살았다.

런던왕립음악학교RCM와 케임브리지 대학에서 역사와 음악을 공부한 후 1897년 베를린에서 막스 브루흐를 사사했다. 런던왕립음악학교에서 함께 공부한 지휘자 스토코프스키Leopold Stokowski는 훗날 본 윌리엄스의 6번 교향곡을 미국 청중에게 선보이고 첫 녹음을 했으며 뉴욕 카네기홀에서 9번 교향곡의 초연을 지휘했다. 본 윌리엄스의 케임브리지 동창 중엔 철학자 러셀Bertrand Russell이나 무어G. E. Moore 등도 있다. 서른여섯 살 때 본 윌리엄스는 석 달 동안 파리에서 라벨*에게 배운 적이 있는데, 라벨은 본 윌리엄스를 두고 '내게 배운 학생 중 유일하게 나의 음악을 쓰지 않은 사람'이라고 이야기한 적이 있을 정도로 그는 오래된 것, 새로운 것 어디에도 물들지 않고, 어떤 사조에도 편입시킬 수 없는 자신만의 음악세계를 개척해나갔다.

본 윌리엄스는 어린 시절부터 천재(영국인 중에는 음악 신동을 찾아보기가 어렵다)라기보다는 성실한 음악도였고, 꾸준

• • •
영국 민요에서 영감을 얻어 음악 안에 '영국적인' 것들을 먹음직스럽게 담아낸 본 윌리엄스.

히 작곡을 해나간 끝에 서른이 넘어서야 첫 출판이 이루어졌다. 그는 작곡과 지휘, 강연을 병행하며 음악인으로 생계를 꾸려나갔다. 그의 업적 중 빼놓을 수 없는 것은 영국 시골 곳곳을 다니며 민요를 수집한 것이다. 그는 민요의 아름다움과 그것이 그리고 있는 보통 사람들의 노동과 삶의 역사에 매료되어 그 멜로디를 자신의 작품에 차용했다. 그는 훗날 '영국민속춤과 민요사회'의 회장을 맡아 일하기도 했다.

본 윌리엄스의 음악은 한마디로 '영국적'이라고 묘사되며, 홀스트*나 딜리어스* 등과 같은 부류로 분류된다. 음악에서 '영국적'이라 함은 대단히 친근하고 일상적이면서 서정적이며 멜랑콜리하고 향수를 자극하며 깊고 신비로운 느낌을 주는 음악을 말한다. 누군가는 본 윌리엄스의 음악을 들으면 그것이 아주 오래전에 만들어진 것인지 완전히 최신 것인지 확신할 수 없다고 했다. 민속 선율의 매혹을 담아 영국 땅에 깊이 뿌리내려 보편적이 된 것에서부터 영적인 요소까지 아우르는 음악. 거기에 광활하고 평화로운 영국 전원과 그 자연 속의 작지만 미미하지만은 않은 우리 인간을 느끼게 해주는 것이 바로 본 윌리엄스의 음악인 것이다. 그의 음악은 알맹이이기를 포기하고 그릇이 되어 그 안에 '영국적인' 것을 먹음직스럽고 소담스럽게 담아낸다고도 할 수 있겠다. 2008년은 본 윌리엄스의 서거 50주년이 되는 해였는데, 걸출한 작곡가가 귀한 영국이 조국을 자신의 음악 속에 풍성히 담았던 그를 어떻게 기렸을지.

본 윌리엄스의 대표작, 바이올린과 현악 오케스트라를 위한 로망스 〈날아오르는 종달새〉는 1914년 1차 대전이 발발하기 직전 평화로웠던 시절에 작곡되어 전쟁으로 폐허가 된 영국의 사람들에게 전쟁으로 우리가 잃은 것이 무엇이었는지를 통렬하게 떠올리게 했다. 시대 분위기와 맞지 않아 1921년에 뒤늦게 초연을 하게 되었는데, 『타임』은 '어제와 오늘의 유행을 아주 침착하고 평온한 태도로 무시한 유일한 작품이었다'고 평했다. 역사의 가장 행복한 아이러니로 꼽히는 작품 중 하나인 이 곡은 빛나는 무구함을 환기하고 폭풍 전야의 고요를 제대로 담아내 청중에게 감동을 안겨주었다. 여기서 아이러니란 첫째, 전쟁의 참혹함을 그 이전의 평화로운 분위기로 고발한 점, 둘째는 그럼에도 불구하고 작곡가가 실은 시대와는 무관한 태도로 작곡했다는 점이다.

본 윌리엄스는 당시 이미 마흔두 살로 징병 대상이 아니었으나 스스로 왕립의료부대에 입대했고, 왕립수비포병대에 배치되어 들것을 지키는 임무를 맡아 고된 생활을 했다. 어느 날은 서 있기도 힘들 정도로 몸이 아픈데도 땅에 누워서라도 임무를 수행할 만큼 성실한 모습을 보였다. 당시 대포 소리에 너무 많이 노출되어 청력에 문제가 생겼는데, 나중에는 완전히 들리지 않는 상황까지 가게 되었다.

1918년 일군 음악 감독으로 임명되면서 다시 음악생활을 재개할 수 있었다.

헝가리의 작곡가 벨러 버르토크Béla Bartók(1881~1945)는 1881년 3월 25일 노디센트미클로슈라는 곳에서 태어났다.

• • •
자기 뿌리에 대한 애정이 남달랐던 버르토크는 헝가리 민요를 채집하고 연구하여 자신만의 독특한 음악세계를 개척했다.

어머니에게서 피아노 기초 교육을 받고 1893년부터는 에르켈Laszlo Erkel에게 작곡과 피아노를 배웠다. 오래 지속된 오스트리아-헝가리 제국 체제로 인해 헝가리 음악가들은 독일에 동화되어 있었고 빈으로 유학을 가는 경우도 많았다. 하지만 버르토크는 존경하는 선배 음악인 도흐나니Ernst von Dohnányi의 뒤를 좇아 부다페스트 왕립음악아카데미에 입학했다. 음악원에서는 전형적인 교과과정을 따라 브람스, 바그너, 슈트라우스의 음악부터 공부했다.

그러나 버르토크가 1900년 한 살 아래의 같은 헝가리 출신 음악인 코다이Zoltán Kodály(둘은 음악원 동기였으나 반이 달라

재학시절엔 서로 몰랐다고 한다)와 교류하면서부터 그의 음악 세계는 변모한다. 헝가리는 동유럽에 위치하면서도 슬라브 족이 아닌 동양에 뿌리는 둔 마자르 족의 터전이었고 버르토크는 민족주의자였다. 부다페스트에도 당시 물결치던 민족주의 문화의 영향 아래 헝가리 민속 음악에서 영감을 얻어 작곡하는 음악가들이 여럿 있었다. 그러나 버르토크는 이내 그들의 작업이 제대로 된 것이 아님을 알 수 있었다. 예를 들어, 〈헝가리 춤곡〉이라는 음악은 헝가리 지방의 집시 음악인데 유럽의 음악인들은 그것에 대한 충분한 이해도 없이 일부 요소만 작품에 차용하는 경우가 많았던 것이다. 이는 서양이 동양문화의 정수를 알지 못한 채 이국취미로 찬탄하거나 즐기는 오리엔탈리즘과 다를 게 없다. 버르토크는 실제 헝가리 민중 사이에 남아 있는 마자르 족 고유의 리듬과 선율을 일선에서 채집해야 한다는 데 코다이와 의기투합하고는, 헝가리 농촌뿐 아니라 인접한 루마니아, 불가리아와 멀리 몽고와 핀란드까지 채집여행에 나섰다.

채집여행은 헝가리 민요를 집대성하여 학자들에게 귀중한 자료를 남긴 것은 물론, 독일 후기 낭만주의와 인상주의 경향을 띠었던 버르토크의 작품세계에 민속 음악의 색채를 가미해 독창성을 부여해주었다. 이렇게 해서 버르토크는 과거나 동시대 작곡의 경향을 차용하더라도 그만의 음악언어로 독보적인 작품을 탄생시킬 수 있었던 것이다.

한편 그의 음악은 형식적이고 구축적이라는 점에서 독일 음악의 정신을 따르고 있어 그의 현악 4중주는 독창적이면서도 하이든과 베토벤을 잇는 최고의 걸작으로 꼽힌다. 조성은 폐쇄적인 화성체계를 일절 배제하고 반음계법과 온음계법 사이에서 그 둘을 종합하는 독자적인 방법을 창조했다고 평가된다. 조성/무조성의 여부가 그다지 뚜렷이 부각되지 않으면서 자주 등장하는 중심음이 곡의 구심점 역할을 한다는 것인데, 그러니까 하나의 중심음이 곡 전체를 지배하는 것이 아니라, 중심음 위에서 음악이 자유롭게 움직인다는 것이다.

버르토크는 1905년 파리에서 루빈스타인 콩쿠르에 참가했으나 바크하우스에게 우승을 빼앗기는 굴욕을 맛보고 헝가리 민속 음악 연구에 더욱 매진했다. 1907년에는 모교 부다페스트 왕립아카데미의 교수로 임명되어 피아노 교육법의 개량에 힘을 쏟았다.

1923년 그는 1909년에 결혼한 아내 치글러Márta Ziegler와 이혼한 후 피아노 제자인 파스토리Ditta Pásztory와 재혼했고 피아노곡 작곡에 몰두하게 된다. 첫번째 피아노 협주곡은 1926년에 작곡해 이듬해 푸르트벵글러Wilhelm Furtwängler가 지휘하고 자신이 협연하여 초연했으며, 두번째 피아노 협주곡은 1933년 로스바우트Hans Rosbaud가 지휘하고 역시 자신이 협연하여 프랑크푸르트에서 초연했다.

1차 대전 후 새 정부의 지원을 받을 수 있으리라는 버르토크의 기대와 달리 편협한 민족주의에 젖어 움츠러든 헝가리 정부는 국가라는 테두리를 초월하려 하는 버르토크의 작품 세계를 이해하지 못했고, 1939년 미국여행 때 시게티Joseph Szigeti를 알게 되어 망명을 결심한다. 뉴욕으로 건너간 버르토크는 컬럼비아 대학에서 연구원으로 재직했으나 2차 대전을 겪으며 경제적으로 어려움을 겪었고, 몇몇 작품들이 성공하면서 작곡 의뢰가 많이 들어오기 시작했으나 그 무렵 백혈병이 악화되어 1945년 9월 26일 세상을 떠났다. 해방된 조국 헝가리 임시정부로부터 귀국 초청장을 받고도 줄곧 꿈꿨던 부다페스트로의 귀향은 결국 이뤄지지 못했다.

그의 마지막 피아노 협주곡은 1945년 망명지인 미국에서 백혈병 투병중 쓰기 시작했으나 3악장은 미완성으로 남긴 채 세상을 떠나고 말았다. 다른 미완의 명곡 비올라 협주곡과 함께 3악장은 T. 세를리Tibor Serli가 완성해 내놓았다.

유정아의 클래식 노트 Classic Note

라벨Maurice Ravel, 1875~1937 프랑스의 작곡가. 〈볼레로〉 〈죽은 왕녀를 위한 파반〉 〈스페인 광시곡〉, 발레곡 〈다프니스와 클로에〉, 오페라 〈어린이와 마술〉 등의 작품에서 형식과 양식의 완성미와 장인정신을 잘 나타냈다.

홀스트Gustav Holst, 1874~1934 영국의 작곡가이자 음악교사. 탁월한 관현악적 처리로 유명한 작곡가이며 그의 음악은 라벨과 스트라빈스키 등의 양식에 입각한 국제적인 성격과 영국 낭만주의의 전통을 결합시켰다. 영국의 민요악파들이 제시한 것보다 훨씬 제약이 적고 보다 융통성 있는 음악 언어를 필요로 했던 그는 유럽의 신음악에서 신선하고 창조적인 자극을 얻었다. 이러한 영향은 관현악 모음곡인 〈행성〉에 잘 나타나 있다.

딜리어스Frederick Delius, 1862~1934 영국 음악의 부흥기인 19세기 말에 활동한 독특한 작곡가. 감각적인 음악을 많이 작곡해 '영국의 인상파 작곡가'라고 불리기도 한다. 지휘자 비첨Thomas Beecham이 연주회와 녹음을 통해 그의 음악을 널리 소개했다. 1929년에는 런던 퀸스홀에서 '딜리어스 음악제'가 개최되었고, 그 자리에서 국왕 조지 5세에게 훈장을 받았다. 대표 작품으로 〈썰매 타기〉 〈이르멜린〉 〈강가의 여름밤〉 등이 있다.

그들에게 가곡은 방랑 대신이었을지 모른다

차이콥스키, 드뷔시, 슈트라우스
Tchaikovsky · Debussy · Strauss

'장에서 장으로 가는 길의 아름다운 강산이 그대로 그에게는 그리운 고향이었다.'

여기에서 '그'는 봉평장에서 대화장을 향해 가는 허생원이다. 이효석의 단편 「메밀꽃 필 무렵」은 우리 맘속에 달빛을 받아 하얗게 빛나는 메밀꽃밭 사이를 걸어가는 허생원과 조선달, 그리고 동이, 세 사람 장꾼의 아름다운 이미지를 각인해놓았다. 이 토속적이면서 민족의 뿌리에 천착하고 있는 소설을 쓴 이효석이 실은 당시 서구 지식과 교양을 쌓고 문화적 정체성의 혼란을 겪은 개화된 지식인이었다는 사실에 적잖이 놀랐던 기억이 있다. 그는 심지어 어딘가에 이런 글을 남기기도 했다.

'고향의 정경이 일상 때 마음에 떠오르는 법 없고 고향의 생각이 자별스럽게 마음을 녹여준 적도 드물었다. 그러므로 고향 없는 이방인 같은 느낌이 때때로 서글프게 뼈를 에이는 적이 있었었다.'

강원도 봉평에서 태어난 그는 다섯 살 때 어머니를 여의고 계모와 지내야 했던 어린 시절 기억이 평생 상처로 남았다고 한다. 이로 인해 이효석은 이방인 의식을 키우게 되었고, 그의 문학에서도 떠도는 인생에 대한 남다른 애정과 관심이 짙게 배어나온다. 이효석에게 문학은 방랑 대신이었을 것이다.

부재와 박탈은 나에게 없는 것, 빼앗긴 그것을 그리워하면서 미워하는 모순된 마음을 갖게 하는 법이다. 없는 것에 대한 그리움은 우리에게 깊디깊은 상실의 아픔을 겪게 하고, 그래서 그립지 않은 척 자신의 마음을 미워하고 부정하게 되는 것이다. 이효석의 경우 이러한 마음이 승화되면서 그리움의 대상이 확장되어 아름다운 세계관에 도달할 수 있었을 것

…

루크로프트의 차이콥스키, 드뷔시, 슈트라우스 가곡집.

이다. 그러니까 그에게 고향이란 봉평에 국한되지 않고 장에서 장으로 가는 아름다운 강산으로 넓혀졌으며, 어머니를 향한 그리움은 여성 또는 인간과 인간의 조우 자체에 대한 애정(이건 잘못 확장되면 난봉꾼이 되겠다)으로 승화되었던 것이다.

그러나 우리 보통 인간에게 '승화'라는 게 그리 쉬운 일이던가. 무던히도 힘들여 오른 계단을 다시 내려오고 다시 오르며 담금질을 해야 하는 일인 것이다. 그러나 불현듯 시야가 넓어지고 시원한 바람 한 자락이 그간 흘린 땀을 식혀주는 순간이 찾아오니, 마음의 담금질을 부지런히 계속한 사람에게 주어지는, 고갯길에서 만난 평평한 바위 같은 선물일 것이다.

영국의 소프라노로 오페라와 콘서트, 리사이틀 무대에서 세계적 명성을 얻고 있는 루크로프트Amanda Roocroft가 피아니스트 마티누Malcolm Martineau의 반주로 차이콥스키와 드뷔시, 슈트라우스의 가곡집을 내놨다. 루크로프트는 래틀Simon Denis Rattle, 메타Zubin Mehta, 얀손스Mariss Jansons, 가디너John Eliot Gardiner 등과 함께 무대에 섰으며 로열오페라하우스, 코벤트 가든, 글라인드본 페스티벌에 정기적으로 독창자로 서고 있다. 모차르트, 푸치니, 차이콥스키, 베르디 등 여러 오페라에서 주역으로 활약했으며, 2006년에는 런쇼 대학 내에 자신의 이름을 딴 극장을 열기도 했다.

앨범 속에 환하게 웃는 루크로프트의 사진도 들어 있지만, 재킷 사진과 음악의 전체 분위기는 차분하고 멜랑콜리하다. 차이콥스키가 괴테의 『빌헬름 마이스터』의 한 구절에 곡을 부친 〈그리움을 아는 이만이〉를 음반 제목으로 삼았다. 그리워해본 적 있는 이만이, 그리움을 느끼는 대상에게 감정이입할 수 있는 이만이 제대로 들을 수 있거나, 혹은 그 감정을 제대로 모른다면 이 음반 속 가곡들을 통해 그리움이 무엇인지 깨달을 수 있어야 비로소 삶을 안다 할 수 있으리라는 제목같이 느껴진다.

차이콥스키는 서른 살 이전에는 전혀 가곡에 손을 대지 않다가 서른 살 때부터 세상을 떠난 쉰네 살 때까지 20여 년 동안 꾸준히 100곡이 넘는 가곡을 발표하며 그 안에 선율에 대한 자신의 본능과 서정성을 담아냈다. 그 시작은 1869년 〈로미오와 줄리엣〉 이후에 발표한 op.6-5 〈왜?〉와 op.6 〈그리움을 아는 이만이〉 등 작품번호 6의 곡들이었고, 이듬해 작곡한 〈너무 일찍 잊혀진〉처럼 프랑스적 러시아의 전통에 따른 곡들, 1872년에 작곡된 단순한 자장가 〈요람의 노래〉를 포함한 작품번호 16의 곡들로 대별된다. 피아노가 멜로디 라인을 이끌어 마지막 가사 '내가 얼마나 고통스러운지'에서는 장대한 클라이맥스를 형성하는 〈그리움을 아는 이만이〉를 포함해 프랑스계인 어머니에게서 비롯된 듯한 프랑스적 요소, 러시아 민요의 선율에 대한 관심 등을 볼 때 가곡은 차이콥스키 그 자체라고 평가했다. 차이콥스키도 어렸을 때 세상을 떠난 어머니에 대한 그리움과 상처가 컸고 혹자는 어머니에 대한 이룰 수 없는 그리움과 상처가 그의 동성애 성향을 가져왔다고 말한다. 그가 세상을 떠나던 1893년에 만든 작품번호 73의 가곡 여섯 편은 그 바로 전해에 키에프의 제자인 라타우스Daniil Rathaus가 보내온 시에 곡을 붙여 만들었다.

애욕의 절박함을 통상적이지 않은 리듬에 실은 〈해는 지고〉와, 보다 어두운 마지막 가곡 〈아 다시 한번 혼자이구나〉 등이 이 앨범에 실려 있다.

차이콥스키는 폰 메크 부인의 후원을 받아 이탈리아 등지로 여행을 다녀와 곡을 쓰기도 했으나 평생에 걸쳐 즐겁게 여행하기보다 정체성 문제로 괴로워하며 방랑한 적이 훨씬 많았다. 그의 슬프면서 아름다운 가곡들은 제목부터 그의 마음 행로를 일러주는 듯하다. 해는 지고, 아 다시 한번 혼자이구나. 인생은 홀로 떠났다가 홀로 돌아오는 하루인 것을 알았다면 좀더 위로가 되었을까, 오히려 더 허무해했을까.

1879년 여름 열일곱 살의 드뷔시는 차이콥스키의 후견인이기도 했던 폰 메크 부인의 개인 음악가이자 그 아이들의 음악 선생으로 이탈리아와 오스트리아, 러시아에 머물렀다. 드뷔시가 당시 차이콥스키의 가곡들을 알았는지는 알 수 없으나 왜 메크 부인이 차이콥스키는 후원하면서 자신은 하지 않는지 일말의 불만을 가졌다고 전해진다.

확실한 건 그해 빈에서 바그너의 〈트리스탄과 이졸데〉*를 접하면서 바그너와의 오랜 양면적인 관계가 시작되었다는 것이다. 1888년과 89년에는 독일 바이로이트로 순례여행을 다녀오고 나서 보들레르의 『악의 꽃』의 시 다섯 편에 곡을 부쳐 가곡을 작곡한다. 드뷔시의 작곡세계가 분수령을 맞은 시기였다.

첫 곡 〈발코니〉는 이미 88년도 초에 작곡한 것이고, 반음계가 주를 이루고 화성이 복잡해지는 〈저녁의 조화〉 〈명상〉 등은 바그너의 영향을 보여주며 마지막 두 곡에서는 성숙해 가는 드뷔시 스타일을 엿볼 수 있다. 1889년 바이로이트에 다녀오고 나서부터는 '나는 바그너가 가진 좋은 점을 전혀 따르고 싶지 않다'고 털어놓을 정도로 바그너 음악에 대한 비호감을 드러내기 시작했다. 〈분수〉는 가장 반바그너적인 곡이며 물에 대한 인상을 표현한 작품이다. 〈연인의 죽음〉에서는 극명하게 다른 두 스타일의 균형을 맞추려는 시도가 보인다.

드뷔시가 곡을 부친 다섯 편의 보들레르의 시와 그의 가곡이 갖는 공통분모는 계속되는 밤의 느낌이다. 단어를 발음할 때 나는 순수한 소리에 대한 보들레르의 상징주의적 집중은 드뷔시의 집단적 화음chord stream과 무조 음계의 사용과 맞아떨어지며, 형식 없이 흐르는 언어의 리듬은 전통적 음계구

조를 탈피해 조성을 흐리는 드뷔시의 특성에 호응한다. 언어의 느낌을 음악의 느낌으로 어떻게 하면 잘 살릴 수 있을지, 형식을 내용에 조응하려 한 그의 새로운 시도를 읽어본다.

드뷔시 또한 이후 인생의 만만찮은 곡절을 겪게 된다. 오랜 동거와 그녀의 친구와의 결혼, 또다른 사랑과 바다를 건넌 도피, 남겨진 그녀들의 권총 자살 시도. 우리의 방랑엔 목적이 있는 것일까. 사람마다 떠나게 하는 동력은 다른 것일까. 방랑의 끝은 또다른 방랑일까, 어떤 정착일까.

20대의 드뷔시가 상징주의 시에 몰두하고 있을 무렵 독일의 슈트라우스도 독일 가곡의 전통에 관능을 불어넣고 있었다. 1887년의 세레나데는 정원에서 연인을 기다리는 여인의 향기를 담고 있고, 1885년의 〈추모일〉에는 죽은 연인을 향한 슬픔을 '5월에 그랬던 것처럼'을 반복하며 회상과 애틋한 바람을 담았다.

op.27의 네 곡은 1894년 9월 슈트라우스가 자신의 결혼식 즈음 바그너의 조카이기도 한 부인 폴린에게 바친 것이다. 하르트Heinrich Hart(1855~1906)의 시에 부친 〈세실리〉는 그 중 가장 마지막 곡으로 부인을 숭배하는 마음을 표현하기 위해 결혼식 바로 전날 쓴 것이다.

이 곡들을 쓰던 즈음의 리하르트 슈트라우스는 훗날 자신에게 다가올 정치적 난감함 등은 예감하지 못했을 것이다. 가끔 한 개인의 방랑은 당대의 방랑과 일치하지 않는다. 전혀 어울리지 않는 삶을 사는 듯이 보이는 자의 방랑이 다음 시대를 탐지하기도 한다.

1893년은 차이콥스키 생의 마지막 해, 1887년은 드뷔시의 작곡세계가 분수령을 맞은 시기, 1894년은 슈트라우스가 결혼하던 해였다. 각 작곡가의 인생에 의미 있던 해에 작곡된 가곡들을 들어보며 훗날 돌이켜볼 때 올해는 내게 어떤 의미일지 생각해본다.

유정아의 클래식 노트 Classic Note

트리스탄과 이졸데 Tristan und Isolde 바그너의 오페라. 1857년 완성되었고, 1865년 뮌헨 궁정 오페라 극장에서 뷜로Hans Guido von Bülow의 지휘로 초연되었다. 유럽 전래 민담을 바탕으로 했으며 트리스탄과 이졸데의 숙명적인 사랑을 그렸다. 주도동기의 사용이나 무한선율 기법 등 바그너 악극의 모습을 본격적으로 갖춘 첫 작품이며, 반음계 화성의 혁신적인 사용이 돋보인다.

주도 동기(라이트모티브Leitmotiv) 악극이나 표제 음악 등에서 곡 중 주요 인물이나 사물, 특정 감정 등을 상징하는 동기, 즉 주제가 되는 동기를 취하는 악구.

무한선율unendiche Melodie 음악에서 일반적으로 종결감을 지니지 않는 자유로운 음율. 특히 바그너의 가극에서 사용된 단락감이 없는 가창 선율을 가리킨다.

5장

내 안의 세속과 신성

무엇이 성스럽고 무엇이 속된 것인가. 'isomorph'라는 단어가 있다. 깊이는 모르겠지만, 이종동형체, 즉 유전자형을 불문하고 표현형이 같은 것, 기원은 다르나 현재 모습이 같은 것들을 일컫는다. 세간에서 '잡놈'이라 불리는 사람들을 함부로 손가락질해선 안 되는 이유는 말로는 다 못 할 그만의 곡절이 있을 수 있기 때문이요, 지식인, 종교인이라고 무조건 고개 숙일 이유 없는 것은 허위의식을 고귀함으로 가장하고 있을 뿐인 경우가 있기 때문이다. 우리가 신이 아닌 인간인 이상, 해야 할 것은 이것뿐이다. 매일의 삶에서 자기 자신과 타인 안의 귀함을 찾아내기 위해 노력하는 것, 그리고 그것을 가식 없이 소중히 공유하는 것.

"그의 삶의 이야기를 읽다보면 그 옛날,
우리가 모르는 먼 곳에 살고, 우리와 다르게 생기고,
알아듣지 못할 말로, 당시 우리와 별 상관없던
신에게 바치는 종교 음악을 작곡한
그도 가족과 함께 울고 웃으며 의지하던
나약한 인간이었음을 새삼 깨닫고는
가슴이 아리는 것을 느낀다."

_「초록빛 산그늘에 드리운 바로크」 중에서

성녀와 마녀 사이

빙겐
Hildegard von Bingen

14세기 이전 셀 수 없이 많은 종교 음악 작곡가가 활동했겠지만, 그중 이름이 남아 있는 이는 손에 꼽을 정도이다. 스스로를 '보잘것없는 작은 여인'이라 불렀던 힐데가르트 폰 빙겐Hildegard von Bingen(1098~1179)의 삶에서 작곡이 차지하는 비중 또한 보잘것없었지만, 그녀는 이 귀한 작곡가 대열에 당당히 서 있다.

11세기가 끝나가던 1098년 독일 마인츠 근처의 베르메르스하임이란 곳의 귀족 집안에서 열번째 아이로 태어난 힐데

• • •
스스로를 '보잘것없는 여인'이라 불렀던 힐데가르트 폰 빙겐. 그러나 오늘날 그녀는 대표적인 종교 음악 작곡가로 기억된다.

가르트는 병약한데다 환영을 본다는 이유로 십일조로 교회에 바쳐졌다(정말 대단한 시대다, 십일조로 애를 바치다니!). 여덟 살 때 라인 강변의 빙겐(그녀의 성은 곧 그녀의 소속지) 근처에 위치한 성 디시보드 수도원 부속의 작은 수녀원에 들어가 생활하기 시작했다. 그때부터 줄곧 그곳에 마물던 힐데가르트는 베네딕트 교리를 따르는 수녀원이 번성하면서 1136년 서른여덟 살에 그곳의 수녀원장이 되었다. 5년 뒤인 마흔세 살 때 그녀는 불꽃의 혀를 보았다고 전해지는데, 그 영적인 체험을 글로 쓰면서 그녀의 신비주의자이자 작가, 작곡가의 경력이 시작된다.

1147년에 그녀가 쓴 글들이 베네딕트 교리의 개혁자들과 전도사들, 교황 에우게니우스 3세의 주목을 끌어 비법의 전수자이자 예지자로 인정받았다. 그녀의 명성은 곧 자자해졌고 멀지 않은 루페르츠베르크에 새 수녀원 건립을 제안했으나 힐데가르트와 그녀 수하의 수녀들을 잃는 것을 두려워한 성 디시보드 수도사들의 반대에 부딪히게 되었다. 그러나 그녀는 끊임없이 투쟁했고, 마침내 1150년 새 수녀원을 지어 꾸준히 번창해나갔다. 수녀원의 성장에 힘입어 힐데가르트는 1165년 라인 강 너머 아이빙겐에도 딸들의 집을 지었다.

그러는 와중에 그녀는 스승이자 지지자인 수도사 볼마르의 도움으로 1151년 환영에 대한 작품 〈시비아스〉를 완성했고, 약초를 이용한 '자연학Physica'과 화학약품을 이용한 '전인적인 치유Causae et Curae' 두 부분으로 이루어진 과학 사전을 집필했다. 당시 널리 알려진 약초학자이자 치료사로서 그녀의 지식과 자연에 대한 경외심은 식물과 동물, 광물을 상징적으로 사용한 그녀의 시에 잘 나타나 있다.

1150년과 60년 사이 힐데가르트는 자신의 시음악 모음집을 작곡 편집하여 『조화와 계시의 심포니』로 내놓았고, 두 권을 더 내 '환영 3부작'이 되었다. 각지에서 날아오는 격려와 존경의 편지들 속에서 힘을 얻은 힐데가르트는 예순이 넘어서도 독일 전역을 여행하다가 1179년 9월 17일 루페르츠베르크에서 여든한 살의 나이로 세상을 떠났다. 그녀가 죽고 13, 14세기가 지나며 그녀는 로만 가톨릭 교회에서 깨끗히 잊혔으나 21세기의 우리는, 보잘것없이 태어나 십일조로 교회에 바쳐진 한 여성이 남긴 아름다운 음악을 통해, 비록 환영까진 볼 수 없지만 그녀의 이름을 불러본다. 빙겐의 힐데가르트라고.

공주가 마법에 걸렸다.

왕은 딸에게 마법을 건 마녀의 성에 들어가 마녀를 무찌르는 자에게 공주를 아내로 주겠다고 온 세상에 선포한다. 어떤 이는 커다란 말뚝으로 문을 부수려 했고 어떤 이는 대포로 성을 쳐부수려 했으며 어떤 이는 지붕을 공략하려 했지만 모두 헛수고였다. 다양한 방법의 공격이 이뤄졌지만 마녀의 성은 견고했다. 난공불락의 요새였다.

나무 위에서 모든 걸 지켜보고 있던 소년은 이젠 때가 되었다고 말하고 자신이 마녀의 집에 들어가겠다며 나무에서 내려온다. 사람들은 비웃는다. 무기도 하나 없이 마녀 집에 쳐들어갈 생각을 하다니. 문 앞까지 뚜벅뚜벅 걸어간 소년은

• • •
〈프린스 앤드 프린세스〉의 장면들.

감동적이게도, 현관문을 똑똑 노크한다. 문이 열리고 소년은 마녀의 안내를 받아 집 안으로 들어간다. 소년은 요새를 공격하지 않았고 성은 함락되지 않았지만 목적은 달성됐다.

투구를 쓴 마녀가 자신의 성을 구경시켜준다. 세계 각국의 책과 그림 들로 가득한 도서관(마녀는 학자, 혹은 책 읽는 사람), 설계도가 가득한 화실(마녀는 건축가이자 설계사), 기계를 만드는 작업실(마녀는 테크니션이자 장인), 약초와 야채를 기르는 정원(마녀는 땅과 생명의 소중함을 아는 농부이며 동시에 치료사), 물을 얻고 휴식을 취하는 호수(마녀는 정취를 아는 선비)들을 둘러본다. 소년은 "Il est beau(아름다워요)!"를 연발하다 마녀를 바라보고 말한다.

“투구를 벗어보아요.”

성性이 없던 마녀가 비로소 여성임을 증명하듯 투구를 벗으며 말한다.

“손님이 오실 줄 몰라 머리손질을 못 했어요.”

헝클어진 짧은 머리는 중성적이지만 아름답다.

와아- 하는 함성과 함께 공주 일행이 등장하고 왕은 소년에게 공주를 내주려 하나, 소년은 정중히 거절한다.

“폐하께 감사하고 공주님께 경의를 표합니다. 그러나 전 이 성에 남겠습니다. 전 마녀를 사랑합니다.”

왕자와 공주를 소재 삼은 여섯 가지 이야기를 담은 그림자 애니메이션 〈프린스 앤드 프린세스〉의 한 막이다. 내용과 형식 모두 상상력이 돋보이고 여섯 가지 이야기 모두 훌륭했으나 그 가운데서도 이 막이 가장 기억에 남는다. 거의 이렇게 외치고 싶을 정도였다.

“성城 안에 살면서 성性에 갇혀 있지 않은 만능 마녀 만세! 사람 볼 줄 아는 소년 만만세!!”

소년의 당돌한 노크와 마녀에 대한 사랑 고백이 감동적인 건, 마녀가 공주에게 마법을 걸었고 그러므로 무찔러야 할

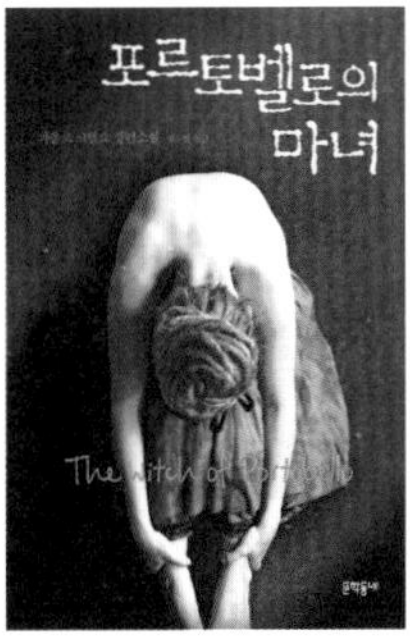

• • •
선입견과 매도로 외톨이가 되는 성녀/마녀가 등장하는 『포르토벨로의 마녀』와 『자기 앞의 생』.

악한 존재라는 세간의 선입견과 오해를 타파하고 실은 향기 가득한 마녀의 내면을 알아봐줬다는 데 있다. 막의 말미에선 누구든 그들이 아름다운 두 성(城과 性)을 마을 사람들에게 공개하고 (참신한 결말은 아니지만) 천년만년 행복하게 살기를 바라게 된다.

힐데가르트 폰 빙겐의 음악을 듣고 있자니 투구를 쓴 마녀, 아니 실은 변명이나 겉으로 드러나는 것보다 내면을 더 중요시했던 '헝클어진 짧은 머리의 그녀'가 떠올랐다. 환영을 보고 노래를 흥얼거리며 약초를 캐 누군가를 치료하겠다고 나서는 힐데가르트를 보고 사람들은 '저 여자는 분명 마녀일 것'이라고 낙인찍었을 것이다. 1830년대 파리를 풍미했던 소프라노 말리브란Maria Malibran이 이혼 절차가 마무리되기 전 다른 바이올리니스트와 사랑하는 사이라는 사실이 알려졌을 때, 전 유럽이 혁명의 열기에 휩싸여 있던 1848년 독일의 여성 음악인 킨켈Johanna kinkel이 〈민주주의자의 노래〉를 발표했을 때, 세상은 마치 기다렸다는 듯이 그녀들에게서 등을 돌렸다. 말리브란은 '스캔들리스트scandalist', 킨켈은 '피에 굶주린 혁명가'라는 낙인이 찍혔다. 남편과의 결혼관계는 사실상 끝나 둘 사이에 정리가 되었다는 사실, 나날이 스스로 혁명을 실천하지 않으면 삶을 견딜 수 없는 여인도 있다는 사실은 전혀 고려 대상이 되지 않은 것이다.

남성에게 보통과 다르다는 건 유능하거나 걸출한 것으로 평가되지만, 여성은 대개 사회 질서와 권위에 대해 도전하고 위협, 방해를 시도하는 것으로 받아들여진다. 그래서 시대를 앞서거나 도무지 시대 흐름과 상관없는 성녀는 어느 날 갑자기 마녀가 될 수밖에 없었던 것이다. 코엘료의 소설 『포르토벨로의 마녀』나 에밀 아자르의 이름으로 발표한 로맹 가리의 『자기 앞의 생』에도 주인공이나 주변 인물로 이해받지 못하거나 돌에 얻어맞는 성녀/마녀가 등장한다.

힐데가르트 폰 빙겐은 11세기에 태어났지만 세상과 불화하지 않고 큰 곡절 없이 자신의 삶을 풀어낸 보기 드문 행운아로, 천 년이 지난 오늘날 우리가 들어도 고귀하고 아름다운 음악을 남겼다. 그녀의 음악을 들으며 생각해본다. 내 안의 보잘것없는 '헝클어진 짧은 머리의' 그녀를. 성性 안에 갇혀 펼치지 못한 '사람으로서의 견고한 성城'을.

이 책을 편집하는 동안 반가운 소식을 들었다. 지난해 말 독일에서 빙겐을 소재로 한 영화가 만들어져 개봉됐다는 소식! 독일 여성 감독 트로타Margarethe von Trotta의 〈비전vision〉이다. 이 영화는 2010년 여성영화제를 통해 국내 관객에게도 소개됐다.

종교 음악의 으뜸, 성탄절 음악

카탈스키
Alexander Kastalsky

종교생활은 초월적인 존재 또는 신을 믿고 숭배하여 인간 삶의 고뇌에서 벗어나고 선을 추구하며 삶의 궁극적 의미를 찾는 문화활동이다. 이는 인간에게 참으로 고귀한 행위가 아닐 수 없다. 그러나 혼자 모든 걸 감당하기 어려운 세상에서 종교활동이 집단화되고 그러다 정치화되고 서로 섬기는 대상이나 방법이 다름을 인정하지 않게 되면, 참으로 무서운 결과를 초래하게 된다. 종교라는 것 자체가 진리에 대한 탐구라기보다는 신념의 문제이고, 신념의 문제는 객관적 진실에 기반한 소통이 어렵기 때문에 문제는 더 심각해질 수 있다.

성탄절은 기독교에서 부활절 다음으로 큰 축일이다. 동방정교orthodox church에서도 성탄은 주예수 그리스도의 탄생을 축하하는 축제로 1) 아버지의 목소리 2) 그 아들의 출현 3) 성령의 삼위일체로서 신의 계시를 기뻐하는 날로 자리잡아왔다. 기원후 4세기 무렵부터는 12월 25일로 명확히 정해지면서 다른 이교도들의 축일을 대체했다고 한다.

개성 있고 진지한 성격의 음반들을 내고 있는 아르모니아 문디에서 2007년 성탄절을 맞아 두 장의 음반을 출시했다. 한 장은 그리스정교의 성가곡과 캐럴을 모은 음반이다.

음악의 관점에서도 성탄축일의 음악은 부활절의 음악에 비해 그 발전상이 미미하지만, 분명히 탄생 축하 예배와 그 전야를 위한 음악들이 특히 18, 19세기, 20세기 초의 작곡가들의 관심을 끌었다. 대중적인 민속 음악에서 영감을 얻은 성탄축가, 특히 캐럴은 서유럽 교회에서 발전했는데, 러시아와 우크라이나 동방정교에도 폴란드나 리투아니아 가톨릭교회를 통해 캐럴 레퍼토리들이 유입되었다. 아르모니아 문디의 '새로운 기쁨A New Joy' 음반은 우크라이나 작곡가들이 정리하고 편곡한 성탄축가를 모은 것이다. 이념이 종교를 압도했던 20세기 러시아 땅에서 이 성탄축가들은 그 본래 고향에 억눌려 있다가 80~100년 만에 빛을 보게 된 곡들이 대부분이다.

음반의 핵심은 작곡가 카탈스키Alexander Kastalsky(1856~1926)의 음악이다. 그는 19세기 말미에 러시아 교회 음악의 새로운 양식을 확립한 사람으로 교회 음악을 육성하기 위한 모스크바 종교학교를 창립했다. 오래된 러시아 노래에 기초하고 러시아 양식을 꾸준히 응용한 그의 성가곡들은 라흐마니노프 등의 작곡가들에게도 영향을 줄 정도로 평단의 호평을 받았다. 국내에서만이 아니라 외국에서도 20세기 러시아 음악의 정체성을 확립해준 훌륭한 예술작품이라 여겨졌다. 그러나 볼셰비키가 집권하면서 모스크바 종교학교는 폐쇄되었고 성가는 금지되었다. 학교와 음악을 살리려는 카탈스키의 열렬한 노력들은 모두 수포로 돌아갔고 그의 음악은 80년간 사람들의 기억에서 잊혔다.

더욱 비극적인 것은 이즈베코프Georgiy Izvekov(1874~1937)의 경우이다. 그는 재능 있는 젊은이로 카탈스키의 뒤를 따르다가 성직자가 되었고 1910년대 촉망받는 종교 음악 작곡

• • •
우크라이나 작곡가들이 정리하고 편곡한 성탄 축하 음악을 모은 음반.

가로 입지를 굳혔으나 반소련 활동으로 체포되고 다시 한번 투옥된 뒤 사형에 처해졌다.

우크라이나에서도 카탈스키처럼 종교 음악 확산을 위해 노력하는 몇몇 정교회 성직자들과 음악학도들이 있었으나, 1917년 혁명 후 혼돈의 시기에 일찍 세상을 떠나거나 소련 정부에 의해 구금되거나 둘 중 하나였다.

이 음반에서 에스토니아 필하모닉 챔버 콰이어를 이끈 힐리어Paul Hillier는 힐리어드 앙상블의 음악 감독을 지내고 패르트Arvo Pärt의 전기 등 음악 서적을 쓰는 이지적인 음악인이다. 중세부터 현대까지 전 범위의 음악을 아우른다. 그가 발굴한 보석 같은 종교 음악들을 성탄 전야에 들어본다.

• • •
영국과 프랑스 서민들이 성탄을 축하하거나 예배를 드릴 때 사용한 음악을 모은 음반.

Bells: St. Alexander Cathedral(Tallinn) 1

Nicolas Kedrov / Our Father 2

Arvo Pärt(1937~) / Rejoice, O virgin 3

Alexander Katalsky / Shepherds of Bethlehem 5

Vasyl Barvinskyi(1888~1963) / Oh, What a Wonder 6

Kyrylo Stetsenko(1882~1922) / The Angels Exclaimed 9

Yakiv Yatsynevych(1869~1945) / Bells Rang Early in Jerusalem 11

Mykola Leontovych(1877~1921) / A Song of Good Cheer 13

Piotr Tchaikovsky / The Legend 15

Georgiy Izvekov / Christ Is Born : Bells 16

다른 한 장의 음반은 중세의 크리스마스 풍경을 상상해볼 수 있는 음반이다.

14세기 영국의 시 「가웨인 경과 녹색의 기사」를 보면 성탄절 즈음의 자연 풍경과 궁정에서의 축하 의식이 잘 그려져 있다. 풍성하게 먹고 마시고 희롱하고 사냥하는 즐거운 축제의 모습이다. 그러나 이 흥청거리던 성탄 기간 매일 아침만큼은 여느 날과 다른 의식의 미사로 시작했다.

원래 25일 이후에도 선물을 주고받는 풍습이 있었던 옛날, 새해 첫날에 이르기까지 매일 각기 다른 이유로 축하했는데, 16세기 그레고리 교황이 이 모든 다신교적인 풍습을 통합하라 지시하면서 오늘날 '크리스마스 시즌'이 생기게 되었다고 한다.

'중세의 크리스마스' 음반에는 영국과 프랑스 서민들 사이에서 성탄을 축하할 때나 예배를 드릴 때 사용한 음악들이 수록되어 있다. 복잡하게 뒤섞여 있는 성탄 음악은 크게 다섯 가지 종류로 분류할 수 있다.

먼저 '예언'이다. 초기부터 불리던 다성부 음악으로 영국과 북부 프랑스에서 11세기까지 널리 퍼져 있었다. 꾸밈없고 간결하면서도 부인할 수 없는 아름다움을 가진 이 곡들은 두 명의 솔로와 단선율을 노래하는 합창단이 함께한다.

두번째는 '새해 첫날'이다. 중세의 음악은 행동과 음악이 완벽한 한 쌍을 이루도록 만들어졌다. 새해 첫날을 표현한 음악은 선물을 주고받던 그날의 풍습에 맞춰 만들었는데 음악 자체가 선물이 되기도 했다. 이제 이 전통은 사랑하는 사람에게 사랑과 충성을 표현하는 것으로 남겨졌다.

세번째는 '캐럴'이다. 15세기 영국의 캐럴은 오늘날 연주되는 가장 잘 알려진 중세 성탄절 음악 장르이다. 당시엔 캐럴은 노래와 그에 맞춰 추는 춤을 포함했으나 오늘날은 그냥 노래만 불려진다.

네번째는 '내러티브 모테트'이다. 문맹사회에서 지식이나 종교를 전수, 전파하기 위해선 이야기꾼이 필요했는데, 대개 이 역할은 양치기의 몫이었다. 예수 탄생에 대한 재미난 이야기를 부드러운 다성 음악으로 표현한 것이 내러티브 모테트이다.

다섯번째는 '노엘'이다. 성탄이 불러일으키는 수많은 감정 중 가장 두드러진 것은 '기쁨'이다. '노엘noel'은 기쁨을 의

미하는 단어이다. 라틴어로 탄생을 뜻하는 'natalis'나 프랑스어로 새로움을 뜻하는 'nouvelles'에서 왔다고 한다.

이 음반의 연주는 중세 음악과 르네상스 음악 전문 연주 단체인 '올랜도 합주단The Orlando Consort'이 맡았다. 카운터 테너, 두 명의 테너, 바리톤으로 구성되어 있고, 88년에 결성된 이래 뛰어난 음악학자들과 함께 현대에 연주된 적이 없는 곡들을 초연하며 앙상블이나 발음 모두에 새로운 표준을 제시하고 있다.

초록빛 산그늘에 드리운 바로크

몬테베르디
Claudio Monteverdi

이탈리아의 르네상스와 바로크를 잇는 작곡가 몬테베르디Claudio Monteverdi(1567~1643)는 1567년 이탈리아 북부 크레모나 지방에서 태어났다. 아버지는 외과의사이자 치과의사로 약국을 운영했고, 그는 다섯 형제 중 맏이였다. 그의 이름 'Monteverdi'는 이탈리아어로 '초록빛 산'이라는 뜻이다. '초록산' 집안의 빛나는 의술은 다른 동생들이 물려받았는지 알 수 없으나, 장남은 어린 시절부터 음악에 소질을 보여 자연스럽게 음악 교육을 받을 수 있었다. 몬테베르디는 1643

• • •
오늘날 무대에 오르는 오페라 중 가장 오래된 작품 〈오르페우스〉를 작곡한 몬테베르디.

년 베네치아에서 세상을 떠날 때까지 76년 동안, 당시로서는 보기 드물게 장수했다. 세기가 바뀌면서 음악사도 르네상스에서 바로크로 발걸음을 옮겨 그의 음악에서도 그 변화를 감지할 수 있다. 몬테베르디의 삶은 크게 세 시기로 나뉜다.

먼저 첫 시기는, 음악 교육을 받고 열다섯 살 때 모테트집인 종교적 소가곡집(1582), 마드리갈 곡집 1권(1587)과 2권(1590)을 내고 20대로 접어드는 크레모나 시대(1567~90)이다. 그는 크레모나 대성당의 합창단 지휘자였던 인제네리Marc Antonio Ingegneri에게 교회 합창을 배우고 크레모나 대학에 진학했다.

• • •
몬테베르디는 생의 마지막 해인 1643년에 고향인 크레모나(왼쪽)와 주요 활동 무대였던 만토바를 둘러보고 돌아와 눈을 감았다.

두번째 시기는 만토바의 곤자가 가문의 빈센초 1세 궁정 비올주자이자 보컬리스트로 활동하던 만토바 시대(1590~1612)로 40대 중반까지 20여 년간 연주자로 일하면서 마드리갈 곡집 3, 4, 5권을 냈고 만토바 공을 따라 오스트리아와 헝가리로 음악회 원정을 다녀오곤 했으며 후반 10년은 궁정 악단의 지휘자로도 일했다.

서른두 살이던 1599년 같은 궁정 성악가인 클라우디아 카타네오와 결혼해 딸 하나와 아들 둘을 두었으나 딸은 일찍 세상을 떠나고 8년 후 아내마저 두 아들을 남긴 채 병사하고 만다. 아내가 죽은 바로 그해 1607년 그의 첫 오페라 〈오르페우스〉*를 만토바 무대에 올려 오페라 작곡가로서 잠재력을 인정받았다. 〈오르페우스〉는 기존의 오페라에 사용되던 소편성 관현악을 40여 개로 넓혀 극적인 힘을 부여했고 생생하고 명쾌한 멜로디에 줄거리를 담은 첫 오페라로 평가받았다. 〈오르페우스〉는 오늘날 무대에 오르는 오페라 중 가장 오래된 작품이다. 이어 이 시기 그는 오페라 〈아리안나〉를 상연해 대성공을 거두었다.

세번째 시대는 40대 중반 빈센초 1세의 아들에 의해 궁정에서 쫓겨난 후 베네치아의 성 마르코 대성당 악장으로 취임한 1613년부터 세상을 뜬 1643년까지의 베네치아 시대이다. 전임자의 운영 부실로 재정이든 음악이든 쇠퇴일로를 걷던 대성당의 합창단을 건강한 상태로 궤도에 올린 후 교회 음악과 마드리갈, 오페라 작곡에 힘을 기울였다. 마드리갈 곡집 6권도 이 시기에 썼으며 〈탄크레디와 클로린다의 싸움〉 등을 작곡했으나 대부분의 악보가 유실되어 전해지지 않는다. 그는 1632년 성직자가 되었고 말년에 자주 앓으면서도 걸작 두 점을 작곡한다. 하나는 1641년에 작곡한 〈율리시스의 귀환〉, 다른 하나는 로마 황제 네로의 삶을 그린 〈포페아의 대관식〉이다.

아내가 세상을 떠나고 나서 몬테베르디는 평생을 독신으로 살며 두 아들을 뒷바라지했다. 장남 프란체스코의 직장을 구하기 위해 나이 든 아버지는 아들이 쓴 악보를 들고 로마를 누비고 다녔지만 결국 구직에 실패했고, 차남 막시밀리아노도 불미스런 사건에 연루되어 체포되는 수모를 겪는다. 작곡가로서 거둔 빛나는 성취와 별개로 그는 편부로서 이런저런 가슴 아픈 일을 다 겪었던 것이다. 이 시기 몸이 아프거나 몹시 힘든 일이 있을 때 몬테베르디는 종종 아버지를 찾아가 그 곁에서 1년여를 요양하고 돌아오곤 했다고 한다. 어린 '초록산'들이 속을 썩이고 자신의 육신 또한 의지와 상관없이 초록을 지나 겨울을 향해 달려갈 때 그는 아마 어린 시절 자신을 돌봐주었던 큰 '초록산'이 그리워졌는지도 모른다.

잎을 다 떨어뜨리고 세상을 떠나던 1643년 몬테베르디는 산이 질 줄을 미리 알았다는 듯이 자신이 태어난 크레모나와 예전의 활약했던 만토바를 둘러보고 돌아와 눈을 감았다고 한다. 그의 죽음 이후 바로크와 고전, 낭만, 현대 음악이 차례로 바통을 이어받으며 4세기가 흘렀건만, 그의 삶의 이야기를 읽다보면 그 옛날, 우리가 모르는 먼 곳에 살고, 우리와 다르게 생기고, 알아듣지 못할 말로, 당시 우리와 별 상관없던 신에게 바치는 종교 음악을 작곡한 그도 가족과 함께 울고 웃으며 의지하던 나약한 인간이었음을 새삼 깨닫고는 가슴이 아리는 것을 느낀다. 아, 이런 마음이 들 때 참으로 겸허한 종교 음악 한 곡 지을 수 있다면 좋으련만. 신이시여, 온 세상 인간들을 예나 지금이나 이리 단련하시는 까닭을 부디 말씀해주시옵소서. 고개 깊이 조아리옵니다…… 아마 신은 내게 이렇게 대답할 것이다. '넌 더 단련을 받아야겠구나. 내게 기대지 않고 홀로 할 수 있는 일은 없다는 것을 알라고, 더욱 겸허해지라고 시련을 내리는 것인데, 눈 똑바로 치뜨고 왜냐 묻다니…… 그러니 네 음악이 이리 변변치 않은 것이다. 물러가 더욱 기도하거라.'

몬테베르디라는 옛 산이 남긴 초록빛은 크게 마드리갈과 오페라, 종교 음악으로 대별된다.

마드리갈madrigal이란 14세기, 16세기에 성행한 이탈리아 성악곡으로 어원은 '시'를 뜻하는 마드리갈레madrigale, 혹은 목가mandriale이다. 14세기엔 2성부의 소박한 전원시와 애정시가 많았으나 이 같은 형식은 소멸하고 16세기 말 각지의 궁정을 중심으로 인문적 교양이 있는 음악가들에 의해 3성, 4

• • •
몬테베르디의 마드리갈 곡집.

성을 지나 5성부 기법 중심으로 세련화되었다. 몬테베르디는 1587년 첫 마드리갈 곡집을 냈고, 권수를 거듭하면서 가사의 극적인 표출과 주관적 표현에 주력해 새로운 표현 양식의 마드리갈을 창조해나갔다.

긴 삶 동안 그의 음악은 르네상스 양식에서 바로크로 옮겨가며 변화를 맞이했는데, 평생에 걸쳐 작곡한 아홉 권의 마드리갈집(사후에 발간된 마지막 권까지 포함)이 이 같은 변화 과정을 잘 보여준다. 특히 1605년에 낸 5권부터는 바로크의 기미가 본격적으로 엿보이는데, 그즈음 몬테베르디는 아르투지Giovanni Maria Artusi(이탈리아의 이론가, 작곡가, 작가로 1600년대에 대두한 새로운 음악 양식을 강하게 비난한 것으로 유명하다)

라는 사람과 논쟁에 휘말린 적이 있다. 아르투지는 몬테베르디의 마드리갈을 '조잡하고 미숙하고 생경하다'고 공격했다. 몬테베르디는 즉각적인 반응을 삼가다가 얼마 안 가 발간한 마드리갈 곡집 5권 서문에 음악에 관한 자신의 견해를 밝혔다.

"말은 음악의 주인이지 심부름꾼이 아니다."

당시만 해도 '말'은 '음악'의 하인이었고, 르네상스 시대까지는 내용을 노래하기 위해 음악이 작곡되는 법이 없었으며, 음악은 그 안에서 엄격한 작곡 기법을 준수해야 했다. 그러나 몬테베르디는 음악에 종속된 가사, 즉 말을 음악의 형식에서 해방시키는 것을 넘어 말이 불러일으키는 감정에 따라 다른 음악적 장치가 사용되어야 한다고 생각했다는 점에서 획기적인 작곡가였다. 비로소 음악이 내용을 표현하는 수단으로 인정받은 것이다.

몬테베르디의 음악은 다른 분야에서와 마찬가지로 언어를 충실히 따르고 언어의 정서를 극적으로 표출하는 것을 지향했다. 오페라라는 장르를 최초로 만든 사람이 아니면서도 오페라의 아버지로 칭송받는 이유는 갇혀 있던 음악적 표현을 내용에 맞게 풍요롭고 다채롭게 풀어놓았기 때문이며, 그럼으로써 오페라를 귀족의 전유물에서 대중의 오락거리로 만들었기 때문이다. 1637년 베네치아에 최초의 공공 오페라 하우스가 세워진 이후 몬테베르디가 세상을 떠나기 전까지 베네치아에만 16개의 오페라 하우스가 생겨난 것이 오페라의 대중화를 증명해준다.

몬테베르디의 종교 음악 속에서 바로크의 거장들인 바흐의 〈마태수난곡〉*, 헨델의 〈메시아〉*의 기운을 감지할 수 있다고 평가받으니, 큰 산은 그것이 드리우는 그늘 또한 깊고 넓다는 걸 깨닫게 된다.

유정아의 클래식 노트 Classic Note

오르페우스orfeo 바로크 시대 최고의 오페라로 최초의 오페라인 카치니의 〈에우리디체〉와 마찬가지로 그리스의 오르페우스 신화를 소재로 삼았다. 이 작품은 만토바 궁정의 경축 행사를 위해 작곡되었기 때문에 정상급 솔리스트들과 합창단, 무용단 40여 명에 달하는 대규모 관현악단 등을 고용해 호화스럽게 공연되었다. 몬테베르디는 이 작품을 통해 음악의 위대함을 표현하려 했고, 음악에 초인적인 재능을 갖고 있다는 오르페우스를 선택한 것도 이런 의도에서였다. 가사의 미묘한 느낌을 음으로 표현하는 데 뛰어난 기술을 보였다.

마태수난곡Matthauspassion 『신약성서』『마태오의 복음서』 26장과 27장에 기록된 예수 수난을 주제로 한 곡. 많은 작곡가들이 마태수난곡을 작곡했으나, 가톨릭에서는 오브레히트Jacob Obrecht와 라소Orlando di Lasso의 작품을, 프로테스탄트에서는 발터Johann Walter·쉬츠Heinrich Schütz·J. S. 바흐의 작품을 선호한다.

메시아Messiah 가사는 제넨스Charles Jennens가 성서와 기도서 시편에서 가져온 것이고, 1742년 4월 헨델이 아일랜드에 있을 때 더블린 자선음악회에서 초연되었다. 이후 여러 차례 개작되었고, 19세기에 대단한 인기를 누렸다.

범부들의 음악

디아벨리와 설리번
Anton Diabelli
& Arthur Sullivan

세상의 사나이들은 기둥 하나를

세우기 위해서 산다

좀더 튼튼하고

좀더 당당하게

시대와 밤을 찌를 수 있는 기둥

그래서 그들은 개고기를 뜯어 먹고

해구신을 고아 먹고

산삼을 찾아

날마다 허둥거리며
붉은 눈을 번득인다

그런데 꼿꼿한 기둥을 자르고
천년을 얻은 사내가 있다
기둥에서 해방되어 비로소
사내가 된 사내가 있다

기둥으로 끌 수 없는
제 눈 속의 불
천년의 역사에다 당겨놓은 방화범이 있다

썰물처럼 공허한 말들이
모두 빠져 나간 후에도
오직 살아 있는 그의 목소리
모래처럼 시간의 비늘이 쓸려 간 자리에
큼지막하게 찍어놓은 그의 발자국을 본다

천년 후의 여자 하나

오래 잠 못 들게 하는

멋진 사나이가 여기 있다

문정희, 「사랑하는 사마천 당신에게」 전문

이 세상 남자들은 네 부류로 나뉜다고 본다. 1)범부凡夫, 2)범부도 못 되는 놈, 3)범부는 아닌 사람, 4)범부가 아닌 분.

연봉은 얼마인지, 기사 딸린 차는 나오는지, 이 일을 중개해 내게 '떨어지는' 돈은 얼마인지 등 자기 잇속 챙기는 것이 최대 관심사이고, 체면치레를 중시하며 내 한 몸과 가족을 먹여 살리는 데 인생을 건 범부. 할 도리는 하고 사니 뭐라 딱히 할 말은 없지만 대단히 안타까운 마음이 드는 유형이다. 그렇게 살면 좋으니, 답답하진 않니. 너와 가족, 네가 사는 당대에서 너를 건드리는 것 이외에 다른 건 아무래도 괜찮니.

다음은 범부처럼 살고 싶지만 불법이나 편법이 아니고는 그렇게 할 수가 없어 일 년이 멀다하고 일을 저지르는 '범부도 못 되는 놈'. 그 처지가 가슴 아프긴 하지만, 오죽 사회가 궁지로 몰았으면 그랬겠나는 생각도 들지만, 사고를 치려면 좀 크게 치고, 좀더 큰 인물을 모델로 삼을 순 없었니. 좀도둑이나 아사리판 도박꾼이 아니라 세계무대를 상대로 하는 뼈대 있는 갱단 두목이나 아님 홍경래쯤 되거나.

체면이나 먹고사는 데는 통 관심이 없고 가족이 밥은 잘 먹는지, 잘 살고 있는지, 가장이 마땅히 살펴야 할 것들에도 등을 돌린 채, 멀리 길 떠나거나 자신만의 세계에 빠져 있는 '범부는 아닌 사람'. 넌 좋겠지, 하고 싶은 거 다 하고 사니까. 그럼 결혼은 왜 했니, 그 좋아하는 길 혼자 가지. 난 이런 사람을 너무나 잘 안다. 어느 날엔가는 무언가 자신이나 사회나 역사에 의미 있는 업적을 세워 '범부가 아닌 분'으로 거듭나고 내팽개쳐졌던 가족도 그를 자랑스러워할 수 있게 되길 바랄 뿐이다. 기실 이루는 것 자체가 중요한 게 아니다. 이루어가는 모습만 봐도 이루고자 하는 것이 그만큼 가치가 있는지, 겉으로만 그럴싸한 것인지 알 수 있다.

마지막 유형은 묘사하기가 가장 힘들다. 확실히 '범부가 아닌 분'은 본 적이 많지 않기 때문이다. 어쩜 다른 군들을 보다가 만들어놓은 이상형일지도 모른다. 그러나 가끔 본다. 오래도록 감옥에 있다 나와서도 사회와 타인을 위해 지친 몸을 닦고 일하시는 분, 편하게 살 수 있는 지위를 가지고도 좀

더 아름다운 사회를 꿈꾸며 발바닥에 불이 나도록 뛰시는 분, 언제나 밝게 중국 음식을 배달하는 청년, 혁명에 살고 혁명에 죽은 체 게바라, 고산자 김정호, 생전에는 마땅한 조명과 대접을 받지 못했더라도 결국엔 후세에 길이 남을 음악을 남긴 음악가들, '범부가 아닌 분'들이다.

꼭 남자들만 해당하는 이야기는 아니다. '범부가 아닌 분'들에 속하는 여성이라면 앞서 언급한 빙겐이나 테레사 수녀, 조선시대 제주 여성 김만덕, 독립투사 박열과 연애했던 일본의 가네코 후미코 정도가 생각난다.

사마천은 시인 문정희에게 네번째 부류의 사람으로 다가왔던 것일까. 적에게 투항한 패장을 양심과 정의에 따라 변호하다가 남근을 잘리는 궁형宮刑을 받고도 역사에 길이 남을 『사기』를 완성한 사마천. 나는 남자를 범부를 기준으로 나누었으나 그녀는 '기둥'을 기준으로 나누었다. 당대와 밤만을 찌르는 기둥을 세우는 사내와, 하루하루 세울 기둥은 없되 시대와 밤을 초월해 천 년 후 여인의 정신을 찌르는 '어리석은' 기둥을 가진 사내. 밤의 기둥이 없어져야 할 것은 절대 아니지만 난 사마천의 그 어리석은 기둥이 그립다. 이 시대 천 년 후를 잠 못 들게 할 기둥을 세우며 무언가에 정진하는 이들은 지금 이 순간 어디서 무얼 하고 있을까. 생활이라는 장터에서 일상을 팔며 실은 미래의 기둥을 세우고 있는 것이었으면, 내가 다만 나를 포함한 그들을 못 알아보는 것이었으면 참 좋겠단 생각을 한다.

남녀를 초월해 음악사에서는, 당대인의 마음을 확실히 읽고 그들의 마음을 움직일 음악을 만들어 생전에 성공을 거둔 '범부' 보다는, 당대를 초월하는 것을 지향해 살아 있는 동안은 인정받지 못한 '범부가 아닌 분'이 압도적으로 많을 것이다. 예술이란 것의 본질이 초월과 극복에 있기 때문이다. 그러나 꼭 그렇지만도 않음을 보여주는 사례들이 있다.

베토벤의 디아벨리 변주곡을 아시는지. 안톤 디아벨리 Anton Diabelli(1781~1858)는 오스트리아의 음악 출판업자이자, 편집자, 작곡가로 베토벤보다 11년 늦은 1781년에 태어나 1858년 4월 7일 세상을 떠날 때까지 당대의 가장 유명한, 잘나가던 출판업자였다. 그러나 오늘날에는 베토벤이 33곡의 변주곡을 쓰는 계기를 만들어준 왈츠의 작곡가로 기억될 뿐이다.

디아벨리는 잘츠부르크 근처 마트제라는 곳에서 태어나

• • •
출판업자로서 천부적인 감각을 지녔던 디아벨리.

성직자가 되기 위한 수업을 받으며 동시에 요제프 하이든의 동생 미하엘에게서 음악 레슨을 받았다. 빈으로 이주해 피아노와 기타를 가르치다가 1818년 카피Pietro Cappi라는 이와 손을 잡고 음악 출판업의 발판을 다졌다. '카피 & 디아벨리사'는 아마추어들이 집에서 연주할 수 있는 대중적인 성향의 작품들을 출판하며 이름을 알리기 시작했다. 슈베르트의 작품을 처음 출판(바로 〈마왕〉 op.1이다!)한 바로 그 회사인데 훗날 이들은 슈베르트를 옹호하며 그의 작품을 집중 출판했다.

1824년 카피와 결연하고 디아벨리는 회사를 인수한다. 회사는 1851년 일흔 살에 디아벨리가 은퇴할 때까지 번창했으

• • •
디아벨리의 왈츠를 바탕으로 작곡한 베토벤의 〈디아벨리 변주곡〉.

며, 운영을 이어받은 슈피나Carl Anton Spina는 1858년 디아벨리가 세상을 뜨고 난 후에도 요한 슈트라우스 2세Johann Strauss, the Younger와 요제프 슈트라우스Josef Strauss의 작품들을 출판하며 명맥을 유지했다. 1872년 회사는 슈라이버Friedrich Schreiber에게 넘어갔다가 1876년 크란츠August Cranz의 회사와 합병되어 크란츠사가 되었다. 그러니까 안톤 디아벨리는 빈이 음악의 중심도시라는 명예를 파리에 넘겨준 19세기 초중반, 빈에서 활동하던 슈베르트(1797~1828)와 베토벤(1770~1827)의 작품을 대중에게 소개한 보급자였고, 이어지는 빈의 왈츠 전성기를 이끈 기획자이기도 했다.

디아벨리는 출판업자로 성공가도를 달리면서 이와 별도로 당시 빈에서 유행하던 오페레타 〈곤경에 빠진 아담〉을 포함해 소수의 미사와 성악곡과 꽤 많은 수의 피아노와 기타곡(네 손을 위한 피아노곡은 당시 아마추어 피아니스트들 사이에서 큰 인기를 끌었다고 한다)을 작곡했다. 그러나 아이러니하게도 현재 알려져 있는 그의 작품은 출판 사업을 위해 썼던 것이 대부분이다.

1819년 디아벨리는 변주곡 출판을 목적으로 왈츠를 작곡해 당시 빈에 살고 있던 유명 음악인들에게 한 곡씩 변주곡 작곡을 의뢰한다. 50명의 작곡가들이 이에 응했는데, 스물두 살의 슈베르트, 열한 살의 리스트, 후멜, 체르니Carl Czerny(그는 코다*를 작곡했다) 외에 베토벤의 후원자였던 루돌프 대공도 포함되어 있었다. 디아벨리의 상업적 감각을 엿볼 수 있는 기획이 아닐 수 없다. 음악을 좋아하는 황족에다가 잘나가는 작곡가, 자기 출판사에서 키우는 작곡가, 신동으로 뜨는 아이까지, 기성과 모험과 안정, 뭐 하나도 놓치지 않으려는 치밀한 기획이다. 이 곡들은 〈국내예술가협회Vaterlandische Kunstlerverein〉라는 제목으로 출판되었다. 베토벤은 디아벨리 왈츠에 한 곡이 아닌 33곡의 변주곡을 작곡해 그것들만 모아

1824년 출판했다. 이것이 그 유명한 베토벤의 〈디아벨리 변주곡〉이다. 왜 이 곡에 디아벨리라는 이름이 붙은것인지 의문이 풀리는 지점이다. 이 작품은 베토벤 피아노 작품 중 가장 훌륭하기도 하거니와 당시 변주곡 모음 중 가장 큰 호평을 받았다.

디아벨리의 목적은 음반에 음악인의 예술혼을 담는 데 있었다기보다는 당대에 팔릴 만한, 돈이 될 만한 음악을 출판하는 데 있었고, 따라서 철저히 대중의 눈높이에 맞춰 음악가들을 발굴하고 음반을 기획했다. 디아벨리가 없었다면 베토벤의 〈디아벨리 변주곡〉은 세상에 나올 수 없었을 것이다. 21세기의 디아벨리는 지금 어디서 무얼 하고 있는지 불현듯 궁금해진다. '범부가 아닌 분'을 키워내는 '범부', 대단히 매력적인 사람일 텐데.

예술과 생활은 양립 가능한 것일까라는 우문을 더이상 던질 필요는 없다. 생활하기 위한 예술과 생활을 버리고 하는 예술을 꼭 비교할 필요도 없다. 생계를 위해 악보를 적어나간 절실함이 아름다운 작품을 만든 경우를 수도 없이 보기 때문이다. 대립하는 두 양자 중 어떤 한 가지를 택해야 할지

• • •
설리번은 영국의 오페라 작곡가로 알려져 있지만 그의 가장 매력적인 작품은 셰익스피어의 희곡에 부친 부수 음악들이다.

망설이는 대신, 뭐든 열심히 하다보면 결국 그 둘 다를 취하는 조화로운 길을 가고 있음을 깨닫게 되는 게 아닐까.

아서 설리번Arthur Sullivan(1842~1900)은 작사가 W. S. 길버트와 함께 '길버트와 설리번'의 오페라를 작곡한 영국의 작곡가이다. 1871년과 1896년 사이에는 〈미카도〉와 〈곤돌라 사공〉을 포함한 14편의 오페라를 작곡했는데, 사보이 극장에 올려졌다고 해서 '사보이 오페라'라고 불린다.

1842년에 태어난 설리번의 아버지는 런던 왕립사관학교의 악단장이었다. 어린 시절부터 음악에 재능을 보여 열두 살 때는 왕립교회의 성가대원이 되었고 멘델스존 장학생으

• • •
멘델스존의 연인으로 알려진 린드. 설리번은 그녀가 설립한 장학재단의 지원을 받아 음악을 공부했다.

로 선발되었다. 멘델스존 장학재단은 멘델스존 생의 마지막 즈음 그와 연인관계였을 것으로 추정되는 스웨덴 출신 성악가 린드Jenny Lind(1820~87)가 멘델스존 사후 그를 기리기 위해 만든 것이다. 영국에 거주하고 멘델스존을 존경하는 젊은 작곡가들을 격년으로 선발해 그들의 음악 교육을 지원했다. 설리번은 열네 살이던 1856년 최초의 멘델스존 장학생으로 뽑혀 10대를 왕립아카데미와 라이프치히 음악원에서 보냈다.

스무 살이던 1862년에 귀국해서 셰익스피어의 〈템페스트〉 모음곡을 런던 크리스털 팰리스에서 공연했는데, 큰 반향을 일으키긴 했지만 큰돈을 벌진 못했다고 한다.

그 후 설리번은 생계유지를 위해 당시 빅토리아 여왕 시대에 인기가 높았던 노래와 찬송가를 다수 작곡했고, 극의 부수 음악*이나 지역 음악 축제용으로 합창과 관현악 작품을 작곡했다. 이렇게 설리번은 오페라 외에도 다양한 형식의 작품을 많이 남겼으나 평이 좋지 않았고, 사보이 오페라의 성공만이 부각되어 이 작품들은 그늘에 가려진 채 그의 사후에도 거의 연주되지 않았다.

그러나 오페라 외에 셰익스피어의 희곡에 부친 부수 음악들은 설리번의 매력을 가장 잘 보여주는 작품들이다. 멘델스존 재단의 장학금도 셰익스피어의 「한여름밤의 꿈」의 부수 음악을 작곡해서 받은 것인데 그 값을 했다고나 할까. 그중 「베니스의 상인」은 1871년에 작곡되어 맨체스터의 프린스 극장에 올려졌다.

칼버트Charles Calvert는 맨체스터 왕립극장을 책임지고 있던 사람으로 1877년 설리번에게 셰익스피어의 또다른 희곡 「헨리 8세」를 의뢰했다. 설리번은 공연 바로 직전까지 작곡을 마치지 못하고 끌기로 유명했다는데, 이 작품은 8월 27일로 예정되어 있던 초연 날짜를 이틀 넘긴 29일에야 무대에 올릴 수 있었다고 전해진다. 이러한 보통 사람 냄새나는 일화가 그에게 더 친근감을 갖게 한다.

어린 시절의 전도양양했던 작곡가가 생계를 위해 예술혼만 고집하지 않고 돈벌이가 될 만한 작품을 작곡하며 다소 평범하게 생을 마쳤다고 해서 그의 음악 성취를 폄하할 자격이 우리에겐 없다는 생각이 든다. '생활을 위해' 작곡한 음악이나 '생활을 버리고' 작곡한 음악 모두 진정을 담고 있다면.

유정아의 클래식 노트 Classic Note

코다coda 이탈리아어로 '꼬리'라는 뜻. 한 작품 또는 한 악장의 종결 악구. 이전의 음악 내용을 확장·장식하여 곡을 종결짓는 부분이지만, 전혀 새로운 재료를 가지고 만들기도 한다.

부수 음악incidental music 부대 음악이라고도 한다. 보통 기악곡이지만, 성악곡이 수반되는 경우도 있다. 영화 음악도 일종의 부수 음악이나 약간 성격이 다르다. 또 엄밀하게는 전주곡이나 간주곡은 여기 포함되지 않는다. 연극의 부수 음악은 그리스의 비극, 중세의 전례극에서도 그 예를 찾아볼 수 있다. 셰익스피어는 그의 희곡에 자주 부수 음악을 붙일 것을 주문했다고 한다. 부수 음악으로 널리 알려진 곡으로는 베토벤의 〈에그몬트〉, 멘델스존의 〈한여름 밤의 꿈〉, 비제의 〈아를의 여인〉, 그리그의 〈페르귄트〉 등을 들 수 있으며, 이 밖에 현대 작곡가들도 많은 작품을 남기고 있다.

아베마리아와 생명의 양식

구노와 프랑크
Charles Francois Gounod & César Franck

샤를 프랑수아 구노Charles Francois Gounod(1818~93)는 1818년 파리에서 화가인 아버지와 피아니스트인 어머니 사이에 태어났다. 아버지로부터 미술가가 되어도 손색이 없을 정도의 소질을 물려받고 어머니로부터 음악의 재능과 기초 교육을 받았다. 1836년 파리국립음악원에 입학해 알레비Fromental Halévy에게 배우고 1839년에는 칸타타 〈페르낭〉으로 로마 대상을 받았다.

이어 이탈리아로 건너간 그는 팔레스트리나*를 공부하며

• • •
세속적인 오페라와 신성한 종교 음악을 오가며 자신의 음악세계를 확장한 구노.

16세기 종교 음악에 심취한다. 멘델스존의 누이 파니에게도 음악을 배웠고 직접 라이프치히도 방문하면서 음악적 식견을 쌓았다. 파리로 돌아와 성직자가 되기 위한 공부를 했지만 이내 단념하고 오페라를 쓰기 시작했다. 그래서 그의 첫 작품은 서른세 살 때인 1851년에 발표되었다. 다소 늦은 출발을 한 셈이다. 20대 초반에 로마대상을 받는 영예를 얻었지만 첫 작품 〈사포〉(1851)를 포함해 작품을 발표할 때마다 실패를 거듭하는 수모를 겪는다. 성직자의 꿈을 꾸었을 정도로 신실했던 젊은 음악인에게 신은 너무나 가혹했다. 그러다가 구노에게 명성을 확실히 안겨줄 작품이 탄생했으니 1859년 마흔한 살 나이에 작곡한 오페라 〈파우스트〉였다. 이후 1867년에는 〈로미오와 줄리엣〉을 발표했는데, 이 역시 빛나는 성공을 거두었다.

구노는 깊은 종교적 추구와 세속의 사랑 사이를 요동치듯 오갔다는 면에서 종종 리스트에 비교되기도 한다. 이러한 갈등이 세속의 이야기를 노래하는 오페라와 신성을 예찬하는 종교 음악 사이를 오가게 했다는 것이다. 어떤 이들은 〈파우스트〉의 성공이 구노의 음악적 발전을 저해했다고도 평한다. 사실 〈파우스트〉 이야기는 세속의 것이라 하기엔 너무나 종교적이라서 구노의 첫 성공 작품으로는 제격인 셈이지만 과장된 음악적 표현이 주를 이루는 오페라는 구노에게 맞지 않는 장르라고 보기 때문인 것 같다. 구노의 내면엔 서정성이 감추어져 있고, 그의 성악곡이나 거의 연주되지 않는 교향곡에 그러한 특성이 담겨 있다는 주장이다. 이들은 〈파우스트〉가 성공하면서 구노가 자신답지 않은 것에 집중했다고 보는 것인데, 진정 무엇이 구노다운 것인지는 논쟁의 여지가 남아 있다.

당대의 한 평론가는 〈파우스트〉가 이전의 구노의 작품에 비해 음악성이 너무 갑자기 향상되었다며 구노가 쓴 것이 아니라는 설을 제기하기도 했다. 이에 격분한 구노가 그 평론가에게 덜컥 결투를 신청하자 평론가는 자신의 말을 철회했다고 전해진다. 한 사람에게 명성을 가져다준 어떤 것이 평소 그 사람답지 않다고 생각될 수도 있지만, 그것 또한 그의 한 면일 터, 사람을 하나의 틀에 가두려 해서는 안 될 것이다.

보불전쟁으로 구노는 1870~75년까지 영국에 머물면서 왕립합창단의 초대 지휘자를 맡았는데 여기서 합창곡, 성악곡을 작곡했다. 그러다가 만년에는 결국 자신의 젊은 날 몰두했던 종교 음악으로 돌아와 〈바흐의 제1전주곡에 붙인 종교적 가곡—아베마리아〉 등을 작곡했다.

〈아베마리아〉와 〈파우스트〉를 번갈아 들어보며, 세속적인 것과 종교적인 것은 오가야 할 것이지 어느 한 곳에 머무르면 오히려 위험해질 수 있음을 생각해본다. 생각 한번 과연 '나답다'.

2007년 베토벤의 피아노 소나타 전곡 녹음을 마치고 7일간의 전곡 연주회 도전을 앞두고 피아니스트 백건우는 인터

• • •
프랑크는 매일 한두 시간씩 '사색의 시간'을 가졌는데, 그의 음악 속에 담긴 침묵은 이때의 습관에서 비롯된 것으로 여겨진다.

뷰에서 이렇게 말했다.

"화가는 백지에서 시작해 선을 긋고 색을 칠하고 공간을 메우지요. 음악은 침묵에서 시작해 침묵으로 끝납니다. 하지만 침묵은 소리를 주도하는 중요한 다른 소리이며 음악 속에서 텅 빈 것이 아니라 꽉 찬 침묵입니다. 베토벤은 고전에서 낭만으로 이동하던 시끄러운 격동의 시기에 침묵을 가장 잘 이해한 작곡가입니다."

그림에 여백이 있고 음악에 침묵이 있기에 그림과 소리도 있을 수 있는 것이다. 그러니까 어떤 의미에선 여백과 침묵 그 자체가 그림이자 음악이다.

고전에서 낭만으로 이동한 후 이제 낭만에서 새로운 현대로 자리를 옮겨가던, 또다른 격변기에 활동한 음악가 세자르 프랑크César Franck(1822~90)의 작품은 화려한 색채는 없으나 진실성과 감미로운 침묵이 있다는 평가를 받는다. 프랑크는 음악계에서 거리를 둔 채 종교적 분위기 속에서 은둔하며 많지는 않지만 한결같이 순수하고 성실함이 돋보이는 작품을 내놨다. 벨기에에서 태어났고 독일과 벨기에 혈통이었지만 프랑스에서 활동했기에 프랑스 음악사에서 그의 업적을 찾아본다면, 프랑스 음악에 성실성을 회복하고 훌륭한 제자들을 배출했다는 점이 눈에 띈다. 그를 기점으로 형성된 악파를 '프랑크파'라 부르는데, 여기에는 댕디, 뒤파르크*, 쇼송, 르쾨Guillaume Lekeu(1870~94, 스물네 살에 요절한 벨기에 출신 작곡가로, 2010년 봄 서울스프링페스티벌 개막공연에서 바이올리니스트 강동석이 르쾨의 곡을 대단히 멋지게 연주했다) 등이 속한다.

프랑크는 구노보다 4년 뒤인 1822년 벨기에 리에주라는 곳에서, 구노와 마찬가지로 화가의 집안에서 태어났다. 아버지는 아들이 음악에 재능이 있음을 알아보고는 피아니스트로 만들고 싶다는 야심을 키웠다. 1834년 리에주 음악원을 졸업하고 파리로 이주해 라이하*에게 개인 지도를 받은 후 프랑크는 1837년 파리음악원에 입학했다. 피아노, 푸가, 오르간 연주로 주목을 받았으나 아버지의 야심대로 연주자의 길을 가진 못했다. 잠시 귀국했다가 다시 파리로 돌아온 프랑크는 1844년 작곡가 생활을 시작했다. 연주자는 생전에 화려한 각광을 받았더라도 죽은 후까지 명성이 이어지는 경우는 많지 않다. 반면 훌륭한 작곡가의 작품은 연주자들의 각기 다른 해석과 기교를 만나 매번 새로운 음악으로 우리 곁에 영원히 남는다. 시벨리우스나 바르토크, 쇼스타코비치, 슈만 등 연주자를 꿈꾸다 콩쿠르 낙방이나 부상 등으로 작곡에 몰두하게 된 음악가들의 이야기를 듣고 있노라면, 그들을 떨어뜨린 콩쿠르, 그들을 고통스럽게 했을 부상마저도 감사하다는 생각이 든다. 프랑크도 마찬가지다. 잘하긴 했으나 천재적이진 않았던 연주 실력 덕에 작곡을 시작하게 됐으니.

1848년 혁명이 일어나며 생계의 원천이던 제자들이 파리를 떠나자 그는 매일 한두 시간씩 '사색의 시간'을 가졌다고 한다. 그의 음악에 담긴 정적과 침묵은 이때의 사색 습관의 흔적이 아닐까 생각된다. 1858년에는 생트클로틸드 교회 합창장, 이어서 1860년 오르간주자로 임명되며 프랑크는 즉흥 연주로 청중을 감동시킨다. 1866년 프랑크는 자신의 오르간 연주를 듣고는 연주자의 길을 갈 만한 실력이 아니라고 생각했지만, 그의 연주는 듣는 이를 감동케 했다. 게다가 종교적인 그에게 오르간 연주는 제격이었을 것이다.

그는 10년간 조용히 오르간주자로 생활하다 1872년 파리 음악원 오르간과 교수로 임명되었다. 오라토리오 〈속죄〉 〈8개의 행복〉 등을 작곡해 무대에 올렸으나 공연 운은 계속 좋지 않아 계속되는 실패로 주변 사람들을 안타깝게 했다. 그에게 첫번째 성공을 안긴 작품은 1886년 이자이Eugène Ysaÿe에게 헌정한 바이올린 소나타 A장조이다. 그러다가 1890년 4월 19일 그의 최후의 대작이 된 현악 4중주 D장조를 국민음악협회의 연주에서 초연하여 살 플레옐 사상 전무후무한 박수갈채를 받기에 이른다. 그는 다음날 제자들에게 '비로소 사람들이 나를 이해하기 시작했다'고 말했다고 한다. 그러나 바로 그 무렵 어느 봄날 저녁, 제자 집에 가는 도중 마차에 받혀 옆구리를 다쳐 제자 집에 도착하자마자 의식을 잃었다. 그 후 계속 건강이 좋지 않다가 그해 1890년 11월 8일 예순여덟 살의 나이로 세상을 떠났다.

장례는 그가 오르가니스트로 봉직했던 생트클로틸드 교회에서 거행되었고, 현재 몽파르나스의 묘지에 묻혀 있다.

• • •
〈생명의 양식〉 음반.

그의 유해 옆에는 사고 직후 작곡한 그의 최후의 작품 코랄(개신교회, 특히 루터파 교회의 찬송가) 세 곡이 함께하고 있다.

프랑크의 음악은 견고한 구성의 독일 음악의 특성과 섬세한 구성의 프랑스 음악의 특성을 겸비하고 있으며, 크게는 낭만주의 흐름 속에 있다. 그의 잘 알려진 짧은 명곡 가운데 하나가 바로 〈생명의 양식〉이다. 이 짧은 곡을 듣고 있으면 소박한 품성과 위엄, 성실함이 그대로 담겨 있다는 생각이 든다.

유정아의 클래식 노트 Classic Note

팔레스트리나Giovanni Pierluigi da Palestrina 이탈리아의 작곡가. 교회음악가로 활약하면서 100곡 이상의 미사곡과 300곡 이상의 모테트, 그리고 많은 세속世俗 마드리갈 등을 남겼다.

뒤파르크Henri Duparc, 1848~1933 프랑스의 작곡가. 보들레르, 르콩트 드 릴Charles-Marie-René Leconte de Lisle, 고티에Théophile Gautier 등의 시에 독창적인 곡을 붙인 노래들로 유명하다.

라이하Anton Joseph Reicha, 1770~1836 체코 출생의 프랑스 작곡가. 현악 4중주단이 G장조로 연주하는 동안 다른 한편에서는 관악 4중주단이 E단조로 연주하게 하는 등 매우 독창적인 시도를 했다. 그의 작품들은 이후 여러 관악 5중주곡의 기초가 되고 있다.

생의 마지막 해의 조우

브루크너와 번스타인

Josef Anton Bruckner & Leonard Bernstein

교향곡을 9번까지 낸 작곡가는 그리 많지 않다. 베토벤을 포함해 말러, 드보르자크, 그리고 브루크너 정도이다. 몇 년 전 유난히 한국 무대에 많이 올려진 브루크너의 교향곡 중 9번은 마지막 4악장이 없는 미완성 교향곡이다.

독실한 종교인으로 평생 신심을 잃지 않았던 요제프 안톤 브루크너Josef Anton Bruckner(1824~96)가 하느님께 바치는 지상 최대의 곡을 작곡하겠다는 의지로 베토벤의 9번과 같은 D단조를 선택해 9번 교향곡을 쓰기 시작한 건 그가 세상을 떠나기 9년 전인 1887년이다. 마지막 창작의 불꽃을 피워올리는 데는 성공했으나 1악장을 마치는 데만 5년이 걸렸다. 2악장을 잇는 데도 만만찮은 시간이 걸렸다. 당시 유행하던 즐겁고 변덕스러운 분위기의 스케르초*와 다른 느낌을 내려고 고심한 것일까. 1악장을 마치고 2년이 지난 1894년 2월에야 완성된 2악장 스케르초는 화성이 냉소적이고 신랄하며 오보에 선율을 제외하고는 야만스런 불협화음의 연속이어서 듣는 이를 불안하게 한다. 바그너를 닮았다는 평을 듣는 심오한 아다지오의 3악장은 같은 해 11월에 작곡되었다. 앞서 쓴 악보를 고치고 손보느라 장대한 규모의 곡을 구현하는 데 필요한 에너지를 다 소모한 브루크너의 건강은 날로 악화되어 갔다.

1895년에 들어서면서 브루크너는 빈의 작은 아파트에서 남은 피날레, 4악장 미사의 스케치에 착수했다. 그가 세상을 떠나던 1896년 10월 11일 일요일에도 그는 이 곡에 매달려 있었다고 한다. 그의 마지막 순간을 목격한 가정부의 증언에 의하면, 바람이 심해 항상 하던 산책도 빨리 끝내고 점심도 거른 채 차 몇 모금을 마시다가 벽 쪽을 바라보며 두 번 긴 한숨을 쉬고는 숨을 거뒀다고 한다. 그 한숨의 의미는, '주여

• • •
브루크너는 세상을 떠나기 직전까지 교향곡 9번에 매달렸으나 끝내 완성하지 못했다.

용서하소서. 다 못 마쳤사옵니다'가 아니었을까.

신에 대한 믿음이 두터웠던 브루크너에 비해, 말러는 초월적 존재에 끊임없이 관심을 가지고 고뇌했다. 그러나 '영적인 경험은 말러적인 것이 아니었다. 그의 종교적 특질이나 간헐적으로 타오르는 불길에도 불구하고 나는 그에게 믿음이 있다고 말할 수 없다'고 말한 발터*의 말대로 말러는 세속의, 세속에 의한, 세속을 위한 사람이었다. 말러의 삶이 예술에서의 열정과 감정적인 고조, 종교적 열정과 통했을지는 몰라도, 신에 대한 고요하고 지순한 믿음 따윈 그의 영역이 아니었다.

20세기 미국의 지휘자 레너드 번스타인Leonard Bernstein (1918~90)은 다소 불안하고 들뜬 영혼을 가졌다는 점에서 볼 때 굳이 비교한다면 브루크너보다는 말러 쪽에 훨씬 가까운 사람이었다. 비슷한 영혼의 빛깔을 가졌기에 번스타인은 자신이 이끌던 뉴욕 필 지휘로 말러 음악의 르네상스를 주도했는지 모르겠다. 반면, 브루크너의 교향곡은 6번과 9번만을 연주하는 등 훨씬 조심스러웠다. 1969년 9번 교향곡 음반을 내놓고 나서는, 자타가 공인하는 브루크너의 대가 카라얀* 이 죽고 나서도 번스타인은 이 미완의 교향곡에 다시 도전하지 않았다.

그러다가 20여 년이 흘러 예순이 넘어 건강이 쇠퇴일로에 있던 1990년, 브루크너가 생의 마지막 해까지도 놓지 못하고 있던 9번 교향곡을 빈 필과 함께 연주했다. 마지막 공동 작업이 될 것이 틀림없을 이 프로젝트에서 지휘자와 오케스트라는 여러 날에 걸쳐 해석에 완벽을 기하고자 노력한 끝에 빈 뮤직페라인 잘에서 레코딩과 DVD를 내고 뉴욕 카네기 홀에서도 이어 공연했다. 그리고 그해는 번스타인에게도 생의 마지막 해가 되었다. 95년 전, 대가가 생을 마감하던 해까지 붙잡고 있었어도 완성하지 못한 작품을 지휘자가 자기 생의 마지막 해에 완성시켜 내놓은 것이다.

브루크너의 곡을 좋아하는 사람들 중 번스타인의 브루크너 교향곡을 들어본 사람들은 다들 말한다. 너무 다르다고. 번스타인의 브루크너 9번에 대한 해석은 이전 연주들과 사뭇 다르다. 인간의 유한함에 대한 겸손하면서도 날카로운 브루크너의 직시가 번스타인의 독창성과 불꽃으로 극화되었다고나 할까.

의도적인 강조가 고집스럽게 드러나는 1악장에서 번스타인은 포즈로 이어지는 부분 부분을 부드럽게 잇기보다 눈앞에 닥친 죽음 앞에서의 불확실하고 자기파괴적인 진화를 드러냈다. 아무리 신심 가득한 브루크너였다 할지라도 죽음을 앞두고 불안감에 떨며 신께 묻지 않았을까. 꼭 지금 부르셔야 하는지. 어쩜 신앙에 가려진 유한한 인간의 불안감과 공포를 죽음을 앞둔 번스타인이 포착해낸 것인지도 모른다. 그러므로 번스타인의 브루크너 9번 1악장은 인간 브루크너의 모습이자 인간 번스타인의 모습인 것이다. 2악장 스케르초는 좀더 강렬하게 연주하며, 3악장 아다지오는 이전의 그 어느 지휘자가 표현했던 것보다 자유롭게 흐르면서 기대감을 불러일으키는 동시에 그 기대를 저버린다. 무엇에 대한 기대였을까.

브루크너는 이즈음엔 자주 연주되지만 전후 번스타인의 세대에게는 그리 친근하지 않았다. 히틀러 시대에 자주 연주되었다는 이유로 전쟁에 협조했다는 오명을 뒤집어쓴 것이다. 1930년대 브루크너 학파의 윤리는 독일 국가사회주의와 인종차별 정책과 만나면서 이상한 공명을 가져온 게 사실이었다. 게르만의 천재 중 한 사람으로서 '인종청소'를 하는 데 이용되면서 그의 음악은 본의 아니게 오염되었다. 전후 브루크너의 이미지는 재정립되어야 했다. 그는 단지 심리적으로 불안정했던, 소심하고 이해받기 힘든 오스트리아의 천재였을 뿐이었다.

푸르트뱅글러를 포함한 20세기 초반의 지휘자들이 브루크너의 음악이 클라이맥스를 향해 갈 때 템포를 자유롭게 수정했다면 젊은 지휘자들은 덜 수사적이고 명상적으로 해석했으며, 번스타인은 그 가운데쯤에 위치한다고 하겠다. 동시에, 죽음을 목전에 둔 자신의 음악 인생의 말미에서 번스타인은 브루크너의 비통에 찬 영세적인 접근을 나름의 색깔을 덧입혀 보여준다. 생의 마지막 해 선택한 브루크너의 9번 교향곡에 자신만의 해석을 덧입혀 번스타인은 미완의 교향곡 4악장을 만들었다.

유정아의 클래식 노트 Classic Note

스케르초scherzo '해학·희롱'을 뜻하는 말로 음악에서는 악곡이나 악장 이름으로 교향곡·현악 4중주곡의 제3악장에 쓰인다. 간혹 낭만파에서 극적·해학적인 성격을 띤 기교적인 피아노곡을 가리키기도 하고, 1600년을 전후하여 유행했던 가볍고 오락적인 성악곡을 일컫기도 한다.

발터Bruno Walter, 1876~1962 독일에서 태어난 유대인 지휘자이며 작곡가. 원래 성은 슐레징어Schlesinger로, 1896년부터 발터라는 성을 썼고, 1911년 오스트리아 시민이 되었다. 베를린 슈테른 음악원에서 공부하고, 쾰른과 함부르크 등 각지의 가극장에서 일했다. 그러던 중 열여덟 살이었던 1894년 말러와 만나게 되었고, 그에게 심취하면서 그의 영향을 받은 것과 함께 인기에도 편승해 1901~12년까지 빈 국립극장의 지휘자로 일한다. 이어 뮌헨 국립가극장, 베를린 시립가극장, 라이프치히 게반트하우스 관현악단 등 중요한 자리를 맡으며 높은 명성을 누렸다.

카라얀과 번스타인의 교향곡 레퍼토리 20세기 유럽과 미국에서 우뚝 섰던 두 지휘자로 카라얀과 번스타인을 들 수 있을 것이다. 이 두 지휘자의 레퍼토리는 바로크부터 현대에 이르기까지 다양한 시대, 다양한 장르에 이르기까지 폭이 엄청나게 넓지만, 교향곡이라는 장르에 국한시키면 겹치는 부분이 많다. 모차르트, 베토벤, 브람스, 슈베르트, 슈만,

드보르자크, 차이콥스키 같은 유명 작곡가들의 교향곡은 대부분 두 사람의 지휘 연주 음반이 나와 있다. 그래도 교향곡 레퍼토리에서의 차이가 있다면, 후기낭만파로 들어서면 카라얀은 브루크너, 번스타인은 말러의 교향곡에 더 천착했다는 점이다. 물론 카라얀도 말러의 교향곡 1, 4, 5, 6, 9번의 뛰어난 연주를 남겼지만, 번스타인은 규모가 크기로 유명한 말러의 교향곡 전곡을 두 번이나 음반으로 녹음했고, 영상으로도 녹화한 적이 있으니 말러 교향곡 전문 연주자라고 할 수 있다.

카라얀은 젊은 시절부터 오페라 연주에 애착을 가져 많은 연주를 남겼고, 번스타인은 〈웨스트사이드 스토리〉라는 뮤지컬을 작곡해서 명성을 얻었다는 것도 차이라 할 수 있겠다(물론 뛰어난 오페라 연주도 몇 작품 남기기는 했지만).

음악 외적인 요소로 본다면 카라얀이 독재자 스타일로 군림하는 마에스트로였다면(그래서 구설수에 휘말리는 일이 잦았고 불화도 일으켰다), 번스타인은 자유분방하면서도 포용력 있는 모습을 보여줬다.

두 지휘자의 공통점이라면, 두 사람 모두 새로운 매체인 '영상'에 주목했다는 점이다. 카라얀은 1965년에 자신의 연주를 영상에 담기 위해 '코스모텔'이라는 회사를 설립했고, 이미 1950년대부터 프랑스 영화감독 클루조Henri-Georges Clouzot(〈공포의 보수〉로 유명한)를 초청해 자신의 연주를 촬영했다. 번스타인 역시 1955년부터 텔레비전에 출연하기 시작했고, 1958년부터 텔레비전 시리즈 〈청소년을 위한 음악회〉를 통해 대중 스타가 됐다. 또 PBS사와 만든 11부작 〈번스타인의 베토벤〉 역시 큰 인기를 얻었다.

실은 조셉이었던 당신 호세

카레라스
José Carreras

2007년 갓 예순을 넘긴 세계적인 테너 카레라스José Carreras의 새 음반이 출시되었다. 음반의 제목은 〈사랑해, 영원토록〉.

파바로티, 도밍고와 더불어 세계 3대 테너로 60여 개 오페라를 정성껏 노래해온 카레라스. 그의 미성을 좋아하시는 분들 많을 것이다. 또 그가 백혈병이라는 무서운 병고를 이기고 다시 무대에 선 이후로는 같은 병을 앓는 사람들을 위한 재단을 만들어 그들을 돕는 활동을 활발히 펼치는 인간애 넘치는 사람이란 것도 잘 아실 것이다. 인간적인 것에 마음을 여는 한국인의 특성을 간파했는지 노년의 카레라스는 최근 몇 년 새 우리나라를 부쩍 자주 찾았다.

카탈루냐 바르셀로나에서 태어나 고향에서 음악 공부를 시작한 카레라스는 바르셀로나 리키에우Licieu 극장에서 1970년 스물네 살의 나이에 〈나부코〉와 〈루크레치아 보르기아〉로 데뷔하며 직업 성악가의 경력을 시작했다. 그리고 오래지 않아 라 스칼라* 등 세계 유수의 극장에서 유명한 오케스트라, 지휘자와 공동작업하면서 세계적인 성악가의 반열에 올랐다. 그러나 백혈병을 앓은 후에는 세기의 테너 파바로티* 옆에서 카레라스의 목소리는 조금씩 불안했다. 그리고 무엇보다 그는 이제 노래로는 내려갈 길밖에 보이지 않는 육십대 중반의 노년에 접어들었다. 목소리라는 악기를 다루는 사람들의 비애가 아닐까. 평생 애지중지해도 절대로 세월을 비켜갈 수 없는 잔인한 악기. 아무리 연륜이 묻어난다 해도 냉정히 말해 절정과 전성기를 뒤로 늦출 수 없는 인간의 몸에 달린 악기.

음반 재킷에 실린 그의 핸섬하고 단아한 옆얼굴에도 세월의 바람이 패어놓은 주름들이 그대로 드러난다. 남자들은 흰머리가 날 때보다 흰 수염이 나기 시작할 때 나이듦의 서글픔을 '지대로' 느낀다는데, 카레라스의 턱을 채운 수염은 이제 검은색보다 흰색이 더 많다. 하지만 눈빛만큼은 변함없이 맑기만 하다. 그 두 눈에도 수염처럼 흰 물이 들었다고 할 수 있을까. 슬픈 듯 섬세한 목소리의 소유자 카레라스는 늙어서도 아름답다. 그러나 무엇보다 이 음반에서 우리의 눈길을 끄는 것은 음반 위쪽에 수놓인 글씨이다.

Josep. 이건 뭔가. 조셉이라니. 그는 에스파냐 사람으로, 그러니까 j를 h로 발음하는 언어를 쓰는, 평생 '호세Jose'로 불려온 사람이 아니었던가. 그는 이번 음반에서 자신의 이름은 사실 조셉이라고 밝히고 있다. 에스파냐어로는 '호세'라 해야 맞지만 그의 고향 바르셀로나를 품고 있는 카탈루냐 말로는 '조셉'이라는 것이다. 그러니까 태어난 마을 친구들, 어머니, 아버지는 그를 '조셉아'라고 불렀던 것이다. '조셉아, 노올자', '조셉아, 그만 놀고 들어와 저녁 먹어라', 이렇게. 어느 날 마을에 국가가 들어와 아이들의 이름까지 '국가화'한 것이다. 이름이 내 이름이 아니며 마음이 내 마음이 아니다. 그는 두 이름을 가졌다. 영화 〈잉글리시 페이션트〉에 나오는 대사처럼 '강한 자들의 이름으로 선이 그어져' 국경이 만들어지고 국가가 그 안의 사람들을 규정하면서 그의 이름도 사

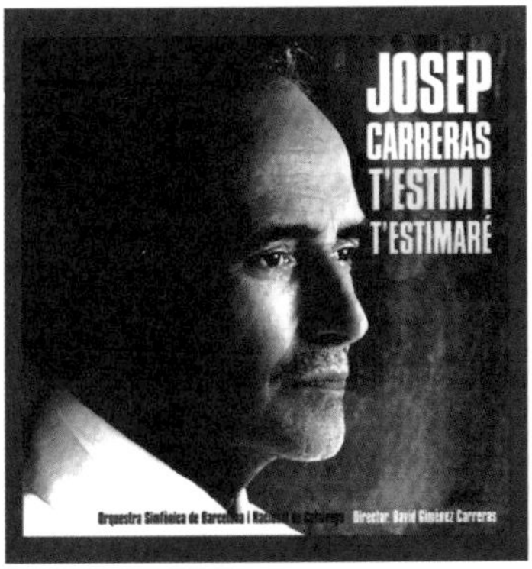

• • •
사실은 호세가 아니라 조셉이었음을, 자신의 고향은 카탈루냐임을 당당히 밝힌 카레라스의 음반.

연을 갖게 된 것이다. 호세가 된 조셉, 카탈루냐 땅의 수많은 조셉들이여.

늦게 알게 된 만큼 그의 이름 조셉을 많이 많이 불러주고 싶다. 좋아해요, 조셉. 흰 수염 넘 멋져요, 조셉. 어딜 그렇게 그윽하게 보고 있는 거예요, 조셉. 멀리, 저 멀리가 보이나요, 조셉. 거긴 괜찮나요, 조셉. 오겡키데스카, 조셉.

이 음반에서 조셉 카레라스는 카탈루냐 민요를 카탈루냐어로 노래했다, 비로소 조셉이 되어. 노래 제목들은 이러하다. 〈사랑해, 영원토록〉〈작은 마을〉〈성가〉〈산들바람 향해〉〈꽃피는 체리나무 아래서〉〈나의 도시〉〈그는 (누군가 만나러)

떠나요〉〈낮과 밤〉〈나무〉〈당신에게 빠졌어요〉〈오래된 사랑〉〈내가 항상 그랬듯이〉. 이 제목들을 가지고, 음악 속에서 자신과 마주한 조셉의 마음이 되어 시를 지어보았다.

나, 조셉이야.

작은 마을에서 태어나 노래를 좋아했었지.

산들 바람 불어오는 체리 나무 아래서 노래하곤 했었어.

신이 나를 보살펴주는 듯했어.

무언가를 위해, 누군가를 만나러, 큰 도시로 나갔을 때 어려움도 없지 않았어.

수많은 낮과 밤이 지나갔지만, 고향의 나무처럼 나는 변치 않으려 애썼어.

마치 오래된 사랑을 지키려는 남자처럼.

항상 그랬듯이, 난 변함없이, 조셉이야.

사람이 변치 않는다는 것, 변치 않으려 노력한다는 것이 아름답다. 고향을 떠나 호세가 된 깊은 눈빛의 조셉 카레라스가 이제는 돌아와 거울 앞에 선 누이처럼 이렇게 노래하고 있는 듯하다.

유정아의 클래식 노트 Classic Note

라 스칼라 La Scala 세계적으로 유명한 오페라 하우스이자 발레 극장. 이탈리아 밀라노에 위치한다. 1778년 8월 3일에 문을 열었으며, 본래 이름은 '라 스칼라의 신왕립극장Nuovo Regio Ducal Teatro alla Scala'이었다. 살리에리Antonio Salieri의 〈유럽의 발견〉을 첫 공연으로 올렸다. 학교도 운영하고 있는데, '라 스칼라 극장 아카데미Accademia Teatro alla Scala'라고 불리며, 음악·무용·무대 연출·무대 관리를 가르친다.

파바로티Luciano Pavarotti, 1935~2007 이탈리아의 테너 가수. 다양한 레퍼토리와 높은 음역에서 멀리 뻗어나가는 맑고 깨끗한 음색으로 주목받았다. 오페라 애호가이자 아마추어 테너가수였던 아버지의 영향으로 일찍부터 음악과 가까이했으며, 1955년 모데나 사범학교를 졸업하고 아버지와 함께 모데나 오페라극장 합창단에서 활동했다. 1961년 이탈리아 레조 에밀리아의 아킬레 피레 국제 콩쿠르에서 우승한 후, 그곳 시립오페라극장에서 푸치니의 오페라 〈라보엠〉의 루돌포 역을 맡으면서 테너가수로 데뷔했다. 이 공연의 성공으로 세계 각국의 무대에서 이름을 널리 알리게 되었다. 플라시도 도밍고, 호세 카레라스와 함께 세계 3대 테너로 불렸다.

클래식의 사생활

초판 인쇄 | 2010년 6월 24일
초판 발행 | 2010년 7월 1일

지은이 유정아
펴낸이 강병선
책임편집 최지영 | 편집 임혜지
마케팅 방미연 우영희 정유선 | 온라인 마케팅 이상혁 한민아 | 독자 모니터 김화영
제작 안정숙 서동관 김애진 | 제작처 영신사

펴낸곳 (주)문학동네
출판등록 1993년 10월 22일 제406-2003-000045호
주소 413-756 경기도 파주시 교하읍 문발리 파주출판도시 513-8
전자우편 editor@munhak.com | 대표전화 031) 955-8888 | 팩스 031) 955-8855
문의전화 031) 955-8889(마케팅) 031) 955-2645(편집)
문학동네 카페 http://cafe.naver.com/mhdn

ISBN 978-89-546-1159-6 03810

* 이 도서의 국립중앙도서관 출판시도서목록(CIP)은 e-CIP 홈페이지(http://www.nl.go.kr/ecip)에서
이용하실 수 있습니다.(CIP제어번호: CIP2010002279)

www.munhak.com